Martha Grimes gilt vielen als «der unumstrittene Star des Kriminalromans» *(Newsweek)*. Sie wurde in Pittsburgh, USA, geboren und studierte Englisch an der University of Maryland. Lange Zeit unterrichtete sie Kreatives Schreiben an der Johns Hopkins University. Mit ihren Inspector-Jury-Romanen – laut Patricia Cornwell «reine Poesie» – erlangte sie internationalen Ruhm. 2012 wurde Grimes von den «Mystery Writers of America» als «Grand Master» ausgezeichnet. Sie lebt in Washington und in Santa Fe.

Im Rowohlt Taschenbuch Verlag liegen von Martha Grimes außerdem vor: «Inspector Jury schläft außer Haus» (rororo 22487), «Inspector Jury spielt Domino» (rororo 22489), «Inspector Jury sucht den Kennington-Smaragd» (rororo 22497) und «Inspector Jury bricht das Eis» (rororo 22757).

«Ihre Handlung hat Logik, ihre Charaktere gehören zu den scharfsinnigsten und amüsantesten der Literatur überhaupt.» *(The Atlanta Journal)*

«Wie kaum eine Kollegin beherrscht Martha Grimes die subtile Kunst schwarzen angelsächsischen Humors.» *(Westdeutsche Allgemeine Zeitung)*

MARtHA GRiMES

Inspector Jury
küsst die Muse

Kriminalroman
Aus dem Englischen
von Uta Goridis

Rowohlt Taschenbuch Verlag

Die amerikanische Originalausgabe erschien 1984
unter dem Titel «The Dirty Duck»
bei Little, Brown & Company, Boston/Toronto.

Überarbeitete Übersetzung
Neuausgabe Dezember 2012
Veröffentlicht im Rowohlt Taschenbuch Verlag,
Reinbek bei Hamburg, Dezember 1990
Copyright © 1988 by Rowohlt Verlag GmbH,
Reinbek bei Hamburg
«The Dirty Duck» Copyright © 1984 by Martha Grimes
Umschlaggestaltung any.way, Cathrin Günther/Barbara Hanke
(Illustration: plainpicture/NaturePL)
Typografie Farnschläder & Mahlstedt, Hamburg
Satz aus der Adobe Caslon Pro
Druck und Bindung CPI – Clausen & Bosse, Leck
Printed in Germany
ISBN 978 3 499 22498 0

Für Katherine und
J. Mezzanine

und im Gedenken an George Roland,
1930–1983

Erster Teil
Stratford

«Wer liebte je, und
nicht beim ersten Blick?»

William Shakespeare,
Wie es euch gefällt

I

Die Pforten des Royal Shakespeare Theatre entließen die Zuschauer wieder einmal in diesen hinterhältigen Regen, der immer genau das Ende der Vorstellungen abzupassen schien. Heute Abend war *Wie es euch gefällt* aufgeführt worden, und den Leuten stand ins Gesicht geschrieben, dass sie noch nicht zu sich gefunden hatten, als würde infolge einer magischen Verwandlung die bukolische Idylle des Waldes von Arden auch draußen im Dunkeln und im Nieselregen weiter funkeln und glitzern.

Die Leute strömten auf die Gehsteige und in die verwinkelten Gassen, um dann in den geparkten Autos und den Pubs zu verschwinden. Das Licht der Scheinwerfer um das Theater herum fiel wie glänzende Münzen auf das Wasser. Als es erlosch, war es, als hätte ein Bühnenarbeiter mit einem Schalterdruck den Fluss ausgeknipst.

Der «Schwarze Schwan» – oder die «Torkelnde Ente», je nachdem, von welcher Seite der angehende Gast sich näherte – lag strategisch sehr günstig direkt gegenüber dem Theater. Das Wirtshausschild mit den zwei Tieren (fliegender Schwan auf der einen Seite, betrunkene Ente auf der anderen) war verantwortlich dafür, dass Ortsfremde, die sich bei dem einen verabredet und das andere vorgefunden hatten, einander zuweilen verfehlten.

Fünf Minuten nach dem letzten Vorhang war die «Ente» zum Brechen voll mit Leuten, die bis zur Polizeistunde noch möglichst betrunken werden wollten. Die Menge quoll aus dem

Inneren der Kneipe bis auf die ummauerte Terrasse. Der Zigarettenrauch machte die Nacht so undurchdringlich wie einer dieser guten alten Londoner Nebel. Es war Sommer, und es wimmelte nur so von Touristen; die meisten Stimmen hatten einen amerikanischen Akzent.

Eine der Amerikanerinnen, Miss Gwendolyn Bracegirdle, die auf der Veranda ihrer riesigen, mit rosafarbenem Stuck verzierten Villa in Sarasota, Florida, nie mehr als ein Schlückchen Sherry zur Zeit zu sich nahm, stand mit einem Bekannten in einer dunklen Ecke der Terrasse und ließ sich volllaufen.

«Oh, mein Lieber, nicht *noch* einen! Das ist mein zweiter – wie nennt man das hier?»

«Gin», lachte ihr Begleiter.

«Gin!» Sie kicherte. «Wirklich, ich *kann* nicht mehr!» Aber sie hielt ihr Glas so, als würde sie bestimmt noch einen schaffen.

«Tun Sie einfach so, als wäre es ein sehr trockener Martini.»

Miss Bracegirdle kicherte wieder, als ihr das Glas aus der Hand genommen und wieder aufgefüllt wurde. Für Gwendolyn Bracegirdle – wenn nicht für die ganze Menschheit – war es ein Riesenschritt von süßem Sherry zu Martinis.

Vage lächelnd ließ sie ihren Blick über die anderen Gäste auf der Terrasse schweifen, aber niemand lächelte zurück. Gwendolyn Bracegirdle war nicht der Typ, den man sich einprägt, so wie sie sich die anderen einprägte. (Wie sie ihrem Begleiter erklärt hatte – wenn sie eine besondere Begabung besaß, dann war das ihr Gedächtnis für Gesichter.) Gwendolyn selbst war von unscheinbarem Äußeren – eine kleine Pummelige mit Dauerwellen; das Einzige, wodurch sie an diesem Abend herausstach, war ihr perlenbesetztes Brokatkleid. Ihr Blick fiel auf eine ältere, hagere Frau, deren feuchte, kummervolle Augen sie an ihre Mutter erinnerten. Das ernüchterte sie etwas; Mama Bracegirdle hielt nichts von Spirituosen, es sei denn, sie selbst trank sie, aus medizinischen Gründen natürlich. Mama hatte eine Unmenge von Wehwehchen. Im Augenblick (die fünf Stunden Zeitunterschied mitgerechnet) süffelte sie wahrscheinlich auf der Veranda des rosaroten Horrors; denn als ein rosaroter Horror erschien das Haus der inzwischen an Kalk, Flechtwerk und Strohdächer gewöhnten Gwendolyn aus dreitausend Meilen Entfernung.

Als ihr ein weiterer eisgekühlter Drink in die Hand gedrückt wurde und ihr Bekannter sie anlächelte, sagte Gwendolyn: «Wie um Gottes willen soll ich bloß mein Zimmer wiederfinden.» Ein wirklich trostloses Zimmer dazu: oberster Stock, Blick auf den Hinterhof, eine klumpige Matratze und ein Waschbecken mit Warm- und Kaltwasser. Das Bad war am Ende des Flurs. Sie hätte sich natürlich etwas viel Besseres leisten können, aber sie hatte sich für das «Diamond Hill Guest House» entschieden, weil es so wahnsinnig britisch war, in einem *Bed-and-Breakfast* zu wohnen und sich nicht bedienen zu lassen wie die anderen in ihrer Reisegruppe, die im «Hilton» oder anderen teuren Hotels in amerikanisiertem Luxus schwelgten. Gwendolyn war überzeugt davon, dass man sich den jeweiligen Landessitten anzupassen hatte, und sie hielt nichts davon, im «Hilton» in die Kissen zurückzusinken und sich wie in den Staaten alles aufs Zimmer bringen zu lassen.

«Ich habe wirklich keine Ahnung, wie ich das allein schaffen soll», wiederholte sie und lächelte verschämt.

«Ich bring Sie schon nach Hause.»

Das Mädchen hinter der Theke der «Ente» verkündete die Sperrstunde.

«Noch einen auf den Weg.»

«*Noch einen!* Ich bin noch nicht mit dem hier fertig – na, wenn Sie darauf bestehen …»

Während der Abwesenheit ihres Begleiters prüfte sie kurz ihr Make-up im Handspiegel und fuhr sich mit dem kleinen Finger über ihre auberginefarbenen Lippen. Beim Anblick der Frauen um sie herum mit ihren blassen Lippen und ungeschminkten Gesichtern, die in dem rauchgeschwängerten Dunkel beinahe gespenstisch wirkten, fürchtete sie, sie hätte vielleicht doch etwas zu dick aufgetragen.

«Whoo-*ee*», sagte Gwendolyn und fächerte sich mit der Hand Kühlung zu, als der vierte Gin vor ihr stand. «In diesen Pubs ist ein solches Gedränge, ich schwör's, es ist hier heißer als drüben in Sarasota. Inzwischen kommen auch viele Engländer zu uns rüber. Aber sie fahren alle nach Miami, wo doch Floridas Westküste so viel hübscher ist … Was denken Sie, war dieses Stück nicht wundervoll? Und wäre es nicht herrlich, den ganzen Tag nichts zu tun, als im Wald von Arden herumzutollen? Ich verstehe nicht, warum dieser Wie-hieß-er-gleich so *melancholisch* war –»

«Jacques, meinen Sie?»

«Hmm. Er erinnert mich an jemanden aus Sarasota. Ich meine das Gesicht des Schauspielers. Ich habe Ihnen doch erzählt, was meine Mama immer sagt: ‹Gwennie, es ist richtig unheimlich, dein Gedächtnis für Gesichter.› Mama sagt immer, ich könne Gesichter lesen wie ein Blinder.» In Wirklichkeit hatte Mama das nie gesagt, Mama sagte ihr nämlich nie etwas Nettes. Deswegen litt sie wahrscheinlich auch unter diesem … diesem Komplex. Gwendolyn fühlte ihr Gesicht brennen und wechselte schnell das Thema. «Wirklich zu schade, dass ich Sie nicht schon vor Beginn der Vorstellung gesehen habe. Neben mir war noch ein Platz frei, den sich dann in der Pause irgendein Teenager schnappte. Konnten Sie denn vom Balkon aus etwas sehen?» Ihr Begleiter nickte, während das Mädchen hinter dem Tresen noch einmal an die Sperrstunde erinnerte. Gwendolyn seufzte. «Wirklich zu schade, dass diese Kneipen immer so früh zumachen müssen. Ich meine, gerade ist man in Stimmung gekommen, und schon muss man aufhören … Wäre es nicht nett, wenn wir noch eine kleine Spritztour machen könnten?» Das erinnerte Gwendolyn an den alten Cadillac, den Mama die ganze Zeit in der Garage stehen hatte und nur zu Hochzeiten und Beerdigungen herausholte. Gwendolyn nannte ihn die eiserne Jungfrau. Der Caddy hatte sogar eine gewisse Ähnlichkeit mit Mama, die gewöhnlich strenges Grau oder Schwarz mit einem metallischen Schimmer trug. Die winzigen Streifen in ihren grauen Augen glichen Radspeichen, der Knoten, zu dem sie ihr graues Haar hochsteckte, hatte die Form einer Radkappe. Ganz wie der alte Wagen.

«Na, wir könnten noch einen kleinen Spaziergang machen, bevor Sie nach Hause gehen. Ich geh gern am Fluss entlang.»

«Oh, das wäre schön», sagte Gwendolyn. Sie leerte ihr Glas und verschluckte sich beinahe, so brannte der Gin, den Mama für Teufelszeug hielt; sie nahm ihre perlenbestickte Handtasche an sich. Das blaue Brokatkleid war wohl doch des Guten zu viel gewesen. Aber wenn man nicht einmal im Royal Shakespeare Theatre Abendgarderobe tragen konnte, wann dann? Manche

Leute, dachte sie, als sie das Lokal verließen, würden sogar zu einer Krönung Jeans tragen.

Wie alle Pubs leerte sich die «Torkelnde Ente» wie durch Zauberei. Wenn sie schließen, schließen sie; dem Wirt scheinen plötzlich fünf zusätzliche Hände zu wachsen, mit denen er Gläser von Tischen abräumt, während für den Gast dieser letzte Schluck, dieser allerletzte Tropfen das Einzige zu sein scheint, was ihn vor dem Engel der Finsternis bewahrt.

Als sie die Straße überquerten, wurden die Lichter der «Ente» bereits gelöscht. Sie nahmen den unbeleuchteten Weg auf die Kirche zu – ein gemütlicher Bummel, bei dem sie sich über das Stück unterhielten.

Als sie um die Dreifaltigkeitskirche herumgegangen waren, blieb ihr Bekannter stehen. «Was ist?», fragte Gwendolyn in der Hoffnung, die Antwort zu kennen. Sie versuchte, der in ihr aufsteigenden Erregung Herr zu werden, konnte sie jedoch genauso wenig unterdrücken wie den Hass, der sie vorhin bei dem Gedanken an Mama erfüllt hatte. Diese obskure Begierde war etwas, was sie nicht verstand, was ihr die Schamröte ins Gesicht trieb. Aber schließlich, so sagte sie sich, spielte es heutzutage keine Rolle, für *wen* man diese Gefühle entwickelte. Und die Scham gehörte dazu, das wusste sie. Ihr Gesicht glühte. Schuld daran war Mama. Hätte sie Gwendolyn nicht all diese Jahre zusammen mit dem Caddy in der Garage abgestellt …

Die Stimme ihres Bekannten und sein kurzes Lachen unterbrachen ihre Gedanken. «Sorry, das muss an diesen Drinks liegen. Da drüben sind Toiletten …»

Sie gingen zu dem weiß getünchten kleinen Häuschen, das tagsüber von zahlreichen Touristen frequentiert wurde, das aber nachts in genauso dunkler Stille lag wie der Weg, auf dem sie gekommen waren. Gwendolyns Erregung wuchs.

«Sie haben doch nichts dagegen?»

Gwendolyn kicherte. «Nein, natürlich nicht. Aber sehen Sie nur: Die Toiletten sind außer Betrieb.»

Die Hand eines männlichen Begleiters von ihrem Knie schieben – näher war Gwendolyn Bracegirdle der Sache, die Shakespeare als den Akt der Dunkelheit bezeichnete, noch nie gekommen. Seit langem war ihr schmerzlich bewusst, dass ihr jeder Sex-Appeal fehlte.

Es war ihr deshalb hoch anzurechnen, dass sie, als sie mit sanfter Gewalt in die öffentliche Toilette geschoben wurde, als sie Hände auf ihren Schultern und Atem in ihrem Nacken spürte und schließlich eine Befreiung empfand, als wären Brokatkleid, BH und Slip plötzlich von ihr abgefallen – dass sie diesen Angriff auf ihre Person also nicht abwehrte, sondern sich sagte: *Zum Teufel, Mama! Gleich werde ich vergewaltigt.*

Und als sie dieses komische Kitzeln um die Brust herum spürte, kicherte sie beinahe und dachte: *Der komische Kerl hat eine Feder …*

Der komische Kerl hatte eine Rasierklinge.

2

Der von Weiden gesäumte und mit Licht überzogene Avon floss träge am rosa Backsteinbau des Theaters und an der Dreifaltigkeitskirche vorbei. Enten schliefen im Riedgras, und Schwäne schaukelten verträumt am Ufer.

An einem solchen Morgen und an einem solchen Ort hätte es einen nicht überrascht, Rosalind zu sehen, wie sie an Bäume geheftete Gedichte las, oder Jacques, wie er am Flussufer vor sich hin brütete. Von weitem hätte man auch die Dame und den Herrn, die zwischen der alten Kirche und dem Theater am Fluss standen, für zwei Personen aus einem Shakespeare-Stück halten können, die von der Bühne herabgestiegen waren, um an diesem verzauberten Fluss Schwäne zu füttern.

Es war ein arkadisches Idyll, eine Rêverie, ein Traum …

Beinahe.

«Du hast mein letztes Sahnetörtchen an die Schwäne verfüttert, Melrose», sagte die Dame, die nicht Rosalind war, und steckte die Nase in eine weiße Papiertüte.

«Sie waren trocken», sagte der Herr, der zwar melancholisch, aber doch nicht Jacques war. Melrose Plant fragte sich, ob der Avon an dieser Stelle tief genug war, um sich darin zu ertränken. Aber warum der Aufwand? Noch weitere fünf Minuten, und er würde ohnehin vor Langeweile sterben.

«Ich hatte sie mir für mein zweites Frühstück aufgehoben», murrte Lady Agatha Ardry.

Melrose blickte auf die silbrige Fläche des Avon und seufzte. Eine richtige Schäferidylle war das, fehlten nur noch eine Schäferin oder Milchmagd. Eine Schäferin mit veilchenblauen Augen würde so wunderbar zu ihm passen. Seine Gedanken drifteten wie die Brotkrümel auf dem Wasser zurück nach Littlebourne und zu Polly Praed. Mit einem Milcheimer konnte er sich Polly allerdings nicht vorstellen.

«Wir frühstücken alle zusammen im ‹Cobweb Tea Room›. Und du wirst vielleicht auch von deinem hohen Ross steigen und dich zu uns gesellen», sagte sie vorwurfsvoll.

«Nein, ich gedenke mein Frühstück hoch zu Ross einzunehmen.»

«Immer musst du dich aufspielen, Plant. Wirklich, es ist zu ärgerlich –»

«Mich aufspielen – genau das tue ich nicht. Der Beweis: Ich werde heute Morgen nicht im ‹Cobweb Tea Room› frühstücken.»

«Du hast sie noch nicht einmal begrüßt.»

«Eben.»

Sie waren Agathas Verwandte aus Milwaukee, Wisconsin. Bislang hatte Melrose sie nur von weitem gesehen. Er war entschlossen, es dabei zu belassen, mochte sie ihm auch noch so sehr zusetzen. Er hatte sich im Falstaff einquartiert, einem klitzekleinen, aber reizenden Hotel an der Hauptstraße, und auf diese Weise Agatha und die amerikanische Verwandtschaft gezwungen, in einem Touristenhotel abzusteigen. Er hatte die ganze Sippe auf dem Gehsteig vor der plumpen Tudorimitation des Hathaway gesehen: die Vettern und Cousinen ersten und zweiten Grades und die Verwandten um tausend Ecken, eine wahre Flotte von Verwandten, die mit einem dieser Reisebusse gekommen waren.

Vor zwei Wochen hatte Agatha ihm auf Ardry End den Brief unter die Nase gehalten und darauf bestanden, dass er sie unbedingt begrüßen müsse. «Unsere amerikanischen Verwandten, die Randolph Biggets.»

«Nicht die meinen, das steht fest», hatte Melrose hinter seiner Morgenzeitung hervor erwidert.

«Angeheiratet, mein lieber Plant», sagte Agatha mit einem so selbstzufriedenen Gesichtsausdruck, als hätte sie ihn in diese Lage gebracht.

«Nein, auch nicht angeheiratet. Das geht auf Onkel Roberts Konto, und er hat das Zeitliche gesegnet.»

«Mach doch nicht immer Schwierigkeiten, Plant.»

«Ich mache keine Schwierigkeiten. Ich habe die Randolph Biggets nicht geheiratet.»

«Möchtest du nicht mal deine eigene Familie kennenlernen?»

«Keine Familie und noch weniger Freunde, um frei nach Hamlet zu zitieren. Und Hamlet wäre es viel besser ergangen, wenn er sich daran gehalten hätte. Aber ich schätze, wenn Claudius Randolph Bigget geheißen hätte, wäre es Hamlet auch nicht so schwergefallen, ihn beim Gebet um die Ecke zu bringen.»

Während Agatha die verschiedenen Kuchen auf dem Teewagen nachzählte, meinte sie süffisant: «Na, dann muss der Berg eben zum Propheten kommen.»

Melrose ließ die Zeitung sinken. Das ließ nichts Gutes erahnen. «Was meinst du damit?»

Sie ergriff ein mit rosa Zuckerguss überzogenes Cremetörtchen. «Ganz einfach, wenn wir nicht *dorthin* fahren können, dann muss ich die Biggets eben bitten, *hierherzukommen*. So ein kleiner Ausflug aufs Land, das gefällt ihnen bestimmt.»

«Hierher?» Melrose erkannte sehr wohl ihre erpresserischen

Absichten. Er tat jedoch ganz ahnungslos und sagte: «Du hast doch nur zwei Räume in deinem kleinen Landhaus. Aber vermutlich kannst du sie im ‹Jack & Hammer› unterbringen. Dick Scroggs hat immer etwas frei. Vor allem seit diesem Mord vor drei Jahren.» Er füllte ein paar leere Kästchen in seinem Kreuzworträtsel aus.

«Du hast wirklich einen sehr morbiden Sinn für Humor, Plant. Ich muss schon sagen, mit all dem Platz auf Ardry End könntest du dich etwas gastfreundlicher zeigen.» Als er nichts darauf erwiderte, fügte sie hinzu: «Wenn du sie schon nicht bei dir übernachten lässt, solltest du sie zumindest zum Tee mit Sahnehäubchen einladen.»

«Sie sollten besser auf ihren Tee mit Sahnehäubchen verzichten. Ich wette, sie sind schon dick genug.» Melrose vervollständigte eine mit *L* beginnende Senkrechte durch *aib*.

«Dick? Du hast sie doch noch nie gesehen.»

«Sie hören sich so an.»

Keine zehn Pferde hätten Melrose im Juli nach Stratford-upon-Avon gebracht. Aber dann schaffte es der Anruf von Richard Jury zwei Tage zuvor. Da es nicht allzu weit von Long Piddleton war und Jury wegen einer polizeilichen Routineangelegenheit nach Stratford musste, hatte er vorgeschlagen, Plant solle sich doch hinters Steuer setzen und hinkommen, falls nichts Dringlicheres anstünde.

Und Melrose hatte sich hinters Steuer gesetzt, während Agatha, einen Picknickkorb im Schoß, vom Beifahrersitz aus ihre Anweisungen gab.

«Das gute alte Stratford», sagte Agatha, die Arme ausgestreckt, als wollte sie die Stadt an ihren Busen drücken.

Melrose beobachtete, wie sie über die Straße auf den «Cobweb Tea Room» zuging, wo sie mit ihren Verwandten im Dunkel der schweren Balken und abgetretenen Fußböden Kaffee trinken würde. Je weniger Licht, je wackliger die Tische, desto größer die Begeisterung der Touristen. Agatha machte da keine Ausnahme, doch war ihr der Stand der Dinge auf dem Kuchenteller sehr viel wichtiger war als der Zustand der Tische. Hätte sie gewusst, dass er sich mit Richard Jury zum Abendessen verabredet hatte, wäre Melrose sie nie losgeworden.

Denn es wäre ihr nicht nur Jury, sondern auch eine kostenlose Mahlzeit entgangen.

Am Ende einer Lindenallee lag Stratfords Dreifaltigkeitskirche. William Shakespeare war dort begraben, und Melrose wollte sich den Chor anschauen. Die schwere Tür fiel leise hinter ihm ins Schloss, als wäre sie sich mehr des Genies bewusst als des Pilgerknäuels am Souvenirstand, wo alles gekauft wurde, was das Bild des Dichters trug – Lesezeichen, Schlüsselringe, Adressbücher. In der Kirche selbst war niemand außer einem älteren Mann, der sich neben der Geldbüchse am Anfang des Mittelschiffs postiert hatte. Melrose angelte nach einem 10-Pence-Stück, das für den Blick auf Shakespeares letzte Ruhestätte zu entrichten war. Als würde man auf dem Jahrmarkt einmal Karussell fahren wollen, dachte er. Er kam sich wie ein Leichenfledderer vor; der Grabwächter schien jedoch anders darüber zu denken, denn er grinste Melrose breit an und hob die rote Samtkordel hoch.

William Shakespeare muss ein Mann mit Geschmack gewesen sein. Wenn jemand ein in Marmor gehauenes Denkmal in Lebensgröße, einen kleinen Hund zu Füßen und einen Sarkophag in einer mit Samt ausgeschlagenen Nische verdient hatte,

dann Shakespeare. Stattdessen gab es nur diese kleine Bronze-
tafel mit seinem Namen und den Namen anderer Familienmit-
glieder, die an seiner Seite ruhten. Melrose überkam eine für ihn
ganz ungewöhnliche, fast religiöse Verehrung für dieses Genie,
das auf jeden Pomp verzichtete.

Bevor er das Kirchenschiff verließ, besichtigte Melrose noch den
Chor und die ungewöhnlichen Holzschnitzereien an den Arm-
lehnen des Chorgestühls. Während er die geschnitzten Gesichter, die kleinen Wasserspeiern ähnelten, bewunderte, machte er
einen Schritt rückwärts und trat dabei gegen etwas, das sich bei
näherer Betrachtung als die Rückfront eines Mannes herausstell-
te, der zwischen den Bänken herumkroch.

«Oh, entschuldigen Sie», sagte der noch ziemlich junge Mann,
während er sich aufrichtete und einen Riemen über seiner Schulter zurechtrückte, an dem ein ziemlich großer, quadratischer
Kasten hing. Zuerst dachte Melrose, es wäre vielleicht irgendeine
raffinierte Kameraausrüstung; dagegen sprach jedoch, dass der
Kasten aus Metall war. Ein Geigerzähler vielleicht? Suchte der
Bursche nach radioaktivem Material im Chor? «Haben Sie etwas
verloren?», fragte Melrose höflich.

«O nein, ich habe nur mal unter die Sitze geschaut.» Die Holz-
sitze konnten hochgeklappt werden, wenn sie nicht gebraucht
wurden. Aber nicht alle befanden sich in dieser Position. «Nach
den Schnitzereien. Es sind sogar welche unter den Bänken», erklärte er.

«Sie meinen die Misericordi?»

«Heißen sie so? Komische Dinger. Warum, zum Teufel, hat
man sie dort unten angebracht?»

«Kann ich Ihnen leider auch nicht sagen.»

Melrose schätzte ihn auf Ende dreißig, nicht ganz so jung, wie er ursprünglich angenommen hatte; er hatte sich wohl von dem jungenhaften Gesicht täuschen lassen, dessen Frische den Eindruck machte, als wäre es gerade mit einer harten Bürste geschrubbt worden. Er war ziemlich groß, hatte braunes Haar und sah nicht gerade elegant aus in seinem Seersucker-Anzug und der abscheulichen, gepunkteten Fliege. Er fuhr mit dem Finger am Kragenrand entlang wie ein Mann, der Krawatten verabscheut. Sein Akzent ließ auf Amerika oder Kanada schließen. Melroses Ohr war aber ohnehin nicht darauf gestimmt, den Unterschied zu hören. Höchstwahrscheinlich war er Amerikaner.

«Sind Sie von hier?», fragte der Mann, als er Melrose durch das Mittelschiff folgte, am Hüter der Samtkordel vorbei.

«Nein, nur zu Besuch.»

«Ah, ich auch.» Es klang, als wäre er endlich in der unermesslichen Einöde Stratfords auf einen Kameraden gestoßen, als würden alle Besucher dieser Stadt eine Wüste durchwandern. «Nette Kirche, nicht wahr?»

«Ja, sehr nett.»

Der Amerikaner blieb zwischen den Stühlen und den Gebetskissen stehen und streckte unversehens eine plumpe Hand mit spatelförmigen Fingern aus. «Harvey L. Schoenberg aus D. C.»

«Ich bin Melrose Plant.» Er schüttelte dem Mann die Hand.

«Und von wo?»

«Northants. Das heißt Northamptonshire. Ist ungefähr neunzig oder hundert Kilometer von hier.»

«Noch nie gehört.»

«Das haben die wenigsten. Abgesehen von ein paar hübschen Dörfern in einer ganz hübschen Landschaft, gibt es dort keine besonderen Sehenswürdigkeiten.»

«Na, hören Sie», sagte Harvey Schoenberg und stieß die schwere Kirchentür mit der Schulter auf. «Machen Sie es nicht schlechter, als es ist.» Er sagte das, als hätte Melrose seine Heimat in Verruf gebracht. «Ich wäre froh, wenn wir in D. C. einen solchen Juli hätten.»

«Wo liegt denn dieses Disi?», fragte Melrose unsicher.

Schoenberg lachte. «Sie kennen doch Washington, D. C.?»

«Ah, Ihre Hauptstadt.»

«Ja-ah. Die Hauptstadt der guten alten Staaten. Aber ein furchtbares Klima, glauben Sie mir.»

Melrose hatte gerade beschlossen, den Kirchenweg zu verlassen und den Weg am Fluss entlang zu nehmen, als Schoenberg, der immer noch an seiner Seite war, fragte: «Wer ist Lucy?»

«Was?»

«Lucy.» Schoenberg zeigte auf den gepflasterten Weg. Die Inschrift war in den Stein unter ihren Füßen gemeißelt. «Eine Freundin Shakespeares oder so was Ähnliches?»

«Ich glaube, es ist der Name einer Familie. Der Lucys.» Melrose wies mit seinem Spazierstock, den ein silberner Knauf zierte, nach links und rechts auf den Boden unter den Linden. «Sie müssen entweder da oder dort begraben sein.»

«Komisch, wir gehen also über Gräber?»

«Hmm, ich wollte eigentlich am Fluss entlanggehen, Mr. Schoenberg. Hat mich gefreut –»

«Gut.» Er schob den Schulterriemen des großen Metallkastens etwas höher und folgte Melrose über den Rasen. Er war wie ein entlaufener Hund, dem jemand im Park den Kopf getätschelt hat und der sich nun nicht mehr abwimmeln lässt. «Mir entgeht nichts.» Schoenberg schob sich einen Kaugummi in den Mund. «Ich sammle nämlich Material für ein Buch.»

Es wäre wohl unhöflich, dachte Melrose, ihn nicht zu fragen, was für ein Buch das sein soll. Also tat er es.

«Über Shakespeare», sagte Schoenberg fröhlich und begann zu kauen.

Melrose seufzte innerlich tief auf. Oje! Warum um Himmels willen wollte dieser Amerikaner, dessen Gesicht so blank geschrubbt war wie eine Frühkartoffel, sich ausgerechnet in diese gefährlichen Gewässer begeben?

«Es muss doch Berge von Büchern über Shakespeare geben, Mr. Schoenberg, haben Sie denn keine Angst, darunter begraben zu werden?»

«Harv. Begraben? Aber nein. Was ich vorhabe, ist vollkommen neu. Eigentlich geht es vor allem um Kit Marlowe, weniger um Shakespeare.»

Melrose scheute sich fast zu fragen: «Ich hoffe, es geht nicht um die Authentizität seiner Werke?»

«Authentizität? Sie meinen, wer sie geschrieben hat?» Schoenberg schüttelte den Kopf. «Es ist eher biographisch als literarisch. Eigentlich ist es Marlowe, für den ich mich interessiere.»

«Ich verstehe. Als Gelehrter? Gehören Sie irgendeinem Institut an?»

«Ich hab nicht mal meinen Master. Diesen Intellektuellenmist überlasse ich meinem Bruder. Er ist Dekan am Englischen Seminar eines Colleges in Virginia. In ein paar Tagen treffe ich mich mit ihm in London. Nein, ich bin Programmierer.» Er tätschelte den Metallkasten und zog den Schulterriemen hoch.

«Tatsächlich? Ich war schon immer der Meinung, dass wir viel zu viel Dekane und viel zu wenig Programmierer haben.»

Harvey Schoenberg grinste übers ganze Gesicht. «Na, es wird bald jede Menge davon geben, Mel. Der Computer wird unsere

Welt verändern. Wie dieses kleine Baby hier.» Und er tätschelte den Kasten, als wäre er tatsächlich ein Baby.

Melrose blieb abrupt stehen, und ein paar hungrige Schwäne kamen erwartungsvoll angepaddelt. «Mr. Schoenberg, Sie wollen doch nicht etwa sagen –»

«Harv.»

«– dass da wirklich ein Computer drinsteckt?»

Harvey Schoenbergs dunkle Augen glitzerten durch das Spinngewebe aus Schatten, das die Weiden auf sein Gesicht warfen. «Und ob. Wollen Sie ihn sehen, Mel? Aber warten Sie, ich lad Sie zu einem Bier ein und erzähl Ihnen alles haarklein. Einverstanden?»

Ohne seine Antwort abzuwarten, setzte Harvey sich in Bewegung.

«Na ja, ich –» Melrose war sich keineswegs sicher, ob er alles haarklein wissen wollte.

«Kommen Sie, kommen Sie», Harvey Schoenberg gestikulierte, als wären sie im Begriff, einen Bus zu verpassen. «Die ‹Torkelnde Ente› ist gleich da drüben. Oder der ‹Schwarze Schwan›, wie Sie wollen. Wie kommt es eigentlich, dass das Lokal zwei Namen hat?»

«Soviel ich weiß, ist der ‹Schwarze Schwan› das Restaurant.»

Schoenberg sah über die Schulter zurück auf den Fluss.

«Wo kriegen sie nur die Schwäne her? Ich hab mir die Sache zum Spaß etwas näher angesehen und ein kleines Programm zusammengestellt, um rauszufinden, wann am wenigsten damit zu rechnen ist, dass sie sich am Ufer versammeln, um sich füttern zu lassen. Der Ishi hat das alles für mich ausgerechnet.»

Melrose wusste nicht genau, wie er diese Information aufnehmen sollte. «Ich nehme an, die Schwäne kommen aus einem Schwanenteich.»

«Tatsächlich. Ist das eine Art Hühnerfarm?»

Der «Schwarze Schwan» lag direkt vor ihnen. Melrose hatte das Gefühl, einen Drink zu benötigen. «Nicht wirklich.» Er hob den Blick zum strahlend blauen Himmel und fragte sich, ob er vielleicht zu viel Sonne abbekommen hätte. «Was», fragte er, «ist ein Ishi?»

«Ishikabi. Dieser Kleine da. Japaner, aber von mir höchstpersönlich umgebaut.»

Harvey Schoenberg schien für alles und jeden einen Spitznamen zu haben, seinen Computer eingeschlossen.

Den Sonnenstich durch einen Old Peculier gelindert, wartete Melrose – nicht ohne Bangigkeit – darauf, dass Harvey Schoenberg ihm alles erklärte. Der Ishi saß als Dritter im Bunde auf einem Stuhl neben Harvey. Der Deckel des Kastens war hochgeklappt und gab den Blick auf einen kleinen Monitor und eine Tastatur frei. Da waren Schlitze für die Disketten, und auf dem grünen Bildschirm pulsierte ein winziges weißes Quadrat. Anscheinend Ishis Herzschlag. Er war so wahnsinnig schnell, dass Melrose den Eindruck bekam, er und Harvey könnten ihre Ungeduld kaum noch bezähmen.

«Wer tötete Marlowe?», sagte Harvey Schoenberg.

«Nun, niemand weiß genau, was pas…»

Harvey schüttelte so heftig den Kopf, dass seine Fliege auf und ab hüpfte und er sie wieder in Ordnung bringen musste. «Nein, nein. Das ist der Titel meines Buches: *Wer tötete Marlowe?*»

«Ach, tatsächlich?» Melrose räusperte sich.

«Und nun –» Harvey stützte sich auf seine verschränkten

Arme und beugte sich weit über den kleinen Tisch – «erzählen Sie mir alles, was Sie über Kit Marlowe wissen.»

Melrose überlegte einen Augenblick. «Kit, das heißt, Christopher –» Melrose besaß nicht Harveys Begabung, sich jedem Fremden gleich anzubiedern – «Marlowe kam bei einer Wirtshausschlägerei ums Leben; soweit ich mich erinnere, ließ er sich in einem Pub in Southwark volllaufen –»

«Deptford.»

«Ja, richtig, Deptford – irgendwie entwickelte sich ein Streit, und Marlowe wurde erstochen. Ein unglücklicher Zufall. So ungefähr muss es gewesen sein», murmelte Melrose abschließend, als er das piratenhafte Lächeln auf Harvey Schoenbergs Gesicht sah.

«Und weiter?»

Melrose zuckte die Achseln. «Womit? Mehr weiß ich nicht.»

«Ich meine, sein Leben. Die Stücke und so weiter.»

«Ich hatte den Eindruck, der literarische Aspekt würde Sie nicht interessieren.»

«Tut er auch nicht. Nicht wie diese Studierten, die alles Mögliche mit seinem Werk anstellen, nur um zu beweisen, dass Burschen wie Bacon Shakespeares Stücke geschrieben haben. Wie Marlowe und Shakespeare zueinander standen, das ist was ganz anderes.»

«Ich glaube nicht, dass Christopher Marlowe und Shakespeare sich so gut verstanden haben. Marlowes Ruf war schon ziemlich gefestigt, als Shakespeare auf der Bildfläche erschien. Er hatte bereits *Tamburlaine* und *Doktor Faustus* auf die Bühne gebracht, und man hielt ihn für den wohl besten Dramatiker Englands. Irgendwie war er auch in die Politik verwickelt. Marlowe war ein Agent, eine Art Spion …»

Während Melrose seinen Vortrag fortsetzte, saß Harvey auf seinem Stuhl und nickte energisch, wie ein Lehrer, der darauf wartet, dass ein idiotischer Schüler seine auswendig gelernte Lektion herunterrasselt, damit er dazwischenfahren und ihn korrigieren kann.

«*Tamburlaine* entstand, als Marlowe in Cambridge studierte, oder zumindest ein Teil davon. Ein erstaunliches Werk für einen so jungen Autor. Außerdem war da noch *Doktor Faustus* –»

««War dies das Gesicht, das tausend Schiffe hat entsandt?»», sagte Harvey ein bisschen niedergeschlagen.

«Richtig.» Melrose taute allmählich auf. «Wie finden Sie mich?»

«Großartig. Sie wissen wirklich eine Menge. Sie sind wohl Professor oder so was Ähnliches?»

«Ich halte tatsächlich ab und zu Vorlesungen an der Universität. Nichts Bedeutendes.» Melrose leerte sein Glas und goss sich den Rest der Flasche ein. Ihm war etwas schwindlig – entweder von dem Old Peculier, der es in sich hatte, oder von Harvey Schoenberg, der es noch mehr in sich hatte. Es ließ sich nicht genau unterscheiden.

«Literatur, was?»

«Französische Lyrik. Aber zurück zu Marlowe –»

Sich noch weiter vorbeugend, sagte Harvey mit leiser, gedämpfter Stimme: «Der Earl von Southampton, was wissen Sie über ihn?»

Wenn Melrose mit hochgeschlagenem Mantelkragen in einem dunklen Hauseingang gestanden hätte – der Eindruck, geheime Informationen weiterzugeben, wäre kaum stärker gewesen. «Southampton? War er nicht Shakespeares Sponsor? Ein Kunstmäzen?»

«Richtig. Jung, reich, gutaussehend. Ein hübscher Knabe, dieser Southampton.»

«Ich bitte Sie, Sie wollen doch nicht Shakespeares Heterosexualität in Frage stellen. Das wäre blanker Unsinn.»

Harvey schien überrascht. «Haben Sie die Sonette gelesen?»

«Ja. In ihnen ist nur von Liebe, Treue –»

«Ach, tatsächlich.» Er wandte sich dem Ishi zu und bewegte seine Finger so schnell, wie Melrose es noch nie gesehen hatte. Das winzige weiße Quadrat hüpfte hin und her, und Worte erschienen auf dem Bildschirm.

> War's seiner Dichtung Prunkschiff, ohne Wanken
> in siegessicherm Kurs auf deinen Wert,
> was mir zerstört hat reifende Gedanken,
> zur Gruft verkehrt den Schoß, der sie gebärt?

Anscheinend hielt er das für einen schlagenden Beweis. «Wem der Schuh passt ... Aber darum geht es nicht. Verflucht, mir ist es völlig gleichgültig, was die Burschen im Bett getrieben haben. Aber wir wissen, dass Marlowe andersrum war.»

«Wissen wir das?»

«Sicher. Was zum Teufel hatte Ihrer Meinung nach diese Walsingham-Geschichte zu bedeuten? Oh, ich weiß, es gibt da eine Theorie, nach der Kit bei einer Auseinandersetzung wegen einer Dame von zweifelhaftem Ruf erstochen worden sein soll. Und es gibt auch noch diese Geschichte von der Bootspartie, bei der Marlowe es ganz besonders wild getrieben haben soll; er geriet in einen Streit und ging über Bord.» Harvey schnaubte und beförderte damit diese beiden Theorien ebenfalls über Bord. «Hören Sie, ob Sie's glauben oder nicht: Tom Walsingham war Marlowes eigentlicher *Freund*.» Harvey zwinkerte und rückte seine fürchterliche Fliege zurecht. «*Hero und Leander* ist ihm gewidmet.» Harvey schob sein Glas beiseite und lehnte sich zu Melrose hinüber, als wären sie Spione auf einer heißen Spur. «Die Walsinghams hatten sehr viel Kohle und sehr viel Macht. Und Tommy-Boy hat Kit als Spitzel rekrutiert –»

Melrose räusperte sich. «In welchem Jahrhundert leben wir, Mr. Schoenberg?»

«Harv – ihn nach Spanien geschickt und dort in ein Kloster eingeschleust, wo er herausfinden sollte, was die Katholiken planten. Sie wissen schon, Maria, die Königin von Schottland und ihre Sippe.» Harvey lehnte sich zurück und trank von seinem Bier.»

«Der Name kommt mir bekannt vor.»

Harvey richtete sich auf. «Nun? Kein Wunder, wenn Kit an Gott und der Welt zweifelte, als sie ihn in den Kerker warfen. Tom Walsingham hatte schließlich genügend Einfluss; er hätte all das verhindern können. Aber was tut er? Er lässt Kit die Sache allein ausbaden …» Harvey wedelte empört mit der Hand. «Wie die CIA oder M-5: ‹Wenn Sie geschnappt werden, Null-Null-Sieben, kennen wir Sie nicht.› In diesem Stil.»

Entgegen seiner Absicht gab Melrose nicht nach. «Wir haben es mit einer Zeit außerordentlicher Konflikte zu tun, in politischer wie religiöser Hinsicht. Es war einfach nicht möglich, sich ungestraft die scheinbar ketzerischen Ideen eines Faustus zu eigen zu machen und privat dann die Katholiken in Spanien zu bespitzeln –»

Harvey Schoenberg winkte ab. «Ach was. Zu allem Unglück brach dann auch noch die Pest aus. Eine Seuche – verdammt unangenehme Angelegenheit, so was.» Harvey studierte seine

Fingernägel, als würde er dort nach Spuren suchen. «Ich weiß das alles auch. Aber, sehen Sie, an diesem Punkt gerieten die meisten, was Marlowes Tod betrifft, auf die falsche Fährte. Wer seinen Tod nicht für bloßen Zufall hält – *Zufall!* Haben Sie schon einmal gehört, dass jemandem zufällig ein Schwert ins Auge gerät?» Harvey schüttelte den Kopf über diese Sorte von Forschern, die statt eines Elefanten eine Mücke ausbrüteten. «Das können wir abhaken. Also, wer wusste, dass Kit ermordet wurde, machte den Fehler zu glauben, dass die Burschen, die sich in der Taverne von Deptford mit ihm anlegten, ihn aus politischen Gründen töteten; dass die befürchteten, Kit könnte im Falle einer Verhaftung auspacken und erzählen, was er über Walsingham und Raleigh und die ganze Affäre wusste.»

Melrose hatte während dieses Vortrags das Etikett von seiner Bierflasche abgekratzt, eine unliebsame Angewohnheit, die er gewöhnlich unter Kontrolle hatte. «Ich nehme an, Sie sind da anderer Meinung?»

Wieder beugte Harvey sich über den Tisch und senkte die Stimme. «Hören Sie, seit vierhundert Jahren versucht man herauszufinden, was sich in dieser Taverne in Deptford abgespielt hat. Die einzigen Zeugen – was für ein Pech – waren gleichzeitig die Hauptakteure. Da waren Poley, Skeres und Frizer. Und Marlowe, aber er war tot, der arme Kerl –»

«Einer der größten, wenn nicht *der* größte Verlust für die englische Literatur.» Melrose, der äußerst selten dozierte, verspürte plötzlich das Bedürfnis dazu. Außerdem spürte er die Wirkung des Alkohols. Zweifellos eine Abwehrreaktion gegen diesen Ansturm totaler Unvernunft. «Neunundzwanzig war er –»

Der Verlust für die Literatur ließ Harvey Schoenberg jedoch kalt. Er war Wichtigerem auf der Spur. «Ja, er starb. Aber das tun wir alle. Der Punkt ist, dass die meisten annehmen, Skeres und Frizer wären von Walsingham gedungen worden, und die Gründe wären, wie gesagt, politischer Natur gewesen. Wissen Sie, was ich davon halte?»

«Keine Ahnung.»

«Vollkommener Blödsinn.» Schoenberg lehnte sich selbstzufrieden zurück, den Arm über die Rückenlehne seines Stuhls gelegt.

«Tatsächlich?» Melrose wagte kaum zu fragen, aber er spürte gleichzeitig, dass sein Widerstand mehr oder weniger gebrochen war: «Was ist also passiert? Wer ist Ihrer Meinung nach verantwortlich?»

Harvey Schoenberg ließ dieses verschwörerische, piratenhafte Lächeln aufblitzen, das wirkte, als hätte er ein Messer zwischen den Zähnen. «Sie werden aber niemandem von meiner Theorie erzählen?» Und wieder tätschelte er seinen Computer. «Hier ist alles drin – das ganze Beweismaterial.»

«Jemandem davon erzählen? Ich schwöre, selbst auf der Streckfolter würde kein Wort über meine Lippen kommen.»

«Shakespeare», sagte Harvey Schoenberg und leerte sein Glas zufrieden bis auf den letzten Tropfen.

3

Entgeistert starrte Melrose ihn an. Aber Harvey Schoenberg schien die Tatsache, dass er eben den wahnwitzigsten Schluss in der Literaturgeschichte gezogen hatte, völlig kaltzulassen. «Sie wollen mir also weismachen, dass William Shakespeare die Schuld an Christopher Marlowes Tod trifft?»

Harveys graue Augen glitzerten wie die Scherben eines zerbrochenen Spiegels. Er lächelte und nickte. Er bot Melrose eine Zigarette aus einer Packung Salem an.

«Sie sprechen von dem größten literarischen Genie aller Zeiten!»

«Was hat das eine mit dem anderen zu tun?» Harvey beugte sich vor, um Melrose Feuer zu geben. «Was das Temperament betrifft, so wissen Sie doch, wie Schriftsteller, Maler und ihresgleichen einzuordnen sind. Äußerst labil. Und die Genies sind wahrscheinlich die verrücktesten.»

«Shakespeare war nicht ‹verrückt›.» Melrose hustete, als er den Rauch der nach Menthol schmeckenden Zigarette einatmete. «Im Gegenteil, alles spricht dafür, dass Shakespeare ein äußerst vernünftiger und geschickter Geschäftsmann war.» Warum ließ er sich überhaupt auf diesen Amerikaner und seine verrückten Theorien ein? Hatte er vielleicht mit Agatha zu viele Gespräche dieser Art geführt?

Harvey hob einen Fuß auf seinen Stuhl und legte das Kinn auf sein Knie. «Der Punkt ist, was wissen wir denn wirklich über diese Burschen, die damals gelebt haben? Verflucht, selbst den eigenen Namen haben sie jedes Mal anders geschrieben.» Er ließ seine Asche auf den Fußboden fallen. «Marloe, Marley, Marlowe und sogar Marlin – ich bin auf sieben, acht verschiedene Schreibweisen gestoßen –, wie zum Teufel sollen wir da wissen, was sie geschrieben oder unterschrieben haben.»

«Und was war sein Motiv? Hatte Shakespeare auch nur den geringsten Grund, Marlowe aus dem Weg zu räumen?»

Harvey beugte sich wieder über den Tisch und sagte: «Mel, haben Sie denn nicht zugehört? Der Earl von Southampton, das war der Grund.»

«Aber der Earl von Southampton war doch *Shakespeares* Gönner! Nicht Marlowes. Das ist doch …»

Harvey seufzte, als hätte er es satt, eine Lektion zu wiederholen, die schon längst hätte sitzen sollen. Wieder wandte er sich dem Computer zu, tippte etwas ein und sagte: «Die Eifersucht zwischen beiden hätte ausgereicht, ein Schlachtschiff zu versenken, und Sie sind verrückt, wenn Sie das leugnen wollen. Sie sagten, Sie hätten die Sonette gelesen. Dann schauen Sie sich das mal an.»

Da ich allein dich rief als Muse an,
zehrt’ ich allein von deiner Anmut Gnade.
Doch ist nun bald mein Liederschatz vertan,
und andre schreiten schon auf meinem Pfade.

Ich weiß, Geliebter, wohl: Dein holdes Bild
ist wert, dass bessre Dichter von ihm singen;
doch was den Sänger je vor dir erfüllt,
er stahl es dir, um dir’s zurückzubringen.

Pries deine Tugend er, nahm er den Preis
von deiner Art; der deine Schönheit sang,
fand sie auf deinem Antlitz, und er weiß,
dass jedes Wort aus deinem Wert entsprang.

Drum dank ihm nicht, bezahl nicht Huld mit Huld;
du hast geschenkt – er bleibt in deiner Schuld.

«Sehen Sie, was ich meine? ‹Und andre schreiten schon auf meinem Pfade› et cetera. Schauen Sie sich das genau an und sagen Sie dann ja nicht, Shakespeare sei nicht in der Lage gewesen, Marlowe die Augen auszustechen. Das heißt natürlich nicht, dass Shakespeare sich selbst die Hände schmutzig gemacht hat. Er ließ Nick, Skeres und Frizer die Dreckarbeit machen –»

«Das waren doch *Walsinghams* Männer, Himmel noch mal, nicht Shakespeares.»

«Aber Billy-Boy hat sie gekannt; ich meine, all diese Burschen haben einander gekannt.»

«Wie wollen Sie das beweisen –?»

Harvey war jedoch zu sehr damit beschäftigt, seinen Computer zu füttern und das kleine, weiße Quadrat herumzujagen, um auf Melroses zaghafte Fragen zu achten. «Wenn Sie das letzte Sonett nicht überzeugt hat, dann schauen Sie sich noch mal dieses an.»

In siegessicherm Kurs auf deinen Wert,
was mir zerstört hat reifende Gedanken,
zur Gruft verkehrt den Schoß, der sie gebärt?
War es sein Geist, der, mehr als Menschen ahnen,
von Geistern mitbekam, was mich verdorrt?

«Was halten Sie davon? Und schauen Sie sich das ‹was mich verdorrt› an. Offen gestanden würde es mich nicht wundern, wenn Will Shakespeare versucht hätte, Kit Marlowe zu erwischen, bevor Kit ihn erwischte. Ich frage mich, was ‹zur Gruft verkehrt› wohl bedeutet», fügte er müßig hinzu.

Sein Gegenüber schien allen Ernstes zu glauben, Christopher Marlowe sei umgebracht worden, weil Shakespeare Angst hatte, seinerseits von ihm umgebracht zu werden. Melrose hatte das Gefühl, er müsse sich mit Schoenberg duellieren oder sonst etwas. Ihm einfach mit dem Handschuh ins Gesicht schlagen und ihm die Wahl der Waffen überlassen.

«Und dann gibt es da noch ein Sonett, das wie eine Selbstmorddrohung aussieht – soll ich es mal aufrufen –»

«Nein, vielen Dank, rufen Sie nichts mehr auf. Ich habe noch eine Verabredung und bin schon viel zu spät dran –»

«Du lieber Himmel, nicht noch einen Drink auf die Schnelle?»

«Nur ein Schierlingsbecher könnte mich zum Bleiben veranlassen, Mr. Schoenberg.» Er besann sich jedoch auf seine gute Erziehung und rang sich ein frostiges Lächeln ab.

«Harv. Oh, das ist gelungen. Ich hab Sie ganz schön in Fahrt gebracht, was? … Na ja, wundert mich nicht. Ich meine, die Welt ist einfach noch nicht bereit für meine Theorie. Aber glauben Sie mir, in diesem Schätzchen hier hab ich sämtliche Beweise.» Er tätschelte den Ishikabi. Als Melrose nach seinem Spazierstock griff, sagte Harvey Schoenberg: «Sehen Sie sich heute Abend *Hamlet* an?»

Melrose getraute sich kaum, darauf zu antworten: «Ich denke schon.» Er und Jury hatten zwei Parkettplätze.

«Sollten Sie sich auch nicht entgehen lassen. Es gibt da alle möglichen Hinweise … es ist nämlich ein Rachedrama.»

«Tatsächlich?»

«Sind sie alle. Also Kyd – ich meine Tom Kyd – war ein guter Freund Marlowes; dazu kann ich nur sagen: Bei solchen Freunden – wer braucht da noch Feinde.» Schoenberg winkte ihn zurück. «Kommen Sie, setzen Sie sich einen Augenblick, ich möchte Ihnen was zeigen.»

Melrose verspürte eine schreckliche Faszination, als hätte ihn das Schlangenauge des Computers hypnotisiert, und setzte sich wieder.

Harvey tippte auf der Tastatur herum und sagte: «Können Sie sich das vorstellen? Dass Kyd solche Dinge von Marlowe sagt?»

… unter den wertlosen, nichtigen Schriftstücken (an denen mir nichts lag) & die ich ausgehändigt habe, wurden die Fragmente eines Streitgesprächs gefunden, in denen Marlowe diesen, ausdrücklich als den seinen bezeichneten Standpunkt vertrat. Darunter befanden sich auch Papiere von mir (mir selbst unbekannt), die vor zwei Jahren entstanden sein müssen, als wir zusammen in einer Kammer schrieben … Dass ich mit einem so gottlosen Mann verkehrte oder befreundet war, mag sonderbar erscheinen … er war maßlos & von großer Grausamkeit … ein Atheist …

«Natürlich darf man nicht außer Acht lassen, dass Kyd diese Aussage gegen Marlowe unter der Folter gemacht hat –»

Melrose, für den nun Folter kein Fremdwort mehr war, erhob sich. «Das war äußerst aufschlussreich, Mr. Schoenberg.»

«Harv. Kyd schrieb *Die Spanische Tragödie* –»

«Ist mir bekannt», sagte Melrose eisig.

Harvey Schoenberg seufzte: «Wie ich schon sagte, wenn man

eines kennt, kennt man sie alle. Diese Rachedramen gleichen sich wie ein Ei dem anderen.»

Melrose musste ihm entgegen seiner Absicht widersprechen: «*Hamlet* fällt für mich keineswegs in die Kategorie eines Rache...»

Es wurde ihm jedoch nicht gestattet, seinen Gedanken zu Ende zu formulieren.

«Wieso nicht? Alles derselbe Kram. Das Problem war nur – Hamlet wollte sich an Claudius rächen, hat aber immer die Falschen erwischt, bis er dann endlich an den Richtigen geriet.»

Melrose musste zugeben, dass diese Hamlet-Interpretation von herzerfrischender Schlichtheit war.

4

Detective Superintendent Richard Jury machte sich nichts vor.

Er wusste, dass sein Besuch bei seinem alten Freund Sam Lasko nur ein Vorwand war, um ein paar Tage in Stratford zu verbringen und wie durch Zufall vor Jenny Kenningtons Tür zu stehen.

Die Füße auf Sergeant Laskos Schreibtisch, blätterte er im Telefonbuch von Stratford. Er versuchte den Eindruck zu erwecken, dass er nichts Bestimmtes suchte; denn hinter den dichten Augenbrauen und den dicken, hornumrandeten Brillengläsern der Dame in der Ecke – Laskos Sekretärin – verbargen sich Augen, die wie Laserstrahlen das Telefonbuch bis zur Seite mit den Ks, die er gerade sichtete, durchdringen konnten, um dann mit einem perfiden Lächeln der Welt davon zu berichten. Jury gab sich Mühe, an nichts zu denken: Wahrscheinlich konnte sie auch Gedanken lesen.

Er fand den Eintrag *Kennington, J.*, nahm einen Bleistift und notierte die Nummer in seinem Adressbuch. Indem er sich einredete, nun die Straße nach London suchen zu wollen, stand er auf und besah sich den großen Stadtplan von Stratford. Sie wohnte in der Altstadt.

«Kann ich Ihnen behilflich sein, Superintendent?»

Die Stimme traf ihn zwischen den Schulterblättern. Er fuhr herum. Machte sie sich über ihn lustig? «Was? Nein. Nein. Ich habe nur nachgesehen, wie ich am besten nach London zurückkomme.»

«Was ist mit der Straße, auf der Sie hergekommen sind?», fragte sie. Schwungvoll zog sie ihren Bogen aus der Maschine und lächelte ihr seelenkundiges Lächeln.

Er wollte etwas über Baustellen und Straßenarbeiten vor sich hin brummen, sagte dann aber nichts, weil sie ihm früher oder später doch auf die Schliche kommen würde. Sie jedoch spannte ein neues Blatt ein, als wäre die Frage ohnehin müßig gewesen.

Idiotisch, dachte Jury, meinte jedoch nicht sie damit, sondern sich selbst. Er lehnte sich auf Laskos Stuhl zurück und fragte sich, wieso er eigentlich dem Gesang wahrhaft verführerischer Sirenen gegenüber stets taub blieb, während er anderen Frauen gedankenlos nachhechtete.

Angeregt durch diese Wassermetaphorik, schweiften seine Gedanken an die Ufer des Avon; in seiner Phantasie befreite er sie von den Touristen und ließ Jenny Kennington allein am Fluss entlangwandeln. Die Enten in ihrem schillernden Blau und Grün schaukelten schläfrig im Riedgras, und auf dem kühlen, ruhigen

Wasser glitten die Schwäne vorbei. In Gedanken drückte er auf den Auslöser: Enten, Schwäne, Jenny Kennington. Dann ließ er es September werden. September wäre noch viel besser. Die Sonne fiele durch die Bäume, und das Wasser wäre mit goldenem Licht überzogen. Oktober. Noch besser. So kalt, dass sie sich die Arme reiben und den Wunsch nach menschlicher Wärme verspüren würde ...

Jenseits der Decke der Polizeiwache schaukelten Enten und schwebten Schwäne, und Jury zerbrach sich den Kopf, wie er diesen Zauber Wirklichkeit werden lassen könnte. Wie wäre es mit einer Einladung zum Dinner im «Schwarzen Schwan» mit ihm und Melrose? Und dann ins Theater? Plant hätte bestimmt nichts dagegen, obwohl er sie letztes Jahr in Littlebourne nicht kennengelernt hatte.

Immer mit der Ruhe, Kumpel. Melrose Plant musste einer der begehrtesten Junggesellen auf den Britischen Inseln sein. Er besaß Verstand, Charakter, war liebenswürdig und sah gut aus. Jury war sich nicht sicher, ob er dergleichen auch zu bieten hatte. Aber er wusste verdammt gut, dass er alles Übrige *nicht* besaß. Geld zum Beispiel. Melrose Plant war nämlich steinreich. Und dazu noch adlig. Obwohl er auf seine Titel verzichtet hatte, gehörten sie zu ihm wie das Kielwasser zu einem Schiff. Der Earl von Caverness, Lord Ardry. Zwölfter Viscount der Ardry-Plant-Linie –

Lady Kennington und Lord Ardry ...

Besser kein gemeinsames Dinner im «Schwarzen Schwan».

Das ist absurd! Du bist ein Polizeibeamter! Er sprang von Laskos Stuhl auf.

«Wer ist Polizeibeamter?»

Zu seiner unendlichen Verlegenheit stellte er fest, dass er

diese Überlegung laut angestellt hatte. Da in diesem Augenblick jedoch Sergeant Lasko in der Tür erschien, musste er Gott sei Dank nicht antworten.

«Ärger im ‹Hilton›», sagte Lasko und warf seine Mütze knapp an dem alten Kleiderständer vorbei. Lasko hatte das Gesicht eines Bassets; die Hautfalten unter den Augen schienen unter der Last der Melancholie herabzusacken. Sein Temperament entsprach seinem Aussehen. Er bewegte sich langsam, so als würde sein Trübsinn ihn auf Schritt und Tritt behindern.

«Ärger?», fragte Jury, glücklich über alles, was die Aufmerksamkeit der Stenotypistin von ihm ablenkte.

«Ein Mann namens Farraday sagt, sein Sohn sei verschwunden.»

«Und was ist seiner Meinung nach passiert?»

Lasko zuckte die Achseln. «Das letzte Mal haben sie ihn Montagmorgen beim Frühstück gesehen. Er sagte, er wolle sich Shakespeares Geburtshaus anschauen. In der Henley Street.»

«*Montag?* Heute ist *Mittwoch*. Sie scheinen es ja nicht gerade eilig zu haben, ihn wiederzufinden.»

Lasko schüttelte den Kopf und hievte sich auf den Rand seines Schreibtischs.

«Angeblich haben sie es nicht gleich gemeldet, weil der Kleine – er ist neun – schon öfter auf eigene Faust losgezogen ist. Sieht so aus, als sei er recht selbständig, auch nach dem, was seine Schwester sagte – das heißt, eine seiner Schwestern –»

«Nun mal langsam, Sammy, ich finde mich in dem Dickicht dieser Familienbeziehungen nicht mehr zurecht.»

«Okay. Da ist einmal der Vater, James Farraday –» Lasko zog ein kleines Adressbuch aus seiner hinteren Hosentasche und blätterte es durch. «James, der Vater. Und dann eine Stiefmutter,

Amelia Soundso, komischer Name; eine Schwester Penelope; eine andere Schwester, nein, Stiefschwester, noch so ein komischer Name – ich glaube, ich hab das nicht richtig notiert –, Bunny Belle? Bunny Belle stammt aus der ersten Ehe der Frau. Mit *der* würde ich auch gern mal von Montag bis Mittwoch durchbrennen, das kannst du mir glauben. Aber Amelia ist, unter uns gesagt, auch nicht so übel –»

Da Jury an Ähnliches gedacht hatte, brachte er eine Engelsgeduld auf. Er war ohnehin ein sehr geduldiger Mensch. Er wartete, bis Lasko aufhörte, missvergnügt seine Sekretärin anzustarren, die leider nicht eine von Bunny Belles Eigenschaften besaß.

«Ist die Familie aus Amerika?»

«Wer sonst mietet sich denn in dem verdammten ‹Stratford Hilton› ein, außer irgendwelchen Autohändler-Kongressen? Wenn du da drin bist, glaubst du, in New York zu sein. Bist du jemals in New York gewesen, Jury?»

Lasko hatte seit Jurys Ankunft über nichts als die Staaten gesprochen. Es war eine Art Hassliebe. Lasko brannte darauf, nach Miami und auf die Keys zu fahren. Aber er verabscheute die aufgeblasenen Amerikaner, mit denen er es gelegentlich zu tun hatte. Jury sagte, nein, er sei noch nie in den Staaten gewesen, und Lasko steckte sich einen Zahnstocher in den Mund und redete weiter. Der Zahnstocher tanzte beim Sprechen auf und ab.

«Wie gesagt, dieser Junge – er heißt James Carlton Farraday – macht gern Extratouren. Als sie in Amsterdam waren, ist er stundenlang allein in der Stadt herumgewandert –»

«Stunden, das sind keine zwei Tage. Was haben sie denn in Amsterdam gemacht?»

«Sightseeing. Sie gehören zu einer Reisegesellschaft. In Paris war er über vierundzwanzig Stunden weg. Die Polizei hat ihn schlafend in einem Kirchstuhl gefunden. Komischer Kleiner, was?» Lasko zuckte mit den Schultern. «Das Mädchen, Penny, deutete an, dass ihm seine Familie nicht gerade ans Herz gewachsen sei.»

«Du meinst, sie denkt, er sei deshalb abgehauen? Ziemlich dumm in einem fremden Land.»

«Der Kleine ist selbständig, wie ich schon sagte. Das heißt, wie *sie* mir sagten.»

«Hmm, hast du irgendwelche Anhaltspunkte?»

«Keine.» Lasko starrte düster vor sich hin und warf dann einen hoffnungsvollen Blick auf Jury. «Ich dachte, vielleicht könntest du …»

Jury schüttelte den Kopf, lächelte aber, als er sagte: «Mmm, Sammy. Ich bin nur zu Besuch. Das ist dein Revier, nicht meines.»

«Aber dieser Farraday da drüben im ‹Hilton› faselt immer nur von Scotland Yard. Ich hab ihm gesagt, wir würden es schon schaffen, dies sei kein Fall für Scotland Yard, aber das hat ihn erst recht in Rage gebracht. Er ist Amerikaner, Richard. Er wird die verdammte Botschaft stürmen, er stinkt vor Geld und hat jede Menge Beziehungen, sagt er.» Und mit flehender Stimme: «Ich wette, wenn's ein Mordfall wäre, dann würdest du dich dahinterklemmen.» Er sah sich in dem Dienstzimmer um, starrte auf Tische, Stühle und Sekretärin, als könnte er irgendwo eine Leiche für Jury hervorzaubern.

«Es ist aber kein Mordfall, oder? Und dein Chef hat uns auch nicht gebeten −»

Mit einer dramatischen Geste schlug Lasko sich gegen die Brust. «Aber *ich* bitte dich darum − dein alter Kumpel Sam

Lasko. Ich will nichts weiter, als dass du mitkommst und mit diesem Farraday redest. Das ist alles. Damit er Ruhe gibt.»

Jury warf Lasko einen prüfenden Blick zu und steckte seine Zigaretten ein. «Okay, aber mehr nicht, Sammy. Ich bin heute Abend zum Dinner verabredet und habe hier noch ein paar andere Dinge zu erledigen. Mach dir also keine großen Hoffnungen.»

Jury hatte Lasko noch nie so glücklich gesehen wie in diesem Augenblick, doch dergleichen Glücksmomente waren ohnehin selten. «Wunderbar. Diese Leute denken nämlich, der FBI und Scotland Yard seien die einzigen ernstzunehmenden Ordnungshüter auf Gottes weiter Welt.»

Jury griff nach seinem Notizbuch. «Keine Sorge, eine Stunde mit mir, und sie werden anders darüber denken.»

5

Die Farradays saßen an einem Tisch in dem für Drinks reservierten Teil der luxuriösen Lobby des «Stratford Hilton». Vier Augenpaare musterten Jury mit jeweils unterschiedlichem Interesse.

Farraday selbst schien – entgegen Laskos Bericht – eher skeptisch, aber nicht unfreundlich, als Jury seinen Ausweis zückte. Wahrscheinlich hatte Lasko bis auf die Vermisstenanzeige ohnehin alles frei erfunden. Skeptisch, aber nicht unfreundlich.

James Farraday erhob sich und schüttelte Jury die Hand, dann hielt er eine vorbeigehende Kellnerin an. «Was soll's sein, Mr. Jury?»

44

Jury lehnte dankend ab, aber Farraday bestellte trotzdem. Whisky, ohne Eis. «Ich weiß, aus irgendwelchen unerfindlichen Gründen trinkt ihr Burschen euren Whisky warm.»

«Er hat doch gesagt, er will keinen.» Die Stimme kam aus einer dunklen Ecke.

«Kümmere du dich um deine Angelegenheiten, Penny. Er sagt das nur aus Höflichkeit.» Farraday lächelte Jury mit einer Selbstsicherheit an, die, wie Jury annahm, sein ganzes Tun bestimmte.

Penny mochte er jedoch sofort, obwohl sie, die Arme um ihren dünnen Körper geschlungen, einfach nur dasaß und ihn scharf ansah. Penny war das Küken, nicht die reife Tochter. Jury schätzte sie auf vierzehn oder fünfzehn; ihre Haut war von einem fast staubig anmutenden Braun, als wäre sie barfuß auf einem Feldweg spazieren gegangen; Sommersprossen bedeckten wie kleine Dreckspritzer ihr ganzes Gesicht; das lange, glatte Haar hatte die Farbe von modernden Blättern; die ausgeprägten Wangenknochen und die hellbraunen Augen, goldgelb gesprenkelt und etwas schräg gestellt, verliehen ihr ein interessantes, irgendwie orientalisches Aussehen. Ihre Haltung und ihr Blick verrieten ihm, dass sie nicht wusste, wie hübsch sie war.

Kein Wunder. Zwischen ihrer Stiefschwester und Stiefmutter – beide wie reife Pfirsiche mit glänzendem Blondhaar und rosigen Wangen – musste es Penny Farraday schwerfallen, sich nicht als hässliches Entlein zu fühlen. Die Mutter trug ein weißes, tief ausgeschnittenes Sommerkleid, das den Busen fest umspannte, das Mädchen ein knappes Oberteil, das den Rücken frei ließ, und grellrosa Shorts, passend zur Farbe ihrer Lippen, über die sie gerade mit ihrer kleinen, hurtigen Zunge fuhr.

«Das ist meine Frau, Amelia Blue, und das da ist meine Stieftochter Honey Belle.»

Die Einzige, die einen mitgenommenen Eindruck machte, war Penny. Vielleicht war auch Farraday nicht ungerührt geblieben, obwohl er wahrscheinlich zu der Sorte Mann gehörte, die eher sterben würde, als unmännliche Angstgefühle zu zeigen. Aber seine Stimme verriet ihn. «Also, was wollt ihr Burschen wegen Jimmy unternehmen?»

Jury zog sein Notizbuch heraus. «Erst einmal muss ich einiges in Erfahrung bringen, Mr. Farraday. Sergeant Lasko sagte, Sie hätten Jimmy am Montagmorgen zum letzten Mal gesehen.»

«Richtig. Er sagte, er wolle zu diesem Geburtshaus.»

«Ist er denn häufig allein losgezogen?»

«Das kann man wohl sagen», meinte Mrs. Farraday – Amelia Blue – in einem Akzent, der an zähflüssige Melasse erinnerte. Er passte ausgezeichnet zu ihrer Erscheinung. Jury hätte wetten können, dass das Mädchen genauso sprach. Die beiden glichen einer schweren, süßen Masse, bereit zu zerfließen. «Du musst James Carlton einfach etwas an die Kandare nehmen.» Sie warf ihrem Mann einen scharfen Blick zu.

«Er geht nun mal gern seine eigenen Wege. Wir haben von jeher Ärger damit gehabt, dass er auf eigene Faust loszieht, ohne uns ein Wort zu sagen.» Farraday nahm einen tiefen Schluck von seinem Drink, der nach einem dreifachen Whisky aussah. «Es ist wirklich sehr schwierig, ihn zu halten.» In Farradays Stimme klang etwas Stolz mit, und er blickte sich um, als hoffte er, den Jungen jeden Augenblick hereinspazieren zu sehen. Sein Gesicht nahm einen traurigen Ausdruck an. Schließlich entrang er sich ein Lachen, aber es schien ihm im Hals steckenzubleiben. «In Amsterdam war er auch mehrere Stunden weg.»

«Sie sind mit einer Reisegesellschaft unterwegs, Mr. Farraday?»

«Richtig. Mit Honeysuckle Tours.»

Was für Namen die sich einfallen ließen. «Und Ihre Mitreisenden sind auch hier im ‹Hilton›?»

Farraday schüttelte den Kopf. «Nein, nein. Honeycutt – das ist der Manager – hat das anders arrangiert. Er richtet es so ein, dass die Leute bleiben können, wo es ihnen gerade passt. Ich würde doch keine dieser Nullachtfünfzehn-Reisen mitmachen, bei denen dreißig Leute in einen miesen, klapprigen Bus gepfercht und über den ganzen Globus gekarrt werden. Ich kann Ihnen sagen, das hier ist nicht gerade billig – es kostet mich –»

«Das interessiert den Inspector doch nicht, Liebling», sagte Amelia Blue und berührte leicht seinen Arm, lächelte aber Jury dabei an, als wüsste sie, was ihn interessieren könnte.

«Aus wie vielen Personen besteht die Gruppe?»

Farraday zählte sie an den Fingern ab. «Außer uns sind es noch sechs, also insgesamt elf, Honeycutt eingeschlossen. Er ist im ‹Hathaway› oder in einem anderen englischen Hotel abgestiegen. Was mich betrifft, ich brauche meinen Komfort. Ich kann mir nicht vorstellen, das Bad mit jemandem teilen zu müssen. Wir sind Amerikaner, Sie verstehen –»

Wär ich nie drauf gekommen, dachte Jury. «Und aus welcher Gegend kommen Sie, Mr. Farraday?»

«Ich, Penny und Jimmy – das ist mein Sohn – kommen aus Maryland.» Er sprach es wie ein zweisilbiges Wort aus. «Garrett County. Amelia Blue und Honey Belle – Amelia ist meine zweite Frau, und Honey Belle ist ihre Tochter – kommen aus Georgia, wo Honeysuckle Tours auch ihr Büro haben. In Atlanta. Der Bursche in Atlanta bringt die Reisegesellschaft zusammen, und dieser Honeycutt – er ist Engländer – kümmert sich um die Organisation diesseits des Atlantiks.»

«Sind Sie sicher, dass Ihr Sohn nicht bei einem Ihrer Mitreisenden steckt? Sie sind ja schon ziemlich lange zusammen –»

Amelia Blue verwandelte sich in einen kichernden Teenager: «*Zu* lange, wenn Sie mich fragen.»

«Hat sich Ihr Sohn denn mit jemandem angefreundet?»

Honey Belle, die die ganze Zeit über den leeren Blick ihrer blauen Augen auf Jury geheftet und auf einer goldgelben Haarsträhne herumgekaut hatte, entschloss sich, den Mund aufzutun: «Nur mit diesem verrückten Harvey Schoenberg, mit niemandem sonst.»

Die Stimme zerstörte jede Illusion von üppiger Weiblichkeit. Sie klang flach und nasal.

«Und was für ein Typ ist dieser Schoenberg, den er ins Herz geschlossen hat?»

«Harv hat sich auf Computer spezialisiert», sagte Farraday. «Und Jimmy ist ein aufgeweckter kleiner Bursche mit einem Gehirn wie ein Computer.»

«Alles Quatsch.» Honey Belle gähnte, streckte in einer aufreizenden Bewegung die Arme hoch und verschränkte sie dann hinter dem Kopf, damit Jury auch ja nichts entging.

«Auf jeden Fall», fuhr Farraday fort, «war er nicht bei Harvey. Wir haben gefragt. Wir haben bei allen nachgefragt. Keiner hat ihn gesehen.»

Farraday hustete und zog sein Taschentuch heraus. Jury registrierte mitfühlend, dass dieser Husten nur von den aufdrängenden unmännlichen Tränen ablenken sollte. Farradays Augen schimmerten immer noch feucht, als er das Taschentuch wieder in seine Hosentasche stopfte, sich über den Tisch lehnte und mit dem Finger auf Jury wies.

«Also, hören Sie, ich kann mich jederzeit mit der amerikanischen Botschaft in Verbindung setzen. Wie wollt ihr Burschen nun vorgehen?» Jury vermutete, dass der Mann daran gewöhnt war, seine Geschäfte mit handfesten Drohungen voranzutreiben, aber in diesem Fall war alles nur Fassade: Farraday machte sich wirklich Sorgen, was man von den anderen, abgesehen von Penny, nicht behaupten konnte. Sie hatte kaum etwas gesagt, machte aber einen sehr angespannten Eindruck.

«Wir werden tun, was wir können, Mr. Farraday. Die Polizei von Stratford – Sergeant Lasko – alles sehr tüchtige Leute –»

Farraday schlug mit der Faust auf den Tisch. «Ich will keinen dahergelaufenen Provinzschnüffler. Ich will den Besten, verstanden?»

Jury lächelte. «Ich wünschte, ich wäre der, den Sie suchen. Aber wir werden unser Bestes tun. Sie müssen jedoch kooperieren, Sie alle.»

Eine handschriftliche Einladung hätte bei Amelia kaum ein strahlenderes Lächeln bewirken können. «Darauf können Sie sich verlassen, Inspector.»

«Er ist Superintendent, habt ihr das nicht gehört?», sagte Penny und ließ ihren Blick in die Runde schweifen, als hätten sie alle nur Stroh im Kopf.

Amelia Blue ließ sich dadurch nicht beirren. «Ist doch egal. Ich seh schon, er ist *wunderbar.*»

Aus Penny Farradays Richtung kam ein würgender Laut.

«Hat Ihr Sohn denn Geld bei sich?»

«Ja.» Farraday sah so schuldbewusst drein, als hätte er dem Jungen das Geld für seine Flucht höchstpersönlich zugesteckt. «Oh, nicht allzu viel, es reicht gerade für ein Essen, falls er Hunger kriegen sollte …», sagte er matt. «Er ist neun. Mit neun sind die Jungs ja ziemlich munter.»

«Mit drei auch», sagte Penny und nahm beim Zählen ihre Finger zu Hilfe, «und mit vier, fünf, sechs, sie…»

«Das reicht, Miss», sagte Amelia.

Penny verstummte und verschmolz wieder mit dem Schatten in ihrer Ecke.

«Wie sieht denn Ihr Sohn aus, Mrs. Farraday?»

«James Carlton ist mein *Stief*sohn.» Sie schien ein paar Lichtbilderkarteien durchgehen zu müssen, um sich sein Gesicht in Erinnerung zu rufen. «Na, er ist ungefähr so groß –» sie streckte die Hand aus, um ein paar Fuß Luft abzumessen – «dunkelbraune Augen und braunes Haar. Er trägt eine Brille. Wie Penny. Beide haben einen Augenfehler.»

Jury wandte sich wieder an den Vater: «Irgendwelche besonderen Kennzeichen?»

Farraday schüttelte den Kopf.

«Was hatte er an?»

«Blaue Shorts, sein Pac-Man-T-Shirt und Adidas-Sportschuhe.»

«Haben Sie ein Foto von ihm?»

«Na ja, das in seinem Pass. Die Bilder, die wir gemacht haben, sind noch nicht entwickelt.» Farraday zog den dunkelblauen Pass aus seiner Tasche.

Jury legte ihn in sein Notizbuch und erhob sich. «Gut, Mr. Farraday. Im Augenblick habe ich keine weiteren Fragen. Ich werde wohl jemanden vorbeischicken, der sich sein Zimmer ansieht. In der Zwischenzeit würde ich mir mal keine so großen Sorgen machen. Kinder machen sich nun mal gern selbständig. Und schließlich sind wir hier in Stratford-upon-Avon und nicht in Detroit.» Jury lächelte. «In Stratford passiert nie etwas.»

Was natürlich eine glatte Lüge war.

6

Penny Farraday hatte es irgendwie geschafft, sich einen Weg durch die Lobby zu bahnen und noch vor Jury das «Hilton» zu verlassen. Sie erwartete ihn auf dem Zufahrtsweg vor dem Hotel.

«Ich hab Sie abgepasst, weil es da einiges gibt, was ich Ihnen erzählen möchte. Aber ich wollte nicht, dass die anderen zuhören, vor allem nicht diese Amelia Blue.» Sie zerrte an seinem Ärmel. «Kommen Sie rüber in den Park.»

Todesmutig sprintete sie über die Bridge Street, auf der sich ein endloser Strom Autos über die Brücke wälzte, um sich dann bei dem Fußgängerüberweg zu teilen.

«Setzen wir uns», sagte sie und zog Jury auf eine Bank neben der Bronzestatue Shakespeares.

Auf dem Fluss wimmelte es nur so von Schwänen und Enten, die alle auf das Ufer zuschwammen, um sich ihren Lunch zu holen. Eine Schar Kinder, wahrscheinlich auf dem letzten Schulausflug für dieses Jahr, fütterte sie aus Tüten mit Brotbrocken, die, wie die Erdnüsse im Zoo, auf der Straße feilgeboten wurden. Im Mittelgrund befand sich das Memorial Theatre. Wer immer das «Stratford Hilton» konzipiert hatte, das auf der anderen Straßenseite in Sichtweite des Theaters lag, war so klug gewesen, die modernen Linien des Theaters aufzunehmen, sodass beide Gebäude in der Vorstellung der Besucher zu einer Einheit verschmolzen. Es war ein wunderschöner, goldener Herbsttag, und der Himmel war wie mit blauem Email überzogen. Jury hatte

51

nicht das Geringste gegen die Parkbank einzuwenden. Er zog ein Päckchen Zigaretten aus der Tasche.

«Geben Sie mir eine.» Es war ein Befehl, wenngleich im Ton ziemlich unsicher. Offensichtlich erwartete sie eine Absage. Er gab ihr eine.

Sie sah so überrascht auf die Zigarette in ihrer Hand, dass er sich fragte, ob sie jemals in ihrem Leben geraucht hatte; doch schien es ihm unwahrscheinlich, dass sie es noch nie versucht haben sollte. Er hielt ihr ein Streichholz hin, und sie musste mehrmals ziehen, bevor die Zigarette glühte. Sie hatte sie zwischen Daumen und Zeigefinger genommen und zog so hektisch dran, wie es Anfänger zu tun pflegen.

«Er ist nicht unser Daddy, wissen Sie. Ich mein, von Jimmy und mir. Er hat uns irgendwie adoptiert», fügte sie grollend hinzu.

Jury lächelte über das «irgendwie». Trotzdem war er überrascht. Die Frau hatte wirklich keinen mütterlichen Eindruck auf ihn gemacht, Farraday dagegen hatte seine väterliche Besorgnis nicht verbergen können. «Das habe ich nicht gewusst. Ich wusste nur, dass seine Frau nicht deine Mutter ist.»

«*Die?* Ganz bestimmt nicht. Mama ist außerdem tot.» Aus der Gesäßtasche ihrer abgeschnittenen Jeans zog sie eine abgegriffene lederne Brieftasche, der sie ein zerdrücktes Schwarzweißfoto entnahm. Offensichtlich wurde es häufig in die Hand genommen. Sie gab es Jury. «Das ist Mama.» Der Gram in ihrer Stimme wog zentnerschwer. «Sie hieß Nell.»

Die junge Frau – sie machte einen blutjungen Eindruck – stand im Schatten eines hohen Baumes, aber selbst in dem schlechten Licht dieser Umgebung war die große Ähnlichkeit zwischen Mutter und Tochter gut zu erkennen: Das glatte Haar und das

Gesicht hatte Penny von ihrer Mutter geerbt. Sie stand einfach nur stocksteif da, ohne den geringsten Anflug eines Lächelns auf ihrem Gesicht, ein Modell, das sich weigerte zu posieren.

«Tut mir leid, Penny.» Jury gab ihr das Foto zurück. «Was ist ihr denn zugestoßen?»

Sorgfältig steckte Penny das Foto in seine Plastikhülle zurück. «Sie ist vor sechs Jahren gestorben. Ich erinnere mich noch, wie sie ihre Tasche packte und ging. Sie sagte zu Jimmy und mir: ‹Hört gut zu, ihr beiden, ich muss für eine Zeitlang verreisen. Mr. Farraday wird sich um euch kümmern.› Sie hat nämlich für ihn gearbeitet. Ich glaube, er hat sie sehr gern gehabt und sie ihn auch. Und sie sagte noch: ‹Macht euch keine Sorgen; es dauert vielleicht eine Weile, aber ich komm bestimmt wieder zurück.› Aber das war gelogen. Sie ist nie zurückgekommen.» Penny hob den Kopf und blickte über den Fluss. Wahrscheinlich sah sie weder die Weiden noch die überfütterten Schwäne, die am Ufer dümpelten, auch nicht die leuchtend bunten Vergnügungsboote, die am Ufer vertäut waren. «Sie ist an Auszehrung gestorben. Das haben sie uns zumindest gesagt. Aber Jimmy und ich haben nie herausgefunden, was das eigentlich ist. Geändert hätte das auch nichts. Schätze, man kann jede Krankheit, an der man stirbt, so nennen.»

Jury schwieg und wartete. «Junge, war sie hübsch! Auf dem Foto sieht man das vielleicht nicht –»

«Doch, sieht man. Sie sieht genauso aus wie du.»

Höchst erstaunt starrte sie ihn an. Ihre Augen schienen das Gold des Tages widerzuspiegeln. «Ach, kommen Sie … keiner hat einen Blick für mich, wenn die beiden in der Nähe sind.»

«Manche Leute haben eben keinen Geschmack. Und was ist mit deinem richtigen Vater?»

Sie ließ ihre Kippe auf den Boden fallen. «Schätze, er ist auch gestorben. Offen gestanden glaube ich, er und unsere Mama waren gar nicht verheiratet. Vielleicht hab ich ihn gekannt. Ich erinner mich nicht. Aber Jimmy, er hat nie …» Das wurde mit einem tiefen Seufzer hervorgestoßen, der aber keinerlei Vorwurf enthielt. Jeder macht Fehler, schien ihr Ton zu besagen.

«Und *er* heiratet also mir nichts, dir nichts diese Amelia Blue. Sie und Honey Belle halten uns einfach für seine unehelichen Bälger, das ist sonnenklar. Oh, sie sagen das natürlich nicht laut, das würden sie sich nie trauen; aber ihre Blicke sagen es. Man sieht das in ihren Augen, sobald sie uns nur ansehen. Diese Honey Belle – da, wo ich herkomme, gibt es 'ne passende Bezeichnung für so eine wie die. Ich bin im tiefsten West Virginia geboren – das hört man, meine Aussprache ist nicht sehr fein –, und Mädchen wie die nennt man dort einfach F-O-T-Z-E. Sie entschuldigen diesen Ausdruck – ich schätze, Sie sind nicht allzu geschockt. In West Virgina gibt es alles Mögliche, auch F-O-T-Z-E-N, aber ich schwör bei Gott dem Allmächtigen –» um nicht für eine Heuchlerin gehalten zu werden, legte sie zur Bekräftigung die Hand aufs Herz – «nicht so eine, die so mit Leib und Seele eine ist. So was kann ja nur aus Georgia kommen. Inzwischen leben wir in Maryland», fügte sie in neutralem Ton hinzu. «Honey Belle ist ständig umlagert. Sie braucht nur mit ihrem Arsch die Straße runterzuwackeln, und schon fallen sie über sie her wie die Fliegen über die Scheiße. Ich hatte auch mal 'nen Freund.» Sie seufzte. Jury konnte sich vorstellen, was mit dem Freund geschehen war. «Ich weiß, Sie glauben, ich bin bloß eifersüchtig. Ich streite das auch gar nicht ab. Mein Gott, haben Sie die Shorts gesehen, die sie anhat? Praktisch bis unter die Achselhöhlen. Na ja, Sie müssen zugeben, dass Sie kapieren, was ich damit über Honey Belle sagen will.»

Jury gab zu, dass er kapiert hatte, was sie meinte.

«Und diese Amelia Blue ist um kein Haar besser. Zwei vom gleichen Schlag. Mir wird ganz schlecht, wenn ich sie mit den Männern rummachen sehe. In unserer Gruppe ist ein Engländer, mit dem hat sie bestimmt schon was gehabt, jede Wette –»

«Wer ist das, Penny?»

«Chum oder Chomly. Es wird aber nicht so geschrieben. Mit Vornamen heißt er George. Er sieht ganz passabel aus, Amelia und Honey Belle machen sich seinetwegen beinahe die Hosen nass. Aber was ich Ihnen sagen wollte – wenn Sie mir Ihr Ohr leihen wollen –, ich glaube, Jimmy ist vielleicht abgehauen.»

«Du meinst, er ist davongelaufen? Aber doch bestimmt nicht in einem fremden Land.»

«Sie kennen Jimmy nicht. James Carlton nennt sie ihn. Ich schwör's Ihnen, im Süden haben die alle diese blöden Doppelnamen, deshalb denkt Amelia Blue, sie müsse uns auch welche verpassen. *Ihn* nennt sie James Cecil, als ob *ein* Name nicht reichen würde. Gott sei Dank hab ich keinen zweiten Vornamen.» Sie blickte zum Himmel auf. «Als James Farraday Amelia heiratete, lebten wir schon seit vier Jahren in seinem Haus. Er ist wohl in Ordnung … Verdient sein Geld mit Kohle. Ihm gehört der größte Teil von West Virginia und der Westen Marylands. Und eine Hotelkette. Er hat ein riesiges Ferienhotel in Maryland. Da hat auch meine Mutter gearbeitet. Als Kellnerin und so. Jimmy war noch ein Baby, als wir dorthin zogen.»

«Ich glaube, Mr. Farraday macht sich große Sorgen um deinen Bruder.»

«Hmm, ja, vielleicht. Alles wär in Ordnung, wenn er *sie* nicht geheiratet hätte. Oder vielleicht sollte ich sagen, die beiden. Als wir sie das erste Mal die Auffahrt hochkommen sahen, dachten wir, Miss Dolly Parton würde uns mit ihrem Besuch beehren – dieses blonde Schafsgekräusel und Titten bis da. Sie wollte mir das Fluchen abgewöhnen, damit er denkt, sie sei 'ne feine Dame, während sie ganz offensichtlich 'ne Schlampe ist. Immer hat sie Besuch – *Männer*besuch – und sitzt auf der Terrasse – Veranda, wie sie's nennt –, trinkt Bier und fächelt sich Kühlung zu, als wäre sie auf einer Plantage geboren. Man könnte glauben, sie sei Scarlett O'Hara. Würde mich nicht wundern, wenn sie die Vorhänge von den Fenstern reißen und brüllen würde: ‹Morgen ist auch noch ein Tag!› Ein falscher Fuffziger ist sie, weiter nichts.»

Sie sah Jury unter dem seidigen Vorhang ihrer langen Haare hervor an, offensichtlich in der Hoffnung, er würde ihr zustimmen.

«Was ist deiner Meinung nach mit Jimmy passiert?» Er bot ihr noch eine Zigarette an. Sie schien entzückt.

Während sie den Rauch in die Luft blies, sagte sie: «Sie sollten Jimmy kennenlernen. Er ist anders als die anderen.»

Jury glaubte ihr das aufs Wort.

«Jimmy hat Pläne geschmiedet, wie er Amelia Blue und Honey Belle loswerden könnte. Er wollte ihnen nicht einfach nur Frösche ins Bett stecken oder sonstige üble Streiche spielen. Jimmy ist wirklich pfiffig. Er kann sich auch ausdrücken. Er hat sich gesagt, dass man es zu nichts bringt, wenn man sich nicht ausdrücken kann. Sie wissen schon, wie die Politiker und so. Also hat er sich lauter Bücher über Poltergeister aus der Leihbücherei geholt. Das sind Geister, die Geräusche machen und Dinge bewegen. Steven Spielberg hat einen Film darüber gemacht. Haben Sie ihn gesehen?»

Jury schüttelte den Kopf.

«Dann hat er Honey Belle erzählt, in dem Haus würde es spuken. Sie ist der größte Angsthase, den es gibt. Und dann, ich weiß nicht, wie er das gemacht hat – bewegte er Stühle und ließ die Gläser in den Schränken herumwandern. Schubladen sprangen auf und was nicht noch alles. Sie machten sich vor Angst beinahe in die Hosen, aber sie blieben.» Sie zog an ihrer Zigarette und starrte auf den Fluss. «Jimmy hat wirklich was drauf – wie er.»

Es war kaum zu glauben, sie schien die Bronzestatue ins Auge gefasst zu haben. «Du meinst Shakespeare?»

«Ja-ah. Haben Sie was von ihm gelesen? Ich find diesen Shakespeare einfach toll. *Wie es euch gefällt* hab ich bestimmt schon dreimal gesehen. In der Schule mussten wir es lesen, und ich hab alle Monologe auswendig gelernt.» Sie drückte ihre Zigarette aus. «Hören Sie, Sie müssen Jimmy einfach finden.»

Sie war es bestimmt nicht gewöhnt, bitten zu müssen … zum Teufel, es würde ihn nicht umbringen, wenn er für diesen Fall ein, zwei Stunden drangab. Die Glocken der Dreifaltigkeitskirche erfüllten die Luft mit ihrem Geläut. «Komm, Penny, wir gehen mal zu Shakespeares Geburtshaus rüber und stellen denen dort ein paar Fragen.»

«*Ich* soll mitkommen?» Dass sie bei den polizeilichen Ermittlungen dabei sein sollte, ließ das traurige Gesicht aufleuchten. Als ob ein Licht durch die Sommersprossen, die wie Staub ihr Gesicht überzogen, hindurchschimmerte, während sie neben Jury über den leuchtend grünen Rasen auf die Henley Street zuging. Die Odyssee ihres Lebens an der Seite ihrer Stiefmutter und -schwester war deswegen jedoch nicht zu Ende. «Es ist wie in einem Dampfbad in dem Haus. Jimmy ist mein einziger Lichtblick. Ich geh auch nicht mehr zurück, das hab ich in den letzten Tagen beschlossen. Ich bleib einfach hier und angle mir einen Duke oder einen Earl oder so was Ähnliches. Okay, *er* ist in Ordnung, aber die beiden sind einfach nicht auszuhalten. Sie nicht mehr um mich zu haben mit ihren Titten und Hintern. Sie kennen nicht zufällig welche, was?»

Jury wusste nicht genau, was sie meinte, Titten und Hintern oder Dukes und Earls. «Ob du's glaubst oder nicht, ich kenn einen – einen Earl.» Er lächelte.

«Ohne Scheiß?» Sie blieb stehen und sah bass erstaunt zu ihm auf.

«Ohne Scheiß», sagte Jury.

Das Geburtshaus war ein hübsches, gemütliches Fachwerkhaus aus Warwickshire-Stein, dessen Tür beinahe auf gleicher Höhe mit der Henley Street lag. Vor der Tür zu dem Heiligtum warteten eine doppelte Schlange von Pilgern, ungeduldige Eltern und quengelige Kinder mit Eislutschern im Mund. Jury fragte sich, wie viele von den Leuten je Shakespeare gelesen hatten, doch er bewunderte sie und ihre Bereitwilligkeit, das Genie auf Treu und Glauben als solches zu akzeptieren.

«Wie die Schlangen zu *E. T.*», sagte Penny verdrossen. «Es sind mindestens hundert Leute vor uns.»

«Ich glaube, wir können sie umgehen. Komm.»

Die Türsteherin mit dem Abzeichen der Shakespeare-Stiftung starrte entsetzt auf Jurys Ausweis, obwohl er ihr bereits versichert hatte, dass alles in Ordnung sei. Sie musterte ihn unsicher, als fürchtete sie, er würde nicht nur die Kleine an seiner Seite, sondern die ganze Ausdünstung des Sündenbabels London einschleppen, die sich dann wie eine Patina aus Staub auf die wertvolle Sammlung im Innern legen würde.

Drinnen befanden sich genauso viele Leute wie draußen. Jury

zeigte dem Wächter der unteren Räume das Foto von James Carlton Farraday, konnte von ihm jedoch nichts erfahren. Sie bahnten sich einen Weg zum oberen Stock, wo sich noch mehr freundliche, kleine Räume befanden – mit Deckenbalken und weiß getüncht. Die Möbel waren elisabethanisch oder stammten aus der Zeit Jakobs I., aber unglücklicherweise hatte kein einziges Stück Shakespeare gehört (wie ein Führer den Pilgern erklärte), außer einer alten Schulbank aus der Volksschule Stratfords, auf der der junge Will Qualen hatte erdulden müssen. Sie war mit Kerben und Löchern übersät.

Jury ging auf einen älteren Herrn zu, auch einen Wächter, der einer jungen, zerzausten Frau in Shorts und Sandalen etwas über das bleigefasste Fenster erzählte, in das die Namen der Berühmtheiten vergangener Jahrhunderte mit Diamantringen eingeritzt waren. Die Sandalen entfernten sich klappernd.

Jury zeigte seinen Ausweis. «Ich wüsste gern, ob Sie letzten Montag diesen Jungen hier gesehen haben?»

Der Mann schien darüber erstaunt, dass jemand nach Dingen fragte, die nichts mit Möbeln und Fenstern zu tun hatten. Vor allem aber darüber, dass dieser Jemand von Scotland Yard war. Als Jury ihm das Passfoto zeigte, schüttelte er den Kopf.

«In den Ferien und vor allem jetzt, gegen Ende des Schuljahres, wimmelt es hier nur so von Schulkindern. Wissen Sie, mit der Zeit sieht einer wie der andere aus. Es sind so viele, und sie stellen so viele Fragen …» In diesem Stil ging es weiter; er erklärte und erklärte, wahrscheinlich weil er glaubte, Scotland Yard würde ihn verdächtigen, diesen einen Schuljungen in der Eichentruhe nebenan eingesperrt zu haben.

Jury gab ihm seine Visitenkarte; über die Telefonnummer von Scotland Yard hatte er die der Polizeiwache von Stratford notiert. «Falls Sie sich doch noch an irgendetwas erinnern, rufen Sie mich bitte an.»

Der Wächter nickte.

Das Gleiche wiederholte sich in dem Souvenirgeschäft auf der anderen Seite der Gärten, in dem die Pilger allen möglichen elisabethanischen Schnickschnack kauften: Tischsets, verkleinerte Modelle des Globe Theatre. Postkarten, Bilder und Anhänger. Keiner der gestressten Verkäufer erkannte James Carlton Farraday auf dem Foto.

Jury und eine betrübt dreinblickende Penny standen auf dem blumengesäumten Hauptweg. Es gab Quitten- und Mispelbäume, und die Luft des Spätsommers war schwer von dem Duft der Blumen und Kräuter.

«Ich hab in diesem kleinen Buch hier gelesen, dass sie alle Blumen haben, die in Shakespeares Stücken vorkommen. Ob sie wohl auch Rosmarin haben?» Sie strich das lange Haar nach hinten. «Aber das ist keine Blume, oder?» Der Blick, den sie Jury zuwarf, war beinahe untröstlich. «Es ist zur Erinnerung.»

7

James Carlton Farraday hatte es satt, gekidnappt zu sein.

Er wusste nicht, *wer* ihn entführt hatte, *wohin* man ihn entführt hatte oder *wozu* er entführt worden war.

Zuerst hatte er überhaupt nichts dagegen gehabt, aber inzwischen langweilte er sich. Er hatte es satt, immer in demselben Zimmer zu hocken – es war ziemlich klein und lag hoch oben unter dem Dach, wie eine Mansarde. Das Essen wurde auf einem Tablett durch eine längliche Öffnung in der Tür hereingeschoben. Wahrscheinlich war er in einem Turm, obwohl er noch keine Ratten gesehen hatte. Es gab jedoch eine Katze. Sie hatte sich entschlossen durch die Öffnung in der Tür gequetscht; wahrscheinlich wollte sie herausfinden, wie das war, gekidnappt zu sein. Die Katze – sie war grau mit weißen Pfoten – lag eingerollt am Fuß des eisernen Bettgestells und schlief. James Carlton teilte sein Essen mit ihr.

Das Essen war in Ordnung, aber er hätte Brot und Wasser vorgezogen, wenigstens für ein paar Tage. Er fand es irgendwie unpassend, dass er Jell-O (oder wie immer sie das in England nannten) in einer kleinen Blechschüssel mit einem Rosenmuster bekam. Er selbst verabscheute Jell-O, aber die graue Katze war begeistert und leckte es immer sorgfältigst auf. Der Rest war gar nicht so übel, auch wenn er auf eine etwas unkonventionelle Art serviert wurde. Überhaupt nicht wie zu Hause, wo ihm seine alte Nanny gewöhnlich nur ein labbriges gekochtes Ei und trockenen Toast zum Frühstück auf sein Zimmer brachte. Junge, war er froh, dass er *die* los war.

James Carlton hatte (wie er annahm) sämtliche Bücher gelesen, die je über Kidnapping geschrieben worden waren – über Leute, die in Türme gesteckt, auf die Teufelsinsel verbannt, in Verliese geworfen, von Zulus gefangen genommen, in Schlangengruben hinabgelassen oder in den Kofferraum eines Autos gesteckt worden waren. Kidnapping war sozusagen eine fixe Idee von ihm; er war nämlich davon überzeugt, dass Penny und er die Opfer einer solchen Aktion geworden waren. Es lag inzwischen

Jahre zurück, und er war sich nicht einmal sicher, ob J. C. Farraday die Hand im Spiel gehabt hatte. Eigentlich nahm er es nicht an. J. C. schien ihm nicht der Typ zu sein. Amelia Blue hingegen, die würde sich alles greifen, was nicht niet- und nagelfest war – Babys inbegriffen –, nur war Amelia Blue damals überhaupt noch nicht in Erscheinung getreten. Wahrscheinlich hatte er in seinem Kinderwagen vor dem Supermarkt so niedlich ausgesehen, dass ihn einfach jemand geschnappt und dann das Weite gesucht hatte. Er fand es ziemlich dumm von Penny – die doch sonst so schlau war –, dass sie ihnen diese Geschichte abnahm, der zufolge ihre Mutter an irgendeiner komischen Krankheit gestorben sein sollte. Das war sie natürlich nicht.

Nach all den Jahren suchte die Polizei bestimmt noch nach ihm (und nach Penny wohl auch), wenngleich sie mit Sicherheit nichts darüber hatte verlauten lassen. Seine richtigen Eltern würden die Suche nach ihm nie aufgeben, das wusste er. Erschwert wurde sie durch diese große Brille, die ihm Amelia Blue und J. C. aufgezwungen hatten. Und seine Entführer mussten ihm als Baby auch die Haare gefärbt haben; er hatte nämlich das Foto seiner Mutter gesehen, und die hatte hellbraunes Haar wie Penny.

Jahrelang hatte James Carlton ihr Spiel gutmütig mitgespielt. Er hatte nie ein Wort darüber verloren oder gar gefragt, warum sie ihn nicht nach Hause ließen. Aber jetzt sah er rot. Einmal gekidnappt zu werden war genug. Zweimal, das war zu viel, das sollten sie ihm gefälligst erklären.

Die graue Katze schlummerte auf seiner Brust, und er atmete tief aus. Irgendwann hatte die Katze die Nase voll und sprang herunter.

Es gab nichts zu tun, außer sich Fluchtwege auszudenken.

Natürlich lagen keine Bleistifte oder Kugelschreiber im Zimmer herum, denn sonst hätte er ja Botschaften durch das Fenster werfen können. Vorübergehende hätten die Notrufe dann gefunden, sie gelesen und der Polizei gemeldet, dass in dem Turm ein Junge säße.

Aber James Carlton hatte immer einen Bleistiftstummel in seinem Strumpf, denn er wusste, wie wichtig es war, ein Schreibwerkzeug zu besitzen. Wichtiger als eine Waffe! So etwas war notwendig, um SOS-Rufe an die Polizei abzuschicken oder um Botschaften hinterlassen zu können, wenn die Entführer ihre Gefangenen an einen anderen Ort bringen wollten.

Falls er sich nicht dazu entschloss, Baseballspieler zu werden (er war überzeugt, dass sein Vater Baseballspieler war), wollte er Schriftsteller werden, und zwar Auslandskorrespondent. Er hatte schon oft daran gedacht. Schreiben war etwas, womit man sich die Zeit vertreiben konnte, wenn man sich langweilte.

An den Wänden hing eine Reihe ziemlich langweiliger Bilder von irischen Settern oder weidenden Kühen. Er nahm eins von denen, die Kühe und einen Kuhhirten zeigten, herunter, setzte sich aufs Bett und legte das Bild umgedreht auf seine Knie. Dann holte er den Bleistift aus seinem Strumpf und schrieb an seinem Tagebuch weiter. Es war zwar nicht besonders interessant, was er da schrieb, aber es war notwendig für den Fall, dass seine Entführer ihn an einen anderen Ort brachten und die Polizei hier nach ihm suchte. Mit größter Mühe war es ihm gelungen, in dem Bild selbst einen Hinweis anzubringen – vorsichtig hatte er den Karton zur Verstärkung entfernt und dann die Köpfe der Kuh und des Kuhhirten herausgetrennt und vertauscht. Es war eine sehr schwierige, große Sorgfalt erfordernde Arbeit gewesen, für die er mehr als zwei Stunden gebraucht hatte, da er die Köpfe ohne Klebstoff einsetzen musste und sie immer wieder unter dem Glas verrutschten. Schließlich hatte er Spucke statt Klebstoff genommen und war sehr zufrieden mit dem Resultat. Die Leute, die hier lebten, würden es bestimmt nicht bemerken, denn niemand sieht sich die Bilder an den eigenen Wänden wirklich an. Aber Scotland Yard würde es bemerken und sofort wissen, dass es etwas zu bedeuten hatte, und sich die Rückseite des Bildes genauer ansehen.

Ganz oben auf dem Karton, den er wieder in den Rahmen geschoben hatte, stand in kunstvoller Schrift:

James Carlton Farraday

Er schrieb an seinem Tagebuch weiter: «7.13 Uhr Frühstück: Ei, Speck, Cornflakes.»

Er schrieb das in kleinen, ordentlichen Buchstaben unter das Abendessen, das ihm gestern um 18.22 Uhr serviert worden war. Seine Armbanduhr hatten sie ihm gelassen.

Dann widmete er sich seinen Fluchtplänen, die er wahrscheinlich in der Reihenfolge, in der er sie aufgeschrieben hatte, ausprobieren würde.

1. Sich krank stellen; wenn das Essen kommt, wimmern und stöhnen.
2. Sein/ihr Handgelenk durch den Türschlitz hindurch packen, wenn das Tablett reingeschoben wird.
3. Auskundschaften, ob man durch das Fenster entkommen kann. Katze runterlassen???

James Carlton hängte das Bild wieder an seinen Platz zurück und machte ein paar tiefe Kniebeugen. Es war wichtig, sich fit zu halten. Danach machte er Schattenboxen durch das ganze Zimmer und wieder zurück zum Bett. Er führte ein paar Schwinger gegen die Katze, ohne dabei die komplizierte Beinarbeit zu vernachlässigen. Die graue Katze rollte sich auf den Rücken, schlug ein paarmal halbherzig mit der Pfote nach seiner Faust und rollte sich dann gelangweilt wieder auf die Seite. James Carlton setzte seine Boxübungen fort.

Er hörte auf, als er Schritte vernahm. Sobald das Tablett klappernd auf dem Boden abgestellt worden war, machte er sich daran, Plan eins in die Tat umzusetzen. Er legte sich auf den Boden und begann fürchterlich zu stöhnen.

8

Der Speisesaal des «Schwarzen Schwans» – dieser etwas elegantere Teil der «Torkelnden Ente» – war vollbesetzt mit Gästen, die vor der Vorstellung um halb acht noch einen Drink oder ein Abendessen zu sich nahmen. Auch die Terrasse war überfüllt, sodass einige Gäste mit der Treppe vorliebnehmen mussten. Und an der Bar der «Ente» konnte man kaum noch sein Glas heben.

Melrose unterbrach seinen Vortrag über Schoenbergs Theorie, um den Wein zu probieren, den ihm die dunkelhaarige Bedienung gerade eingeschenkt hatte. Als er nickte, füllte sie ihre beiden Gläser und huschte wieder davon.

«Das ist das Blödsinnigste, was ich je gehört habe. Den Senf, bitte», sagte Jury.

«Ich bin noch nicht fertig. *Anschließend* meinte er, Shakespeare hätte Marlowe umlegen müssen, sonst hätte nämlich Marlowe ihn umgelegt.» Melrose schob Jury den Senf hin, und der betupfte seine Fleisch-und-Nieren-Pastete damit. «Und dabei ließ er dauernd Shakespeares Sonette auf diesem Ishi erscheinen.»

«Was zum Teufel ist denn das?»

«Sein Computer.»

«Sie meinen, er hat immer einen *Computer* dabei?»

Melrose nahm sein Roastbeef in Angriff. «Natürlich. Ohne ihn könnte er sich auf gar kein Gespräch einlassen. Er meint, es würde auch schon Computer geben, mit denen man reden kann – einfach so. Vielleicht sollte ich Agatha einen besorgen. Er könnte ihr Gesellschaft leisten, wenn sie zum Tee nach Ardry End kommt.»

Jury lächelte. «Ich habe sie drei Jahre lang nicht gesehen.»

«Und wenn Sie schlau sind, belassen Sie es dabei. Keine Angst, sie wird Sie schon aufstöbern. Wenn ihr die Randolph Biggets Zeit dazu lassen –»

«Wer ist das?» Jury ließ sich sein Glas nachfüllen.

«Unsere amerikanischen Verwandten. Sie sind in Horden eingefallen. Glücklicherweise ist es mir bis jetzt gelungen, ihnen aus dem Weg zu gehen. Ich hab ein paar Zimmer im ‹Falstaff› genommen und Agatha und den Biggets das ‹Hathaway› überlassen. Amerikaner mögen so was – nachgemachter Tudor, Lehm und Flechtwerk.»

Jury lächelte. «Und nicht nur das. Es ist auch ziemlich teuer. Ein paar Zimmer im ‹Falstaff›? Wie viele Zimmer haben Sie denn genommen?»

«Alle.» Als er Jurys gerunzelte Brauen sah, fügte er hinzu: «Musste ich ja. Sonst wären sozusagen aus allen Fenstern Biggets gequollen. Ich hab Agatha gesagt, ich hätte das letzte Zimmer bekommen. Stimmt ja auch, wenn man so will. Es gibt sowieso nur acht oder neun. Wollen Sie denn wegen des vermissten Jungen noch etwas unternehmen?»

«Im Augenblick lässt sich da nicht viel tun. Ich bin mit seiner Schwester Penny zu Shakespeares Geburtshaus gegangen. Angeblich wollte er dahin, als er sich aus dem Staub gemacht hat – aber niemand erinnert sich, ihn gesehen zu haben. Wie dem auch sei – es ist Laskos Fall.»

Eine Zeitlang widmeten sie sich schweigend dem Essen. Jurys Gedanken wanderten von vermissten Jungen zu anderen Dingen. «Sie sind Lady Kennington nie begegnet, oder?» Er bezweifelte, ob sein beiläufiger Ton Melrose Plant täuschen konnte.

«Nein. Ich habe sie nur dieses eine Mal gesehen, wenn Sie sich erinnern. Eine sehr attraktive Frau.»

«Ja, das ist sie wohl. Sie wohnt jetzt in Stratford.»

«Oh? Wissen Sie, sie erinnerte mich irgendwie an Vivian Rivington.»

Jury war das noch nicht aufgefallen, aber Plant hatte recht, die beiden Frauen sahen sich tatsächlich ähnlich. Plant musterte ihn etwas zu eindringlich; Jury wandte den Blick ab. Vivian Rivington machte ihm immer noch zu schaffen. «Haben Sie mal von ihr gehört? Lebt sie immer noch in Italien?»

«Ab und zu bekomme ich eine Postkarte mit einer Gondel drauf. Sie erwähnte mal, dass sie nach England zurückkommen wollte.»

Es entstand ein kurzes Schweigen. «Das Brot, bitte», sagte Jury.

«Wie romantisch. Ich rede von Vivian, und Sie sagen: ‹Das Brot, bitte.›» Melrose schob ihm das Brotkörbchen zu.

«Oh, mein Gott», sagte Jury, den Blick auf die Tür gerichtet.

Melrose folgte der Richtung seines Blicks. Der Speisesaal

leerte sich allmählich, da die Gäste nach und nach die Tische räumten und zum Theater hinübergingen.

In der Tür stand ein ziemlich korpulenter, traurig dreinblickender Mann, der zu ihnen herüberschaute. Er sagte etwas zu der Empfangsdame und bahnte sich einen Weg durch die aufbrechenden Gäste.

«Wenn man vom Teufel spricht –» Jury warf seine Serviette auf den Tisch.

Sergeant Sammy Lasko blickte, so meinte Jury zu sehen, mit unaufrichtigem Bedauern auf sie herunter. «Ärger, Richard.»

«Setz dich und trink etwas Wein oder Kaffee. Du siehst so aus, als hättest du es nötig.»

Lasko schüttelte den Kopf. «Keine Zeit. Sieht gut aus», fügte er hinzu und warf einen sehnsüchtigen Blick auf ihre Teller.

«Das war es auch, bis du aufgetaucht bist. Was Neues im Fall Farraday?»

Ein trauriges Kopfschütteln, während Lasko die Melone in seinen Händen drehte. «Fürchte, nein. Es ist noch ein ganzes Stück schlimmer.»

Plant und Jury sahen einander an. «Ich sehe schon, ich werde diesen Abend allein im Theater verbringen», sagte Melrose missvergnügt.

«Hör mal, Sammy …» Jury seufzte und ergab sich in sein Schicksal. «Was ist es diesmal?»

«Mord», sagte Lasko, das Rindfleisch nicht aus den Augen lassend.

Die beiden starrten Lasko an, dann warfen sie sich einen Blick zu. Schließlich meinte Jury bereits im Aufstehen: «Geben Sie mir meine Karte, wir treffen uns in der Pause an der Bar.»

68

Sam Lasko sah Jury vorwurfsvoll an: «Ich glaube nicht, dass wir nach drei Akten *Hamlet* schon die Antworten parat haben.»

«Das hatte Hamlet auch nicht. Kommen Sie, gehen wir.»

«Gwendolyn Bracegirdle», sagte Lasko und blickte auf die Stelle in der Damentoilette, wo die Leiche vor kurzem noch gelegen hatte. Zusammen mit Gwendolyn Bracegirdles Brieftasche gab er Jury die Fotos, die ein Polizeifotograf gemacht hatte. «Eine scheußliche Bescherung.»

Im weißen Licht der Glühbirne stand auf Gwendolyn Bracegirdles Gesicht ein Ausdruck clownesker Überraschung. Als Jury die Brieftasche öffnete, ergoss sich aus ihr ein kleiner Wasserfall von Kreditkarten, die in einer langen, unterteilten Plastikhülle steckten: Diner's Club, Visa, American Express, eine Karte für Benzin. Außerdem fand sich noch eine ganze Menge Geld, mindestens zweihundert Pfund.

«Kein Raubüberfall», sagte Lasko, der auch hinten Augen hatte. Er scharrte mit der Stiefelspitze auf dem Boden herum. «Was hatte sie nachts in den öffentlichen Toiletten zu suchen?»

«Wann hast du sie gefunden?», fragte Jury und sah auf die Fotos, auf diesen schrecklichen Ausdruck im Gesicht der Ermordeten – als hätte sie beim ersten Schnitt gelacht, was wirklich fürchterlich war in Anbetracht des halb vom Rumpf getrennten Kopfes. Es gab noch einen zweiten tiefen Schnitt, der unter der Brust anfing und senkrecht bis zum Schambein verlief, als hätte es nicht genügt, sie von einem Ohr bis zum anderen aufzuschlitzen. Das Blut musste nur so herausgeschossen sein; auf den Fotos sah es wie getrocknete Farbe auf der Leinwand eines Malers aus; die Schicht war so dick, als wäre sie mit einem Palettenmesser aufgetragen worden.

«Vor ein paar Stunden. Der Arzt meinte, sie sei schon seit gestern Abend tot. All das –» Lasko wies mit ausgestrecktem Arm auf die blutverschmierte Szene – «geschah gegen Mitternacht oder um diesen Zeitpunkt herum …»

«Und sie wurde jetzt erst gefunden? Im Juli ist die Kirche doch voller Touristen.»

«Die aber nicht die Toiletten benutzen, weil die außer Betrieb sind, wie das Schild draußen anzeigt.» Als er Jurys Blick bemerkte, zuckte er die Achseln. «Sie waren wohl tatsächlich außer Betrieb.»

«Dieses ganze Blut – der Killer muss voll davon gewesen sein.»

«War er auch. In einem Abfalleimer haben wir einen alten Regenmantel gefunden. Er wird auf Fingerabdrücke untersucht, ist aber einer von der öligen Sorte. Und billig, ist überall zu kaufen. Verdammt schwer zurückzuverfolgen.» Lasko steckte sich einen Zahnstocher zwischen die Zähne und hielt eine kleine, weiße Visitenkarte hoch, auf die er den Strahl seiner Taschenlampe richtete. «Wie wär's, wenn wir zusammen zum ‹Diamond Hill Guest House› gingen, um mit der Besitzerin zu sprechen?»

«Ich hab's dir bereits gesagt, Sam, das ist nicht mein –»

Lasko unterbrach ihn: «Was hältst du *davon*?»

Es war das Programm für *Wie es euch gefällt*. Am unteren Rand standen in Druckschrift zwei Zeilen eines Gedichts.

Der Schönheit rote Nelken
sind Blumen, die verwelken.

«Also, was meinst du, Richard? Wir lassen das Original nach Fingerabdrücken untersuchen. Aber zunächst mal: Denkst du, sie hat das geschrieben?»

«Nein.»

«Ich auch nicht. Sieht eher wie etwas an unsere Adresse aus.» Entschlossen gab Jury ihm das Programm zurück. «An dich, an deine Adresse, Sammy. Ich muss nach London zurück, wenn ich dich daran erinnern darf.»

Aber Sam Lasko hatte noch einen weiteren Trumpf in der Hand. «Ich denke, du solltest doch besser mitkommen.»

«Sammy, niemand hat unsere Hilfe angefordert.»

«Noch nicht. Aber ich bin sicher, Honeysuckle Tours hätte sie nötig.» Lasko bewegte den Zahnstocher in seinem Mund. «Du weißt schon, diese Reisegesellschaft, zu der der kleine Farraday gehört.» Lasko steckte das Programm wieder in die Hülle. «Gwendolyn Bracegirdle gehörte auch dazu.» Sam Lasko ließ Jury diese Nachricht erst einmal verdauen, bevor er sein Notizbuch herauszog und darin blätterte. «Toller Name, was? Man denkt sofort an die alten Südstaaten, an Tara und so. Warst du schon einmal in Amerika, Jury?» Es war eine rhetorische Frage. Lasko wartete die Antwort gar nicht ab, sondern fuhr mit seiner Aufzählung fort.

«Dieser Bursche namens Honeycutt hat die Sache aufgezogen, deshalb wohl auch der Name – wir versuchen schon die ganze Zeit, ihn ausfindig zu machen. Aber er ist ständig unterwegs. Jedenfalls gehören die Farradays zu dieser Reisegesellschaft, und laut J. C., der mit mir eigentlich gar nicht redet, gibt es außer ihnen und Honeycutt vier weitere Mitreisende: eine Lady Dew mit ihrer Nichte Cyclamen und – was für Namen! – George Cholmondeley, der mit Edelsteinen handelt, schließlich einen Harvey L. Schoenberg.»

«Schoenberg?»

«Kennst du ihn?»

«Nein, aber der Bursche, mit dem ich heute Abend gegessen habe.»

«Aha?» Lasko steckte sein Notizbuch weg und versuchte, Jury den Weg hinunterzubugsieren, wahrscheinlich in Richtung des «Diamond Hill Guest House». «Ich dachte, wenn wir mit diesem «Diamond Hill» fertig sind –»

«Wir?» Aber Jury wusste, dass er mit von der Partie sein würde.

Und Sam Lasko wusste es auch. Er machte sich nicht einmal die Mühe, Jury zu antworten. «Ich dachte, du könntest mitkommen und dich im ‹Arden› etwas umsehen – das ist Honeycutts Hotel –, dich mit ihm unterhalten oder herausfinden, wo er steckt –»

Jury drehte sich auf dem dunklen Weg um. «Sammy, ich hab dir doch gesagt –»

Sam Lasko schüttelte den Kopf und streckte die Arme himmelwärts. «Richard. Schau dir diese Bescherung dahinten an. Denkst du vielleicht, ich hätte nicht genügend zu tun –?»

«Nein, keineswegs.»

Sie gingen eine Gasse hoch, die vom Theater durch die Altstadt zu den Straßen drum herum führte, die von *Bed-and-Breakfast*-Schildern gesäumt wurden wie eine Pappelallee.

«*Casablanca*. Das war ein toller Film. Kennst du doch bestimmt.»

Jury blieb stehen, zündete sich eine Zigarette an und sagte: «Louie, glaub ja nicht, dass dies der Beginn einer wunderbaren Freundschaft ist.»

9

M rs. Mayberry, die das «Diamond Hill Guest House» führte, trug nichts dazu bei, dass Jury seine Meinung von den Wirtinnen der *Bed-and-Breakfast*-Kategorie revidierte. «Ich weiß nichts, wie sollte ich auch? Sie gehörte zu einer dieser Reisegesellschaften. Ihr Zimmer war ganz oben – klein, aber gemütlich. Warm- und Kaltwasser und das Bad im Gang. Sie zahlte sieben Pfund inklusive Mehrwertsteuer für eine Übernachtung mit komplettem Frühstück.» Als wäre die Polizei nur gekommen, um bei Mrs. Mayberry Zimmer zu mieten.

Jury wusste, was unter dem kompletten Frühstück zu verstehen war: Orangensaft aus der Dose, Cornflakes, ein Ei, eine hauchdünne Scheibe Speck und, wenn man Glück hatte, eine wässrige «geschmorte» Tomate. Nur ein Oliver Twist würde sich trauen, um Nachschlag zu bitten.

«Wann haben Sie sie das letzte Mal gesehen, Mrs. Mayberry?», fragte Lasko mit seiner verschlafenen Stimme.

«So gegen sechs, nehm ich an. Sie kam zurück, um sich zum Abendessen frisch zu machen. Das tun sie meistens.» Sie stiegen die Treppe hoch, die Wirtin mit ihrem Schlüsselbund voran. Der Polizeifotograf und der Experte für Fingerabdrücke bildeten die Nachhut. «So, da wären wir.» Mrs. Mayberry trat zur Seite und stieß die Tür auf. «Einfach scheußlich, das Ganze.» Jury nahm an, sie meinte den Mord und nicht das Zimmer, das klein und ziemlich trostlos wirkte. «Dass so was aber auch passieren musste.» Dieser Kommentar schien sich hingegen weniger auf

73

Gwendolyn Bracegirdles Tod zu beziehen als auf ihre Unverschämtheit, das ‹Diamond Hill Guest House› dadurch in Verruf gebracht zu haben.

Das Zimmer lag im obersten Stockwerk, und das winzige Mansardenfenster schien eher dazu gemacht, die sommerliche Brise auszusperren, als sie hereinzulassen. An der einen Wand stand ein Bett – eigentlich war es nur ein Feldbett – mit einer Chenilledecke. Von der gegenüberliegenden ragte ein Waschbecken in das Zimmer. Sonst gab es nur noch einen chintzbezogenen Sessel und einen alten Schreibtisch aus Eichenholz. Auf dem Schreibtisch standen fein säuberlich aufgereiht Miss Bracegirdles Habseligkeiten: ein paar Cremetöpfchen, Kamm und Bürste, ein kleines Foto in einem Silberrahmen. Jury stand in der Tür, um Laskos Team nicht im Weg zu sein, und konnte deshalb das Gesicht auf dem Foto nicht sehen. Aber dieser Versuch, etwas von ihrem Zuhause mit auf die Reise zu nehmen, kam ihm irgendwie sehr traurig, sehr rührend vor. Die Zimmer von Mordopfern wirkten immer so auf ihn: Vielleicht hatte man ihn so darauf gedrillt, jedes Detail wahrzunehmen, dass die Gegenstände für ihn lebendig wurden: Das Bett schien bereit, das Gewicht des Körpers aufzunehmen; der Spiegel, das Gesicht zu reflektieren; der Kamm, das Haar zu berühren. Gwendolyn Bracegirdles Gegenwart haftete diesen Dingen an wie ein Geruch, obwohl sie nur ein paar Tage in diesem Zimmer gewohnt hatte.

Bevor Lasko sich daranmachte, die Schubladen zu durchsuchen, sagte er zu Jury: «Warum unterhältst du dich nicht etwas mit der Wirtin?» Sein Blick war flehend.

«Mach ich», sagte Jury. Wo er schon einmal da war …

Mrs. Mayberry stärkte sich in ihrem Frühstücks-und-Empfangs-Salon mit einer Tasse Tee. Auf der Anrichte brannte hinter einem zartrosa Lampenschirm eine schwache Glühbirne. Die Anrichte selbst bewies ihm, dass er recht gehabt hatte, was das Frühstück betraf: Neben zwei winzigen Saftgläsern, die sich mit einem großen Schluck leeren ließen, standen mehrere Cornflakes-Pakete. Es gab drei runde Tischchen mit ein paar zusammengewürfelten Stühlen; auf jedem Tisch standen ein paar Gewürzdöschen, die scheinbar ebenfalls eher zufällig dorthin gekommen waren: Senf zum Frühstück?

«Sie kam letzten Samstag hier an», sagte Mrs. Mayberry, «zur selben Zeit wie das Ehepaar auf Nummer zehn. War aber nicht mit ihnen zusammen; sie kannte diese Leute gar nicht.»

«Hat sie sich denn in den paar Tagen, die sie hier war, mit jemandem angefreundet?»

«Ja nun, woher soll ich das wissen? Ich lasse meine Gäste in Ruhe. Morgens bin ich in der Küche. Man muss heutzutage schon aufpassen, dass das Frühstück auch in Ordnung ist, dass die Zimmer saubergemacht sind und so weiter. Was gekocht werden muss – Eier und dergleichen –, wird im Voraus gekocht, da alle zur selben Zeit runterkommen. Obwohl es ab halb acht Frühstück gibt, traben sie Punkt neun hier an –» Sie strich sich das krause Haar aus der Stirn und schüttelte den Kopf. «Um elf müssen die Gäste die Zimmer räumen, dann werden die Betten frisch überzogen –»

Jury, der das Gefühl hatte, ein Einstellungsgespräch zu führen, unterbrach sie: «Ja, das bringt bestimmt viel Arbeit mit sich. Aber es muss doch jemanden gegeben haben, mit dem sich Miss Bracegirdle ab und zu traf.»

«Vielleicht hat sie sich mit meiner Patsy unterhalten, sie serviert das Frühstück und macht die oberen Zimmer sauber. Heute hat sie sich mal wieder krank gemeldet – ich hätte sie am liebsten gefeuert.»

Jury unterbrach diese Aufzählung häuslicher Kalamitäten: «Hat sie vielleicht irgendwelche Anrufe bekommen?»

«Nein, nicht dass ich wüsste. Aber fragen Sie mal Patsy. Meistens nimmt sie das Telefon ab.»

Das Gästebuch, das Mrs. Mayberry voller Stolz von dem kleinen Tisch auf dem Gang hereingeholt hatte, lag aufgeschlagen vor Jury. Er betrachtete Gwendolyn Bracegirdles kleine, verschnörkelte Unterschrift und sagte: «Sarasota, Florida.»

«Ja, richtig, Florida.» Sie fingerte an der Ketchupflasche herum. «Ich hab schon jede Menge Gäste aus Florida gehabt. Ich selbst hätte auch nichts gegen einen kleinen Urlaub, aber wie Sie sehen, ist hier so viel zu tun, dass ich einfach nicht wegkomme –»

«Wir müssen noch mit den anderen Gästen hier sprechen, Mrs. Mayberry. Allem Anschein nach war Miss Bracegirdle in Begleitung, als sie, äh, ihren Unfall hatte.»

Sie erbleichte. «Hier? Sie meinen doch nicht –»

«Ich meine überhaupt nichts. Wir sammeln lediglich Informationen.»

Dass sie vielleicht einen Mörder beherbergte und verköstigte, schien jedoch nicht das Problem zu sein: «Das ‹Diamond Hill Guest House› wird doch nicht etwa in die Zeitung kommen, oder? Hier ist noch nie etwas passiert.»

Das erinnerte Jury an seine eigene Bemerkung, mit der er Farraday hatte trösten wollen, dass nämlich in Stratford nie etwas passierte.

«Wir versuchen, so wenig wie möglich an die Öffentlichkeit dringen zu lassen.»

«Gut so. Ich hoffe doch, der gute Ruf des ‹Diamond Hill Guest House› wird nicht darunter leiden … es wäre nicht gerade gut fürs Geschäft. Obwohl es ja 'ne Menge Geld kostet, kommen die Amerikaner jedes Jahr hier rüber. Stratford ist so beliebt wie eh und je, ja beinahe *noch* beliebter als früher. Während der Saison ist es – entschuldigen Sie den Ausdruck – die reinste Hölle.»

Jury musterte sie kühl. «Für Miss Bracegirdle war es das bestimmt.»

«Bitte unterschreiben Sie das, Madam», sagte Lasko, der ein paar Minuten später dazugekommen war. Der Spurensicherung war mit einem Koffer voller Gegenstände – wahrscheinlich Gwendolyn Bracegirdles Habseligkeiten – verschwunden. «Das Zimmer ist natürlich versiegelt.»

«Versiegelt!», empörte sich Mrs. Mayberry. «Aber es ist doch bereits reserviert.»

Da konnte das Blut in Strömen durch Stratfords Straßen fließen – Geschäft war Geschäft.

«Nicht bevor wir den Raum noch einmal sehr gründlich durchsucht haben.» Lasko steckte den Kugelschreiber ein, mit dem sie die Quittung unterschrieben hatte.

«Das ist ja wunderbar! Und was, bitte schön, soll ich den Leuten sagen?»

Lasko sagte freundlich: «Warum erzählen Sie ihnen nicht, dass der letzte Gast mit einem Rasiermesser aufgeschlitzt wurde?»

Die breiten Eingangstreppen und das Foyer des Royal Shakespeare Theatre waren zum Brechen voll, und Jury hätte gewettet, dass es ausverkauft war und dass jemand mit einer Stehplatzkarte schon längst seinen freien Sitz entdeckt hatte und sich vielleicht gerade in diesem Augenblick darauf niederließ.

Melrose Plant war in eine Ecke der Bar gedrängt worden, die den feineren Herrschaften im Parkett zur Verfügung stand.

Er reichte Jury einen Brandy und sagte: «Ich habe in weiser Voraussicht Drinks bestellt, bevor der Vorhang hochging.»

Jury leerte das Glas in ein, zwei Zügen. «Der Vorhang fällt, kommen Sie.»

Plants eher gemurmelter Protest, er würde die zweite Hälfte eines sehr guten *Hamlet* versäumen, konnte nicht verbergen, dass er zweifellos froh darüber war, sich hinter Jury einen Weg durch die Menge bahnen zu können, wenn er auch keinen blassen Schimmer hatte, wohin oder zu wem sie gingen.

Wohin, wurde ihm schnell klar: ins Herz Stratford-upon-Avons, das «Arden Hotel».

Zu *wem*, war ein anderes Kapitel.

10

Meine Freunde», sagte Valentine Honeycutt – und sein eindringlicher Blick ließ vermuten, dass er Jury und Plant gern dazugezählt hätte – «nennen mich Val.»

«Meine», sagte Melrose, «nennen mich Plant.»

«Oh!», rief Honeycutt und schien zu erschauern. «Nur bei Ihrem Familiennamen? Sie müssen ja schrecklich wichtig sein.»

«Ja, schrecklich», sagte Melrose und legte seinen silberbeschlagenen Spazierstock über den Tisch neben seinem Stuhl.

Valentine Honeycutt ordnete die Falten seines Halstuchs, das wie eine leuchtende Narzisse in dem V seines weißen, mit feinen grünen und gelben Streifen bedruckten Hemdes erblühte. Das blaue Leinenjackett sollte wohl seine himmelblauen Augen betonen. Man hatte das Gefühl, durch einen elisabethanischen Blumengarten zu wandeln, wenn man ihn anschaute. Er schlug ein perfekt gebügeltes Hosenbein über das andere wie jemand, der sich vor allem durch Körpersprache verständigte. «Was kann ich Ihnen anbieten, meine Herren? Eine Zigarette?» Seine Hand beschrieb einen Bogen mit dem silbernen Zigarettenetui.

«Mr. Honeycutt», sagte Jury, «wir hätten gern einige Auskünfte bezüglich Ihrer Reisegesellschaft.»

«Honeysuckle Tours, richtig. Heißt so, weil mein eigener Name darin mitklingt und weil unser Firmensitz in Atlanta, Georgia, ist. ‹Honeysuckle›-Weine und so. Jeden Juni geht's für sechs Wochen nach London, Amsterdam, aufs Land und wieder zurück nach London. Stratford darf nicht fehlen. Darin sind die Amerikaner ganz vernarrt. Das Theater und so.»

«Sechs Wochen. Das klingt recht teuer.»

«Ist es auch.»

«Ich fürchte, ich habe unangenehme Nachrichten für Sie.»

Honeycutt zog die weißblonden Augenbrauen über den unschuldigen blauen Augen hoch, während er etwas zurückwich. Er glich ein bisschen einem Engel, der über ein Loch in seiner Wolke gestolpert war. «Ist etwas passiert?»

«Leider ja. Ein Mitglied Ihrer Gruppe. Eine Miss Bracegirdle –»

«Gwendolyn?»

«Ja. Ein Unfall. Ziemlich schlimme Sache. Miss Bracegirdle ist tot.»

«*Tot!* Großer Gott! Ich erinnere mich, sie klagte über Schmerzen in – aber Sie sprachen von einem Unfall.»

«Sie wurde ermordet.»

Unsichtbare Hände schienen Honeycutt aus seinem chintzbezogenen Sessel zu ziehen, in dem er bis dahin bunt wie ein Blumenstrauß gesessen hatte. «*Was?* Ich verstehe nicht –»

Jury fand, dass es da nicht sonderlich viel zu verstehen gab. «Was haben Sie gestern Abend getan, Mr. Honeycutt?»

Honeycutt sah so verständnislos vom einen zum anderen, dass Jury sich fragte, wie dieser Mann es fertigbrachte, sich auch nur in einem Kursbuch zurechtzufinden. «Ich? Nun, ich war im Theater. Wie alle anderen auch vermutlich.»

«In Begleitung?»

«Nein. Nein, ich war allein. *Wie es euch gefällt.* Es war …» Seine Stimme erstarb.

Einen Augenblick lang befürchtete Jury, er würde ihnen die Handlung erzählen, um sich ein Alibi zu sichern. «Wir dachten, Sie könnten uns vielleicht etwas über Miss Bracegirdles Bekanntenkreis erzählen – ob sie zum Beispiel jemanden in Stratford kannte.»

Honeycutt entrang sich ein mühevolles «Äh, nein».

«Und unter den Mitreisenden?»

Honeycutt rauchte mit hastigen Zügen. «Oh, mein Gott, das wird schrecklich werden für das Unternehmen. Wenn Donnie das zu Ohren kommt – das ist mein Partner in Atlanta.»

Jury wünschte, die Leute würden nicht immer nur ans Geschäft denken. «Mit wem von ihren Reisegefährten hat sie sich angefreundet? Haben Sie selbst sie gut gekannt?»

Jetzt kam die Antwort wie aus der Pistole geschossen: «Nein! Ich meine, auch nicht besser als die anderen.»

«Wann haben Sie Miss Bracegirdle das letzte Mal gesehen?»

Langsam gewann er seine Fassung wieder. «Tja … gestern, glaube ich.»

«Sie haben keinen Überblick darüber, wo sich die Leute aufhalten?»

«Du liebe Güte, nein! Manchmal sehe ich sie tagelang nicht. Honeysuckle Tours ist nicht im Mindesten mit den üblichen Reiseunternehmen zu vergleichen. Zunächst einmal muss jemand, der bei uns bucht, mehr als nur gut betucht sein –»

«Traf das bei Miss Bracegirdle zu?», unterbrach Jury ihn.

Honeycutt hatte sich so weit erholt, dass er ein kurzes, schnaubendes Lachen ausstoßen konnte: «*Selbstverständlich.*»

«Aber sie übernachtete in einem *Bed-and-Breakfast*. Im ‹Diamond Hill Guest House›.»

«Oh, das hat nichts zu sagen. Es war ihr eigener Wunsch. Auch das ist ungewöhnlich bei uns: Wir buchen niemals Monate im Voraus in irgendeinem schrecklichen Hotel, in dem dann die ganze Gesellschaft absteigt. *Unsere* Kunden können sich selbst aussuchen, wo sie bleiben wollen. Wir beraten sie nur. Und wir erledigen natürlich auch den lästigen Kleinkram» (er fing wieder an zu strahlen) «und reservieren für sie. Die gute alte Gwen wollte die raue Wirklichkeit erleben, sich unters Volk mischen … Sie wissen schon, was ich meine. Mit anderen Worten, sie wollte nicht ins ‹Hilton› – viel zu amerikanisch, wie sie meinte. Also haben wir sie in dieser schäbigen kleinen Pension untergebracht.» Er zuckte die Achseln. «Sie war aber keineswegs arm: Millionä*rin*, wenn ich mich nicht sehr irre. Oh, ist das zu abscheulich chauvinistisch?» Er blinzelte Melrose Plant an.

«Ja, abscheulich.»

«Nun, alles, was ich sagen kann, ist, dass Gwen nur so im

Geld schwamm. Sonst hätte sie sich diese Reise auch gar nicht leisten können. Honeysuckle ist beinahe so teuer wie die ‹Queen Elizabeth II›, ob Sie's glauben oder nicht. Wir annoncieren nur in den feinsten Magazinen. *Country Life* hier in England und *The New Yorker* in den Staaten. Wir sind keines von diesen Billigunternehmen, die zwanzig oder dreißig Leute in einen klapprigen alten Bus quetschen. Wir haben natürlich auch einen Bus, aber einen nagelneuen mit breiten Sitzen und einer Snackbar. Und wenn einer genug hat vom Busfahren, bieten wir tausend Alternativen an. Will zum Beispiel jemand von London (oder von einer anderen Stadt aus) auf eigene Faust losfahren, besorge ich ihm ein Auto und vergewissere mich, dass alles in Ordnung ist und unser Liebling auch in die richtige Richtung fährt. Unser Ansatz ist sehr individuell; ich respektiere meine Mitmenschen viel zu sehr, als dass ich ihnen einzureden versuchte, ein Hotel, das als Horsd'œuvre Tomatensuppe aus der Dose anbietet, würde *haute cuisine* servieren. Was das Essen betrifft, läuft bei uns nichts unter fünf Sternen.»

Jury lächelte. «Und das nur, weil Sie Ihre Mitmenschen respektieren, Mr. Honeycutt?»

«Nun ja, es kostet sie mehr als viertausend Pfund», sagte Honeycutt und erwiderte Jurys Lächeln strahlend: «Ich denke dabei auch an mich – ich habe nämlich keine Lust, die Leute in diese alten Mühlen zu packen, sie zu irgendwelchen Museen und Galerien zu karren und sie – und mich – in Absteigen voller Ungeziefer einzuquartieren, in denen das Essen aus Fisch und Pommes frites besteht. Oder mit ihnen auf eine dieser grässlichen Karibikinseln zu fahren, wo statt der Ventilatoren nur die Fliegen summen und wo man Palmen nur auf Postkarten sieht – nein, vielen Dank. Wir versuchen es so einzurichten, dass Abhängigkeit und Unabhängigkeit sich die Waage halten. Unsere Kunden können mit ihrer Zeit anfangen, was sie wollen; sie können die Geschäfte plündern oder zehn Stunden beim Dinner sitzen. Die Farradays zum Beispiel – der Gute weiß wirklich nicht, wohin mit dem Geld – wären lieber tot als ohne ihren Komfort, ihre Pools, ihre Bars –»

«Womit wir beim nächsten Thema wären: Wann haben Sie das letzte Mal den kleinen Farraday gesehen?»

«James Carlton? Hmm», Honeycutt ließ den Blick auf Melrose ruhen, während er nachdachte. «Es muss Sonntag oder Montag gewesen sein. Ja, Montag. Warum? Hat sich der Bengel wieder aus dem Staub gemacht?»

«Das überrascht Sie nicht?»

Er pfiff durch die Zähne. «Der brennt doch ständig durch und kommt dann völlig abgerissen zurück, als hätte er mit einem Schwarm Haie gekämpft. Das macht der mit links. Die Tochter, Honey, das ist ein richtiger kleiner Luxusartikel … Farraday hat doch nicht wegen James Carlton die *Polizei* eingeschaltet?»

Jury nickte. «Sie haben ihn das letzte Mal Montagmorgen beim Frühstück gesehen?»

«Ich denke, es war Montagmorgen. Ziemlich früh auf der Sheep Street. Ich habe ihn gar nicht weiter beachtet; er schwirrt immer irgendwo herum. Fragen Sie seine Schwester Penny. Sie ist die Einzige, mit der er redet. In einer sehr eigenen Sprache», fügte er teilnahmslos hinzu.

«Haben Sie denn nun Miss Bracegirdle zusammen mit jemandem gesehen? Was ist mit diesem George Cholmondeley? Er ist auch ohne Anhang –»

«Und wollte bestimmt auch keinen, zumindest nicht die gute

alte Gwen, meine Herren.» Allein bei der Vorstellung schienen sich ihm die Haare zu sträuben. Dann zog er einen Flunsch und fügte hinzu: «Amelia Farraday wäre schon eher sein Typ.»

«Und Harvey Schoenberg?»

«Du lieber Himmel, Sie haben uns alle ja wirklich beim Wickel.»

Jury lächelte. «Ich frage ja nur. Also wie steht's mit Schoenberg? Er besitzt anscheinend auch das nötige Kleingeld.»

«Er hat seine eigene Computerfirma. Haben Sie eine *Ahnung*, wie viel Geld man mit Computern machen kann? Natürlich hat Gwen ihn gekannt, aber ich weiß nicht, ob sie mit –» Plötzlich schien er zu kapieren. «Hören Sie, Superintendent, soll das heißen, dass Gwen von einem aus *unserer*...» Er wies den Gedanken sofort von sich. «Grotesk!»

«Nein, soll es nicht. Ich sondiere lediglich das Terrain.» Jury stand auf, und Melrose Plant griff nach seinem Spazierstock. «Aber jemand versucht wohl, Honeysuckle Tours die Tour zu vermasseln –»

Bei dieser Bemerkung begann das Honeycutt-Blümchen dahinzuwelken: Das gelbe Halstuch wurde schlaff, das Leinenjackett hing traurig an ihm herunter. «Oh, mein Gott.»

«Scheußlich», sagte Melrose Plant, als sie wieder auf dem Gehsteig standen.

«Ich bin ganz Ihrer Meinung», erwiderte Jury. «Was halten Sie davon, morgen bei den Dews vorbeizuschauen? Sie sind im ‹Hathaway› abgestiegen. Ich möchte mit diesem George Cholmondeley sprechen.»

«Lady Dew», sagte Melrose Plant. «Warum bleibe ich immer auf den Adligen sitzen?»

Jury lächelte. «Jedem das Seine. Dieser Honeycutt – ich frage mich, was für ein Typ sein Partner in Atlanta ist?»

Melrose blieb auf der dunklen Straße stehen, in der das kleine Schild des «Falstaff» gerade noch zu erkennen war. «Weiß ich auch nicht. Aber ich stelle mir vor, sie passen zueinander wie der Deckel auf den Eimer.»

II

Chief Superintendent Sir George Flanders, Abteilungsleiter im Polizeibezirk Warwickshire, war ein hochgewachsener Mann, der Lasko weit überragte, aber nicht ganz an Jury herankam. Sir George lehnte es ab, sich zu setzen; er weigerte sich sogar, seinen Regenmantel abzulegen – als könnten diese Anzeichen von Ungeduld seine Polizeikräfte anspornen, der Lösung des Falles schnell näher zu kommen, selbst wenn sie sich auf dem Holzweg befanden. Zumindest vermittelte er diesen Eindruck, wenn man ihn in der Einsatzzentrale stehen sah, während er auf den riesigen Stadtplan von Stratford starrte und von der amerikanischen Botschaft sprach. Er hatte deutlich gemacht, dass beinahe vierundzwanzig Stunden vergangen waren, ohne dass Lasko irgendein Ergebnis vorweisen konnte. Und mit dieser mageren Ausbeute wollte er nicht vor den amerikanischen Konsul treten.

«Ein Mord und ein vermisstes Kind», sagte der Chief Superintendent zum hundertsten Mal, als könnte er wie die Hexen in *Macbeth* die schrecklichen Vorfälle durch ständiges Beschwören wieder aus der Welt schaffen. «Ein Mord und ein –»

«Es besteht überhaupt kein Grund zu der Annahme, der Junge würde nicht wiederauftauchen. Er ist schon öfter abgehauen. Es würde mich nicht wundern, wenn er innerhalb der nächsten paar Stunden ins ‹Hilton› spazierte.» Lasko sah auf seine Digitaluhr, als wollte er sie alle so lange festhalten, bis sich seine Prophezeiung bewahrheitet hatte. «Die beiden Dinge brauchen in keinem Zusammenhang zu stehen.»

«Nein, natürlich nicht», sagte Sir George mit einem ziemlich unangenehmen Lächeln zu seinem Sergeant: «Es könnten einfach nur *zwei Morde* sein.» Schon sein Blick war tödlich genug.

Lasko, der willens schien, Sir Georges Abneigung gegen das Entkleiden zu teilen, trug immer noch seine Melone. Sie saß ihm tief in der Stirn. «Es ist noch zu früh, um –»

«Noch zu früh? Erzählen Sie *das* mal der amerikanischen Botschaft. Wir haben es schließlich mit Amerikanern zu tun, Mann», wiederholte er, als ob Lasko sich noch nicht über die verschiedenen Nationalitäten klar geworden wäre. «Wir haben es nur Gott und der britischen Presse zu verdanken, dass diese verdammte Sache noch keine Schlagzeilen gemacht hat. Ich erschauere bei dem Gedanken, wie die amerikanischen Touristen in dieser Stadt reagieren würden –»

Jury verkniff sich die Bemerkung, dass englisches Blut so rot sei wie jedes andere und dass Dinge wie Vergewaltigung und Körperverletzung, Mord und Entführung für Amerikaner kein Fremdwort seien.

Als hätte er seine Gedanken gelesen, wandte Sir George den Kopf nach Jury um – einen sehr edlen Kopf mit bereits ergrautem Haar und Schnurrbart. «Im Übrigen habe ich ein ziemlich langes Telefongespräch mit Ihrem Chef geführt ... wie heißt er noch gleich?»

«Racer.»

«Ja. Racer. Wie Sie wissen, haben wir Ihre Abteilung nicht um Verstärkung gebeten, Mr. Jury.»

«Ja, ich weiß», sagte Jury lächelnd. Lasko würde erklären müssen, warum Jury mit der Kriminalpolizei Stratford zusammenarbeitete.

«Ich habe Superintendent Jury gebeten, mit den Farradays zu sprechen, weil Farraday nichts mit der Provinzpolizei zu tun haben will und immer nur nach Scotland Yard schreit. Sie glauben, neben dem FBI gibt es auf der ganzen Welt nur noch Scotland Yard. Sie haben noch nie was von der französischen Sûreté gehört», kam es unter Laskos Hut hervor.

«Schon gut, schon gut», sagte Sir George und hob die Hände, wie um eine Aufzählung der Polizeikräfte rund um den Globus zu verhindern. «Mr. Jury hat freundlicherweise ausgeholfen. Ihr Chef −» er wandte sich wieder an Jury − «war indessen ein wenig verärgert, dass Sie sich ohne amtliche Order eingemischt haben −»

Als Sir George sich anschickte, Racers Kommentare zu wiederholen, schaltete Jury einfach ab. Diese Litanei kannte er zur Genüge.

Nachdem Sir George auf diese Weise noch einmal betont hatte, dass die Polizei von Warwickshire durchaus in der Lage sei, ihre Angelegenheiten selbst zu regeln, schien er ganz zufrieden. Mit einem zögernden Kopfnicken fügte er noch hinzu: «Er sagte, Sie sollten ihn auf jeden Fall anrufen.»

«Sehr wohl.» Jury hatte sich also ohne ausdrücklichen Befehl von Chief Superintendent Racer nicht von der Stelle zu rühren. Nun ja, er würde ihn bestimmt irgendwann im Laufe der nächsten Tage einmal anrufen.

Düster bemerkte Sir George: «Zwischen dem Mord an dieser Frau und dem Jungen muss einfach ein Zusammenhang bestehen.»

Jury pflichtete ihm insgeheim bei.

«Wer gehört denn sonst noch zu dieser verdammten Reisegesellschaft? Und wer leitet sie?»

Lasko blätterte in dem Notizbuch auf seinem Schreibtisch. «Der Leiter ist ein Mann namens Valentine Honeycutt –»

«Großer Gott, diese Amerikaner scheinen eine ausgesprochene Vorliebe für blumige Namen zu haben –»

«Er ist kein Amerikaner», sagte Lasko. «Er ist Engländer.»

Sir George brummte: «Macht nichts. Haben Sie mit ihm gesprochen?»

Ohne auch nur einen Blick mit Jury zu wechseln, nickte Lasko und erklärte seinem Chief Superintendent das Prinzip von Honeysuckle Tours.

«Was ist mit den anderen?»

«Außer den Farradays – sie sind zu fünft – ist da noch eine Lady Dew mit ihrer Nichte und ein gewisser George Cholmondeley –»

«Wollen Sie etwa behaupten, die seien auch Amerikaner?»

«Nein, Lady Dew und ihre Nichte leben nur in Tampa, Florida –»

«Von dort stammt doch auch diese Bracegirdle.»

«Aus Sarasota, nicht aus Tampa.»

«Sind das alle?», knurrte Sir George.

«Und Harvey L. Schoenberg.» Lasko klappte sein Notizbuch zu. «Er schien sich mit dem kleinen Farraday am besten verstanden zu haben, aber er sagte, er habe ihn seit Tagen nicht gesehen.

Offensichtlich war keiner von der ganzen Crew besonders eng mit der Bracegirdle befreundet.»

«Also keinerlei Anhaltspunkte bis jetzt.» Sir George seufzte so tief auf, als sei Gwendolyn Bracegirdles Leiche bereits vor zwei Wochen und nicht erst vor vierundzwanzig Stunden gefunden worden. «Abgesehen von diesem hier.» Er nahm das Programmheft in die Hand. «Was in Gottes Namen hat das zu bedeuten?»

Der Schönheit rote Nelken
sind Blumen, die verwelken.

Sir George schüttelte den Kopf. «Was ist das?»

«Ein Gedicht», sagte Lasko und schnäuzte sich in ein riesiges Taschentuch.

Sir George warf Sergeant Lasko einen eiskalten Blick aus seinen blauen Augen zu: «Verdammt, dass das ein Gedicht ist, weiß ich auch. Die Frage lautet, was für eines und wieso?»

Lasko zuckte die Achseln. «Tut mir leid.»

«Gefällt mir gar nicht. Sieht aus wie eine Botschaft. Und Botschaften an die Polizei mag ich ganz und gar nicht.»

Jury auch nicht. Dieses Stück Papier ließ ihm das Blut in den Adern gefrieren, denn es war eine Art Unterschrift – genau die Art von kleinen Liebesbriefen, die Psychopathen wie Jack the Ripper mit Vorliebe an die Polizei adressierten.

Das Problem war nur, dass solche Typen es nicht bei einem Brief bewenden ließen.

12

Cyclamen Dew stellte das aufgesetzte, seelenvolle und selbstverleugnende Gebaren eines Menschen zur Schau, der, obwohl nicht als Heiliger geboren, ausgezogen ist, es zu werden.

Neben ihrer Tante, der verwitweten Lady Violet Dew, in der Bar des «Hathaway Hotels» sitzend, hatte Cyclamen Dew (eine unattraktive, hagere Erscheinung) Melrose über ihr Leben ins Bild gesetzt – ein großes Tableau, das sich aus Szenen eines Lebens voller Ängste, persönlicher Katastrophen, verpasster Gelegenheiten und zu nichts zerronnener Träume zusammensetzte, denn sie hatte sich immer nur für ihre Tante aufgeopfert.

Lady Violet war eine schweigsame alte Dame mit boshaft funkelnden Augen. Sie saß, in schwarzen Batist und Spitze gekleidet, dazu ein Medaillon um den Hals, während dieses langen Vortrags zusammengekrümmt in ihrem Sessel. Ihr Atem ging keuchend.

«Ja, so ist das», sagte die Nichte und zuckte zum hundertsten Mal resigniert die Achseln. «Sie müssen uns eben so nehmen, wie wir sind.»

Melrose wusste nicht, wie sonst man jemanden nehmen konnte, und hoffte, es handele sich um eine abschließende Bemerkung, da er selbst zur Sache kommen wollte. Aber dem war nicht so, Cyclamen legte nur einen neuen Gang ein.

Sie holte tief Luft und fuhr fort: «Ich habe schon immer davon geträumt, dienen zu können –»

«Ah, Sie wollen Kammerzofe werden ...?», fragte Melrose mit gespielter Unschuld.

Sie wollte sich fast ausschütten vor Lachen: «O nein, mein Lieber, wie komisch! Ich meine natürlich den Schwesternorden. Aber wie Sie sehen ...» Sie machte eine kleine Handbewegung in Lady Dews Richtung, die Melrose mit ihren schwarzen Knopfaugen fixierte. Aber dann schien sich Cyclamen doch eines Besseren zu besinnen, oder vielleicht besann sie sich auch nur auf das beträchtliche Vermögen ihrer Tante, und schlug einen anderen Ton an. «Aber kann ich mich zu etwas Höherem berufen fühlen als dem Dienst an meiner Tante?»

Die Tante gab die einzig vernünftige Antwort, die man Melroses Meinung nach darauf geben konnte: «Bestell mir einen Gin.»

«Also hör mal, Tantchen, du weißt doch, was Dr. Sackville davon hält. Du sollst keinen Alkohol anrühren. Eine Tasse Tee, das wäre —»

Der Ebenholzstock schlug hart gegen das Tischbein. «Ist mir scheißegal, was der geile alte Bock sagt —» Hier wandte sie sich an Melrose: «Es gibt keine in Tampa, mit der er es nicht getrieben hat —» Und zu Cyclamen gewandt: «Ich sagte Gin. Oder besser noch einen doppelten.»

Melrose wollte sich schon erheben, um ihr einen zu holen, aber Lady Dew fächelte ihn zurück auf seinen Platz. «Bemühen Sie sich nicht. Sie wird ihn schon bringen. Was führt Sie zu uns, junger Mann?»

Cyclamen wusste, wann sie geschlagen war, und machte sich mit hochrotem Kopf auf zur Bar. Melrose hätte sich nicht gewundert, wenn sie auf allen vieren durch den Raum gekrochen wäre.

«Ich höre mich im Auftrag der Polizei etwas um. Nein, ich bin *nicht* von der Polizei, aber Superintendent Jury von Scotland Yard hat mich gebeten, bei Ihnen vorbeizuschauen.»

Hinter Strähnen dünnen grauen Haars zogen sich die buschigen schwarzen Augenbrauen fragend zusammen. Ihr zahnloser Mund glich nur mehr einer Einbuchtung zwischen der Hakennase und dem vorspringenden Kinn. Lady Dews körperliche Erscheinung wirkte, als würde sie jeden Moment zusammenbrechen. Was aber ihren Verstand betraf, so war sie topfit. «Würde mich keineswegs wundern, wenn jemand dieser Schlampe Amelia die Kehle durchgeschnitten hätte.»

Melrose wunderte sich allerdings: «Sie meinen, Sie haben Grund zu der Annahme, dass eine Ihrer Reisegefährtinnen sich in Gefahr befindet?»

«Sie sagten doch eben Polizei, nicht?»

«Äh … ja. Aber eigentlich geht es um eine gewisse Gwendolyn Bracegirdle.»

«Dieses Schaf. Was hat sie denn angestellt? Das alte Haschmich-Spielchen – kann ich mir bei der gar nicht vorstellen, so wie die aussieht. Diese Amelia hingegen –»

Cyclamen war zurück, in der Hand ein Glas. «Also wirklich, Tante, du solltest nicht so reden über –»

«Oh, halt den Mund. Ich sage, was ich will. Ich habe drei Männer begraben, zweimal ein Vermögen verloren und wieder zusammengerafft, bin fünfmal festgenommen worden und habe versucht, die Nelsonsäule raufzuklettern; ich habe splitternackt auf dem Rasen vor dem Kristallpalast getanzt, und ich hab's mit allem getrieben, was Rang und Namen hatte.»

Cyclamen schloss die Augen. «Ist ja schon gut, reg dich nur nicht auf, Tante.»

«Wenn ich mich doch nur noch aufregen könnte. Also, was ist mit dieser Bracegirdle los?», fragte sie und trank in einem Zug das halbe Glas leer.

«Gwendolyn?», fragte Cyclamen, und ihre Augenbrauen schossen in die Höhe. «Was ist passiert?»

«Ich wollte Lady Dew gerade die Geschichte erzählen. Miss Bracegirdle hatte … einen Unfall. Einen ziemlich schweren. Sie ist tot.»

Lady Dew schien das nicht weiter zu berühren, während Cyclamen völlig außer sich geriet und lauter unzusammenhängende Fragen hervorstieß, bis Melrose sich schließlich gezwungen sah, die Sache kurz zu machen. «Nein. Sie wurde ermordet.»

Die alte Frau schien entzückt zu sein – sie mochte das Leben pur, samt Gin und allem, was ihr sonst noch an Aufregendem geboten wurde; die jüngere hingegen sank gekonnt in Ohnmacht.

«Ach, was soll der Quatsch, Cyclamen. Die Frau ist tot und damit basta.» Mit neuem Interesse wandte sie sich Melrose zu: «Ein Sexualverbrechen, war es das?»

«Die Polizei ist sich nicht sicher.»

«Aber ich bin mir sicher – in der Hinsicht war nämlich mit der guten alten Gwendolyn überhaupt nichts los. Die kann doch den Hund nicht vom Schwanz unterscheiden. Glauben Sie mir, ich kenne mich da aus.»

Als sie sich zu ihm herüberbeugte und ihre arthritische Hand auf sein Knie fallen ließ, bot er ihr schnell eine Zigarette an, um sie wieder loszuwerden. Während Cyclamen sie an Dr. Sackvilles Instruktionen in Bezug auf das Rauchen erinnerte, ließ sie sich Feuer geben.

«Was können Sie mir über Ihre Reisegefährten erzählen?», fragte Melrose und rutschte auf seinem Stuhl außer Reichweite.

«Nichts.»

«Allerlei.»

«Also *wirklich*, Tante.»

«Halt den Mund!»

«Nur Klatsch, sonst nichts!»

«Na und?» Wären in diesem Gefecht nicht Worte, sondern Kugeln zwischen den Damen hin und her geflogen, hätte Melrose bestimmt nicht überlebt.

Keuchend und vor sich hin paffend, rückte die alte Dame ihren Stuhl Zentimeter um Zentimeter an Melrose heran. «Haben Sie die Farraday-Sippe schon einmal gesehen? Diese Amelia ist mindestens zwanzig Jahre jünger als er. Ganz klar, warum er sie geheiratet hat.» Lady Dew beschrieb mit den Händen vielsagende Kurven. «Und die Tochter ist genauso nuttig wie die Mutter. Sie hätten sehen sollen, wie sich die beiden in Amsterdam an diesen Cholmondeley rangemacht haben – Sie kennen ihn?»

Cyclamen lauschte diesem Redefluss mit starrer Geduldsmiene und legte ihrer Tante beruhigend die Hand auf die klauenartigen Finger. Sie wurde sofort wieder abgeschüttelt.

«Schau du mir nicht so unschuldig drein, Cyclamen, du warst auch nicht viel besser –»

«Das ist eine Lüge!», platzte die Nichte heraus. Zum ersten Mal hatte sie den richtigen Ton gefunden. Angesichts der Lautstärke drehten sich die übrigen Gäste in dem Dunkel der Bar neugierig nach ihr um. Sie erhob sich, erklärte, sie habe schreckliche Kopfschmerzen, und verzog sich grollend, wahrscheinlich auf ihr Zimmer.

«Von wegen», sagte Lady Dew und fächelte sich energisch, während sie den Abgang ihrer Nichte beobachtete. Melrose fragte sich, ob die Sticheleien der alten Dame nicht in direktem Verhältnis zu der märtyrerhaften Duldsamkeit der jüngeren standen. «Wenn Sie mir noch einen Gin spendieren, erzähl ich Ihnen alles haarklein», fügte sie hochzufrieden hinzu.

«Mit Vergnügen.»

«Cholmondeley und die Farraday klebten förmlich aneinander. Ich habe sie mit eigenen Augen auf der Terrasse dieses Hotels in Amsterdam beobachtet, in dem einige von uns übernachteten.» Lady Dew hatte an ihrer Geschichte sichtlich ebenso viel Freude wie an dem Gin, den Melrose vor sie hingestellt hatte. «Amelia gab in einem fort damit an, dass sie vor der Ehe *Schauspielerin* gewesen sei. Wenn *die* jemals auf der Bühne gestanden hat, dann mit nichts als Straußenfedern und einem Fächer bekleidet, das können Sie mir glauben.» Ihr eigener schwarzer Fächer bewegte sich umso schneller, je skandalöser der Klatsch wurde.

«Vertikal oder horizontal?»

Der Fächer kam zum Stillstand. «Wie bitte?»

Melrose lächelte. «Sie sagten, sie klebten aneinander. Und ich frage mich –»

Lady Dew kicherte, klappte ihren Fächer zu und patschte ihm damit aufs Knie. «Sie sind mir ja einer. Betrügen Sie Ihre Frau?», fragte sie leise.

«Geht nicht; ich bin unverheiratet.»

Ihre Knopfaugen funkelten, und er wechselte schnell das Thema. «Wollten Sie vorhin andeuten, Ihre Nichte habe sich ebenfalls für diesen Mr. Cholmondeley interessiert? Sie scheint mir irgendwie viel zu – vergeistigt.»

Sie bedachte ihn mit einem vielsagenden, messerscharfen Lächeln. «Seien Sie doch kein Blödmann. *Die?* Sie ist –» Sie wechselte das Thema. «Aber dieser Farraday ist gewiss kein Blödmann», nahm sie den Faden ihrer Geschichte wieder auf. «Er hat sein Vermögen mit Kohle gemacht. Tagebau. Und er hat auch ein paar gute Geschichten auf Lager, das muss man ihm lassen. Vor allem Limericks. Ich sammle Limericks. Kennen Sie welche?»

Melrose fragte sich, wie er sie nur dazu bringen könnte, sich endlich auf den Mord zu konzentrieren. «Ein paar. Aber ich wette, sie sind viel zu harmlos für Ihren Geschmack.»

«Probieren Sie's doch mal.» Die konkave Rundung ihres Mundes klappte in sich zusammen – ihre Version eines anzüglichen Lächelns. «Hören Sie, Sie sollten mal nach Florida kommen, junger Mann. Damit etwas Farbe auf diese rosigen, englischen Wangen kommt.»

«Ich kriege leider sofort einen Sonnenbrand, Lady Dew –»

«Keine Angst. Wir können uns auch beim Pferderennen vergnügen. Ich kann Ihnen mein Wettsystem beibringen. Wir lassen die gute alte Cyclamen einfach zu Hause und machen einen drauf.» Sie schlug ihm aufs Knie. «Glauben Sie bloß nicht, ich wäre dafür zu alt. Ich bin schneller bei den Schaltern als die Buchmacher –»

Melrose unterbrach sie. «Nichts lieber als das. Aber erzählen Sie doch ein bisschen von dieser Gwendolyn Bracegirdle.»

«Ein farbloses Wesen. Immer nur ‹Mama hier›, ‹Mama da›. Die Bracegirdle hatte *wirklich* Probleme.»

«Sie muss sich doch mit irgendjemandem auch näher angefreundet haben.»

«‹Angefreundet› ist gut! Bi war sie, wenn Sie's genau wissen wollen.» Als Melrose sie verwundert ansah, schlug sie ihm erneut auf den Schenkel und sagte: «Na, Sie wissen schon, Männer und Frauen, und vielleicht das eine oder andere Tierchen. Sie mochte diesen Schoenberg mit seinem verrückten Gerät, aber er schien nicht interessiert zu sein. Zu beschäftigt damit, seinen Computer zu füttern, keine Zeit für solche Albernheiten. Kein übler Bursche, nur etwas meschugge. Trägt diese Hemden mit dem kleinen Krokodil drauf und fürchterliche Fliegen dazu. Kommt glänzend mit dem kleinen Farraday aus, diesem James Soundso. Der Kleine ist der Einzige, der ihn versteht. Ich habe kein Wort von deren Kauderwelsch kapiert. Kann mir auch Interessanteres vorstellen, als mich mit solchem Kram herumzuschlagen, oder?» Sie zwinkerte ihm zu.

«Der kleine Farraday ist übrigens verschwunden.»

Sie zuckte die Achseln. «Überrascht mich nicht. Er haut dauernd ab. Wahrscheinlich, weil er seine Familie unausstehlich findet. Kann man ihm auch nicht verübeln. Seiner Schwester Penny geht's genauso. Oh, er wird schon wiederauftauchen, da können Sie ganz beruhigt sein.»

«Und Sie können sich auch nicht vorstellen, dass einer Ihrer Reisegefährten oder vielleicht jemand aus Stratford Miss Bracegirdle lieber tot als lebendig gesehen hätte?»

«Du lieber Himmel, nein. Dazu sah sie mir einfach zu harmlos aus. Natürlich weiß ich nicht, auf was sie sich in Stratford eingelassen hat. Ich habe sie zwei, drei Tage lang nicht gesehen. Das gefällt mir übrigens an dieser Art zu reisen: Wir können tun und lassen, was wir wollen, keiner redet einem drein.» Wieder blinzelte sie Melrose zu.

Der erhob sich hastig und griff nach seinem Zigarettenetui und seinem Spazierstock. Lady Dew und Mord schienen irgendwie nicht zusammenzupassen. Er hatte jetzt das dringende Bedürfnis, ein wenig mit Jack the Ripper zu plaudern. «Vielen Dank, dass Sie mir Ihre Zeit geopfert haben, Lady Dew.»

«Nennen Sie mich doch Vi – oh, heiliger Strohsack, da kommt sie, die Dame, die einem heimleuchtet.»

Cyclamen, anscheinend frei von Kopfschmerzen, durchquerte mit entschlossener Miene den Raum. «Ding – ding, Tante Violet», flötete sie.

«Bring mir einen Gin.»

Mit einem liebenswürdigen Lebewohl trat Melrose den Rückzug an.

13

Jury spürte George Cholmondeley im Speisesaal des «Welcombe Hotels» auf; sein Ecktisch war in grelles Licht getaucht, das durch das hohe Fenster hinter ihm hereinströmte und alles gleichsam mit einem leuchtenden Flor überzog.

«Mr. Cholmondeley?»

Der gutaussehende Mann schaute auf.

«Superintendent Jury, Scotland Yard, Mordkommission. Könnte ich Sie kurz sprechen?»

Cholmondeley lächelte ein wenig frostig und wies auf den Stuhl ihm gegenüber. «Wenn ich nein sage, machen Sie dann wieder kehrt und gehen?»

Jury gab das Lächeln aufrichtig und unbefangen zurück. «Aber Sie sagen nicht nein, oder? Sergeant Lasko hat bereits mit Ihnen gesprochen?»

Cholmondeley nickte. «Möchten Sie etwas? Kaffee? Tee?», fragte er höflich. Er trug einen italienischen Seidenanzug in einem wässrigen Graubraun, das zu seiner Augenfarbe passte. Cholmondeley war ein überaus attraktiver Mann. Die blonden Haare, die helle Haut, die schlanken, sensiblen Finger, die gerade dabei waren, eine Forelle zu entgräten, diese Lässigkeit, die etwas vage Dekadentes an sich hatte – all das musste bei Frauen gut ankommen. Neben ihm stand in einem Eiskübel eine Flasche Château Haut-Brion.

Der Mann war eindeutig kein mittlerer Angestellter, der ein ganzes Jahr lang für seine zwei Wochen Sommerurlaub sparen musste.

Jury lehnte Kaffee, Tee und Wein ab, während Cholmondeley die Flasche hob, um sein eigenes Glas wieder zu füllen. «Wie gut haben Sie Gwendolyn Bracegirdle gekannt, Mr. Cholmondeley?»

«Eigentlich gar nicht. Obwohl ich natürlich betroffen war, als ich hörte, was geschehen ist.» Sein Appetit schien allerdings nicht darunter gelitten zu haben. Er aß seinen Fisch mit sichtlichem Genuss.

«Und wie verstand sie sich mit den übrigen Reiseteilnehmern?»

Cholmondeley sah ein bisschen ratlos drein. «Oh, das kann ich Ihnen nicht sagen. Sie war häufig mit dieser Dew zusammen, ich meine mit der Jüngeren.» Er brach sich ein Stück Brot ab und bestrich es mit Butter. «Warum wollen Sie das wissen?»

Jury zuckte die Achseln. Er wollte Cholmondeley nicht noch misstrauischer machen, als er es vielleicht schon war. «Mit irgendetwas muss man ja anfangen.»

Cholmondeley runzelte die Stirn. «Warum fangen Sie nicht mit den kriminellen Elementen in Stratford an? Mit der Liste der meistgesuchten Verbrecher? Wieso mit Honeysuckle Tours? Und wieso, wenn ich fragen darf, Scotland Yard? Ich nehme doch an, Warwickshire hat selbst eine tüchtige Polizei?»

«Ja, eine sehr tüchtige. Allerdings gibt es in Stratford so gut wie keine kriminellen Elemente. Natürlich überprüfen wir alles Mögliche, aber ich neige dazu, Mörder in der Nähe ihrer Opfer zu suchen.»

«Vielleicht, aber keiner von uns ist ihr nähergekommen, oder?» Cholmondeley hatte seinen Fisch aufgegessen und zog ein Zigarettenetui hervor. «Ich meine, es überrascht mich doch etwas, dass Sie annehmen – und offensichtlich tun Sie das –, einer von uns wäre in diese Sache verwickelt.»

Lasko musste tiefer gebohrt haben, als der Sache dienlich war. «Es ist noch etwas früh, um überhaupt dergleichen anzunehmen, Mr. Cholmondeley –»

Cholmondeley warf ihm einen scharfen Blick zu. Anscheinend glaubte er ihm kein Wort. Er zündete sich eine Zigarette an und lehnte sich scheinbar ganz unbefangen zurück.

«– aber die Leute, mit denen Miss Bracegirdle über einen Monat lang ziemlich eng zusammen war, müssen doch etwas über ihre Person, ihren Charakter, ihre Gewohnheiten, ihre Freunde wissen …», sagte Jury.

«Ich nicht. Ich habe kaum eine Minute mit der Frau verbracht.» Und er starrte durch das lichtdurchflutete Fenster, als wünschte er sich nichts sehnlicher, als einen kleinen Verdauungsspaziergang durch den Hotelgarten zu machen.

«Mit wem haben Sie dann Ihre Zeit verbracht?», fragte Jury liebenswürdig. «Mit Mrs. Farraday vielleicht?»

Die Reaktion war wie erwartet: kaum unterdrückte Wut. Bislang war der Mann zu glatt, zu unbeteiligt und zu selbstsicher gewesen. «Wie bitte? Wer hat das gesagt?»

Anscheinend hatte Jury ins Schwarze getroffen. Cholmondeley wäre sonst bestimmt nicht auf die Idee gekommen, dass irgendjemand ‹das› gesagt hatte. Und wenn man Amelia Farraday einmal begegnet war, fiel es einem schwer, zu glauben, dass weder er für sie noch sie für ihn das geringste Interesse bekundet hatte. Eine kleine Ferienromanze, wenn Farraday gerade nicht hinsah? Jury lächelte. «Eigentlich niemand. Mrs. Farraday ist nur eine sehr attraktive Frau.»

«Und auch eine sehr verheiratete.»

«Hat das heutzutage noch etwas zu bedeuten?»

Cholmondeley gab ihm keine Antwort, sondern starrte, den Kopf zur Seite gewandt, weiter aus dem Fenster.

Jury ließ das Thema einer Liaison zwischen den beiden wieder fallen. «Kann es denn sein, dass einer Ihrer Reisegefährten Miss Bracegirdle nicht mochte?»

«Meines Wissens nicht. Für mich war sie nicht der Typ, den man mag oder nicht mag. Ich fand sie etwas zu … überschäumend. Zu viel Geschwätz, zu viel Geblubber.»

«Sie haben sich also doch mit ihr unterhalten?»

«Ja, natürlich. Übers Wetter und ähnlich belangloses Zeug.» Ungeduldig schnippte er die Asche seiner Zigarette in den gläsernen Aschenbecher.

«Gab es denn unter den Mitreisenden Unstimmigkeiten?»

«Nur das übliche Gezänk, Eifersüchteleien und so weiter. Aber das ist gang und gäbe.»

«Ich bin noch nie mit einer Reisegesellschaft gereist. Ich weiß also nicht, was gang und gäbe ist.»

«Sie nehmen alles schrecklich wörtlich, Superintendent.»

«Ich hab noch nie erlebt, dass ein Mord auf metaphorischem Wege gelöst wurde.»

Cholmondeley stieß einen tiefen Seufzer aus. «Na schön. Es gab natürlich Probleme mit dem Jungen, aber die gibt es wohl immer mit Kindern. Der kleine Farraday – James Carlton heißt er, wenn ich mich recht erinnere – macht gern Extratouren.»

«Hmm. Er scheint gerade wieder eine zu machen.»

Cholmondeley schien nicht sonderlich überrascht. «Die Eltern haben sich schon daran gewöhnt. Gar nicht so einfach, ihn wieder einzufangen. Ein seltsames Kind.» Cholmondeley tat das Problem mit einem Schulterzucken ab; es betraf ihn nicht. «Und dann ist da natürlich diese grässliche Lady Dew. Lady Violet Dew.»

«Ich hatte noch nicht das Vergnügen.»

«Es ist keines, glauben Sie mir. Sie lebt in Florida und kommt einmal im Jahr nach England zurück, um ihre Verwandten auf Trab zu bringen. Die müssen wirklich glücklich darüber sein, dass sie den Daumen auf der Geldbörse hat.»

«Hat sie sich Ihnen anvertraut?»

«Die hat sich *allen* anvertraut.»

«Was ist mit Schoenberg?»

Cholmondeley schenkte sich noch etwas Wein ein. «Komischer Kauz. Wirklich, man kann sich kaum mit ihm unterhalten, da er meistens Computerfachchinesisch spricht. RAMS und ROMS und so weiter. Aber mit dem kleinen Farraday hat er sich prächtig verstanden. Ein schlaues Bürschchen, wundert mich nicht, dass er seine Eltern so häufig an der Nase herumführt.»

«Und Farraday?»

«Was mit ihm ist? Nett scheint er zu sein. Etwas zu protzig für meinen Geschmack. Hat wohl viel Geld in zu kurzer Zeit gemacht und kann es nicht schnell genug wieder ausgeben. Die beiden Töchter hassen sich wie die Pest. Eigentlich tut mir das hässliche Entlein leid.»

«Meinen Sie Penny?»

Er zog eine Augenbraue hoch. «Nun, offensichtlich nicht Miss Milch-und-Honig.» Und er sah Jury an, als vermutete er, sein Geschmack sei bei Frauen genauso langweilig wie bei Krawatten.

«Honey Belle scheint Sie nicht kaltzulassen.» Jury lächelte.

«Sie glauben doch wohl nicht, ich würde kleinen Mädchen nachstellen?»

«Ich dachte eher, die kleinen Mädchen würden Ihnen nachstellen.»

Zum ersten Mal lächelte Cholmondeley ungezwungen. «Ein bisschen schon.»

«Aber nicht Miss Bracegirdle? Sie hat Sie in Ruhe gelassen?»

Cholmondeley sah ihn bass erstaunt an. «Großer Gott, ja. Wollen Sie damit sagen, außer mir hätte das keiner bemerkt?»

«Was bemerkt?»

«Gwendolyn ist – ich meine, war – anders gepolt. Wie auch diese Cyclamen Dew.»

Jury brauchte einen Augenblick, um diese Neuigkeit zu verdauen. «Und das ist Ihrer Meinung nach auch der Grund, weshalb die beiden häufiger zusammen waren?»

Cholmondeley genoss es offensichtlich, Sand ins Getriebe gestreut zu haben. «Wenn Miss Bracegirdle ein so folgenschweres Rendezvous hatte, muss sie nicht unbedingt einen Mann getroffen haben. Mehr wollte ich damit nicht sagen.» Er sah wieder aus dem Fenster, und die Gleichgültigkeit stand ihm ins Gesicht geschrieben. «Ich versuche keineswegs, jemanden in die Sache hineinzuziehen.»

Den Teufel tust du! «Woher wollen Sie das so genau wissen, Mr. Cholmondeley? Ich meine, dass die beiden lesbisch sind beziehungsweise waren.»

«Mein guter Mann», sagte Cholmondeley in einem Wie-kann-man-nur-so-naiv-sein-Ton. «Man brauchte sie sich doch nur anzuschauen.»

«Als ich Gwendolyn Bracegirdle das erste Mal sah, ist mir das nicht aufgefallen», sagte Jury kalt.

Cholmondeley hatte den Anstand zu erröten. «Ja, das sehe ich ein. Aber abgesehen davon …»

«Ja? Abgesehen wovon?»

«Es klingt wahrscheinlich schrecklich eingebildet, ich weiß, aber …»

Seine Stimme schien sich mit dem Rauch der Zigarette zu verflüchtigen, die er soeben im Aschenbecher ausdrückte. Anständigerweise errötete er zum zweiten Mal.

«Sie meinen, keine von beiden hat Interesse für Sie gezeigt?»

Cholmondeley nickte. «Verstehen Sie, ich behaupte keineswegs, das Charisma eines Mick Jagger zu besitzen –»

Jury lächelte. «Der ist auch nicht mehr der Jüngste, nicht?» Er konnte sich nicht entscheiden, ob Cholmondeley ihm sympathisch war oder nicht. Der Mann ließ sich nicht fassen, er war so glatt wie der feine italienische Seidenanzug, den er trug.

«Stimmt. Ich wollte auch niemanden mit meinem Charme becircen. Die Frauen mögen mich einfach. Aber für diese beiden war ich einfach Luft.»

Das kam heraus wie eine schlichte Feststellung: Die Frauen mochten ihn. Jury überraschte das nicht. Er fragte sich nur, was für Vorteile Cholmondeley daraus zog. «Für Amelia Farraday auch? Und wie sieht's mit der Tochter aus?»

Er schnaubte. «Du lieber Himmel, ich habe es doch nicht nötig, mich an Kindern zu vergreifen. Und was Mrs. Farraday betrifft, so kann ich mir nicht vorstellen, warum das wichtig sein sollte –»

«Könnte es aber. Ich schätze Ihre Diskretion, aber vielleicht ist es doch von Bedeutung – ich meine Ihre Beziehung zu Mrs. Farraday.»

«Warum? Was hat das denn mit der ganzen Geschichte zu tun?»

Jury zuckte die Achseln. «Das müssen Sie schon uns überlassen.»

«Wenn ich nur wüsste, was Sie im Schilde führen. Vielleicht sollte ich besser meinen Rechtsanwalt hinzuziehen.»

Jury bedachte Cholmondeley mit einem entwaffnend unschuldigen Lächeln: «Keine Ahnung. Meinen Sie?»

«Ich muss schon sagen, Superintendent, Sie können einen an den Rand der Verzweiflung treiben. Sie scheinen mich nicht einschüchtern zu wollen. Und doch –»

«Ich wette, Sie können einiges aushalten, auch ein ziemlich eindringliches Verhör. Hören Sie, Mr. Cholmondeley –» Jury lehnte sich über den Tisch und schob dabei das mit einer Serviette bedeckte Brotkörbchen zur Seite – «ich möchte nur, dass Sie sich kooperativ zeigen. Was sich zwischen Ihnen und Mrs. Farraday abgespielt hat, ist mir völlig gleichgültig.» (Wenn Cholmondeley das glaubte, war er ein Narr.) «Aber es scheint mir wichtig zu wissen, wie die Kunden von Honeysuckle Tours zueinander stehen –»

«Fürchterlicher Name, finden Sie nicht auch? Haben Sie eigentlich schon Mr. Honeycutt kennengelernt, unseren Reiseleiter und Sekretär?» Der Blick, den er Jury zuwarf, ließ Verunsi-

cherung erkennen, obwohl er sie durch eine Maske der Gering-
schätzung zu verbergen suchte.

«Ja. Er hat kein Wort über Sie verloren.»

«Vermutlich bin ich nicht Honeycutts Typ.» Auch mit dieser
beiläufig hingeworfenen Bemerkung gelang es Cholmondeley
nicht, seine Erleichterung zu verbergen.

«Kann sein. Aber warum sind Sie eigentlich überhaupt mit
dieser Reisegesellschaft unterwegs?»

Die Frage traf ihn völlig unerwartet, und das hatte Jury beab-
sichtigt. «Wie bitte? Um mal Ferien zu machen.»

Jury zog eine Handvoll Papiere, die wie Listen aussahen,
aus der Tasche, und es gelang ihm, den Eindruck zu erwecken,
Cholmondeleys Name würde auf allen ganz oben stehen. «Sie
handeln mit Edelsteinen?»

«Ja. Es sieht so aus, als hätten Sie bereits gründlich recher-
chiert.»

«Diese Fahrt ging auch nach Amsterdam.»

Cholmondeley runzelte die Stirn. «Viele Reisen gehen nach
Amsterdam. Die *meisten*, die die London-Paris-Rundreise auf
ihrem Programm haben. Es gehört zu den Städten, die einfach
und bequem zu erreichen sind. Man braucht nur nach Hoek van
Holland überzusetzen –»

«Haben Sie zufällig Ihren Pass bei sich, Mr. Cholmondeley?»

Nun schien Cholmondeley völlig verwirrt. Entschlossen, über
seine neue Eroberung kein Wort zu verlieren oder alles abzustrei-
ten, sah er sich durch Jurys neue Fragetechnik aus dem Konzept
gebracht. Er zog seinen Pass aus der Tasche und warf ihn auf
den Tisch.

Jury besah sich die Stempel. Der Pass war voll davon. Mit einem knappen «Danke» gab er ihn seinem Eigentümer zurück.

Cholmondeley saß am Tisch, spielte mit einem silbernen Messer und musterte Jury. «Ich habe keine Ahnung, worauf Sie hinauswollen. Was diese Gruppe betrifft, kann ich Ihnen nur sagen, wir kommen aus verschiedenen Teilen der Welt, haben uns noch nie im Leben gesehen, wissen nichts voneinander – und Sie versuchen die Sache so darzustellen, als ob einer von *uns* nur darauf lauern würde, die anderen abzumurksen.» Er entrang sich ein gezwungenes Lächeln. Anscheinend war das eine ganz neue und höchst unwillkommene Vorstellung: «Einer von *uns*?»

14

Melrose Plant saß missvergnügt auf seinem Sitz im ersten Rang und wünschte sich eine echte Leiche zu sehen, statt darauf zu warten, dass Hamlet die Bühne mit falschen übersäte.

Das Theater war genauso voll wie am Abend zuvor. Er hatte Glück gehabt und einen Platz in der ersten Reihe bekommen; diesmal würde er, verdammt noch mal, die zweite Hälfte nicht verpassen.

Rief da nicht jemand seinen Namen? Als er über das Messinggeländer ins Parkett spähte, glaubte er, das Echo auch von hinten zu hören. Das Memorial Theatre galt als ein akustisches Wunder: Sein Name schien aus allen Richtungen zu kommen.

«Hallo, Mel!»

Ach ja. Ungefähr ein Dutzend Reihen hinter ihm saß Harvey Schoenberg und winkte heftig. Melrose begrüßte ihn mit einer vagen Handbewegung.

«Melrose!»

Allmächtiger, und da unten war Agatha; sie stand vor ihrem Sitz und winkte ebenfalls, aber mit beiden Armen, als würde sie den Start einer Boeing 747 dirigieren.

Wäre ihm bekannt gewesen, dass sie zu dieser Vorstellung kommen würde, hätte er seine Karte zerrissen. Der Versuch, sie zu übersehen, bewirkte lediglich, dass sie sich noch mehr Mühe gab, ihn auf sich aufmerksam zu machen, während die Leute in seiner Nähe ihm bereits böse Blicke zuwarfen. Würde er mit seinem Auftritt Hamlet Konkurrenz machen?

Er sah noch einmal übers Geländer, hob die Hand wie zum Gruß und fragte sich, ob die ungeschlachten, die Hälse reckenden Gestalten an ihrer Seite zur Randolph-Bigget-Sippe gehörten. Als er sah, dass sie die Hände trichterförmig an den Mund hielt, entschlossen, den Lärm und das Getöse von Gott weiß wie viel hundert Stimmen zu überschreien, ließ Melrose sich schnell wieder in seinen Sitz rutschen. Dankbar nahm er zur Kenntnis, dass die Lichter im Saal ausgingen.

Es war gut, aber ist das Royal Shakespeare Theatre je schlecht gewesen? Hamlet war nach seinem ersten Auftritt nicht zu melancholisch, Gertrude hingegen war wundervoll lasziv und der alte Claudius etwas sympathischer als sonst. Nicht gerade einfach, für Claudius Sympathie zu empfinden. Als dann die Pause kam, waren alle erschöpft, sowohl auf wie vor der Bühne. Melrose dachte mit Grauen an den Ansturm auf die Bar.

Da er jedoch in weiser Voraussicht seinen Brandy schon vor Beginn der Vorstellung bestellt hatte, musste er sich nicht durch die Menge kämpfen, sondern konnte sich in eine Ecke zurückziehen.

Eine Fliege hüpfte in der Menge umher, und Melroses Blick fiel ab und zu auf Harvey, der schließlich auch vor ihm auftauchte.

«Können Sie sich das vorstellen? Während wir in dieser Kirche waren, lag sie da draußen.» Harvey fuhr sich mit dem Finger über die Kehle.

Wie geschmacklos, dachte Melrose und fragte ihn: «Kannten Sie denn die Dame?»

«Zum Teufel, nein. Außer, dass wir Reisegefährten waren.» Er schüttelte betrübt den Kopf. «Arme Gwennie. Mann, ich bekam ganz weiche Knie.» Harvey leerte sein Bier, als die Lichter das Ende der Pause signalisierten. «Bis später. Ich sitze in der Mitte und steig nicht gern über die Leute.»

Melrose wähnte sich zwei Minuten lang in Sicherheit, aber man war nie sicher vor Agatha, die sich unter Einsatz der Ellenbogen zu ihm durchdrängte. Sie spürte ihn stets auf wie ein Terrier den Fuchs im Bau. «Melrose!»

«Hallo, Agatha. Freut mich, dich zu sehen. Wie hast du nur hierhergefunden?» Doch sie stand einfach nur da, strahlte selbstzufrieden und wartete darauf, dass er sich nach dem Grund für ihre Freude erkundigte. «Hast du die Motive für Hamlets Zögern durchschaut oder was?»

«Du wirst nie *erraten*, wer hier ist!»

«Da hast du recht. Möchtest du einen Brandy? Oder musst du zurück zu den Biggets? Die sind doch wohl hier, oder nicht?» Sein Mangel an Begeisterung war hoffentlich nicht zu übersehen.

«Schließ die Augen!»

«Die Augen schließen –? Um Himmels willen, niemals.»

Sie zog einen Schmollmund, und das Schmollen schien sich über ihr ganzes Gesicht auszubreiten.

«Ich muss schon sagen, Agatha –» Doch was immer er sagen wollte, es blieb ihm im Hals stecken, als er ihr über die Schulter sah.

Denn da stand Vivian Rivington.

Von den dreien war Agatha die Einzige, die dieses Zusammentreffen nicht aus der Fassung brachte; sie strahlte übers ganze Gesicht, als wäre Vivian Rivingtons wundersames Erscheinen nur ihr zu verdanken – als hätte sie sie wie ein Kaninchen aus dem Zylinder gezogen.

Vivian selbst schien so erfreut wie verwirrt und wusste offensichtlich nicht, wohin mit ihren Händen.

Melrose half ihr aus der Verlegenheit, indem er sie in die Arme schloss: «Liebste Vivian. Was zum Teufel machst du hier in Stratford? Wie bist du hierhergekommen? Warum bist du nicht in Italien?»

Agatha antwortete an Vivians Stelle, wie sie das bei allen machte. «Sie ist mit dem Auto von Long Pidd gekommen. Sie sagt, der alte Ruthven hätte ihr erzählt, dass wir hier seien, und da hat sie beschlossen, uns nachzufahren. Sie sagte –»

«– und sie spricht jetzt nur noch Italienisch und hat dich als Dolmetscherin angeheuert. Agatha, ich wäre dir sehr dankbar, wenn –»

«Die Beleuchtung!», sagte Agatha, als die Lichter gedimmt wurden, um den Beginn des nächsten Aktes anzukündigen. Da sie keine Minute von etwas verpassen wollte, für das sie bezahlt hatte, pflügte Agatha sich ihren Weg zurück durch die Menge.

«Verschwinden wir von hier, Vivian. Gehen wir in die ‹Torkelnde Ente›, dort können wir was trinken und uns unterhalten.»

«Aber das Stück –» sagte Vivian.

«Ich erzähl dir, wie es ausgeht.»

Da beinahe ganz Stratford sich den zweiten Teil des *Hamlet* anschaute, war die «Ente» fast menschenleer.

Er stellte ihre Drinks auf den Tisch. «Drei Jahre ist das nun schon her.»

Drei Jahre, und dies hier war nicht die Vivian, die ihm so vertraut gewesen war. Die Vivian von damals hatte nicht wie diese hier ausgesehen. Wo waren die dezenten Twinsets und Röcke, die ungeschminkten Lippen? Das Haar schimmerte immer noch in diesem herbstlichen Braun mit dem rötlichen Glanz, aber sie hatte es nie so nachlässig hochgesteckt, dass die Locken seitlich herunterhingen, wie sie es jetzt trug. Höchstwahrscheinlich war das der letzte Schrei. Und früher hätte sie auch nie ein so grelles Grün getragen. Ihr Kleid war eng und sehr tief ausgeschnitten.

«Drei Jahre, ja.» Sie zog ein Päckchen Zigaretten aus ihrer silbernen Paillettentasche. «Ich bin zurückgekommen, weil ich das Haus in Long Piddleton verkaufen möchte.»

«Verkaufen? Warum denn?»

«Ich werde heiraten.»

Er starrte sie fassungslos an und verbrannte sich am Streichholz die Finger. «Nein.»

«Doch.»

«Ah, und wo ist er?»

«In Italien.»

«Und was zum Teufel macht er dort?»

«Er ist Italiener.» Eine kurze Pause. «Oh, sieh mich nicht so an. Er ist kein Gigolo. Er hat es nicht auf mein Geld abgesehen.»

Vivan hatte ziemlich viel Geld.

«Du hast ihn also in Neapel getroffen? Ist ja unerträglich romantisch.»

Sie schüttelte den Kopf. «Venedig. Und es war auch romantisch. Das heißt, es ist noch immer romantisch.»

«Aha! Du bist dir also nicht ganz sicher.»

Sie lachte. «Doch, eigentlich schon. Aber was kümmert dich das überhaupt. *Du* wolltest mich ja nicht heiraten.»

Auf diesen direkten Angriff war er nicht gefasst gewesen. Hatte sie das in Italien gelernt? Was ihn am meisten an ihr verwirrte, war, dass sie die zurückhaltendste Frau der Welt sein konnte, gleichzeitig aber auch von einer unglaublichen Direktheit. An Vivian gab es nichts zu deuten, nichts, worüber man stolperte, wenn man im Dunkeln nacheinander tastete. Und kein Wechselspiel von Licht und Schatten. Wo Vivian sich aufhielt, war es taghell.

«Warum lächelst du?»

Er änderte schnell seinen Gesichtsausdruck.

«Und was zum Teufel tust du in Stratford, mitten im Juli? Du bist im Sommer nie irgendwohin gefahren, und schon gar nicht in ein Touristenkaff.»

«Tu ich immer noch nicht. Aber erinnerst du dich –» Er unterbrach sich mitten im Satz. Natürlich würde Vivian sich an Richard Jury erinnern. Oder vielmehr würde Jury sich an sie erinnern. Melrose war überzeugt, dass Jurys Interesse nicht nur rein beruflich gewesen war. Im Augenblick allerdings schien diese Kennington in seinem Hinterkopf herumzugeistern …

«Erinnern – an was?»

«Nichts. Nichts. Ich bin hier, weil Agatha sonst mit ihren Amerikanern auf Ardry End eingefallen wäre.»

Vivan lachte. «Du warst schon immer viel zu nett zu ihr, Melrose. Und sie dankt es dir mit ihrer Unausstehlichkeit.»

«Ich bin *nicht* nett zu ihr; außerdem ist es äußerst aufschlussreich, jemanden um sich zu haben, der unausstehlich ist. Man kann Reaktionen testen. Wie ein Torwart bei einem Fußballspiel. Aber lassen wir das – es ist wunderbar, dass du hier bist.»

«Bist du dir da sicher?»

Ihre Augen funkelten ihn über den Rand ihres Glases hinweg an. Was trank sie? Natürlich Campari mit Limone. Tranken sie das nicht alle da drüben? Er wusste, dass sein Ärger jeder Grundlage entbehrte. Aber warum musste sie gerade *jetzt* auftauchen, völlig auf Gucci getrimmt mit ihrem schimmernden grünen Kleid und dem seidigen Haar, das wie italienisches Eis an den Seiten heruntertropfte. Wahrscheinlich sagte sie auch so schreckliche Dinge wie *ciao*.

«Wie lange bleibst du?»

«Oh, *danke*, kann ich vorher noch mein Glas austrinken?» Sie musterte ihn kühl und belustigt. «Morgen hole ich Franco in Heathrow ab. Er kommt aus Rom.»

Franco. Heathrow. Rom. Das klang alles fürchterlich international.

«Und dann … na ja, wenn du da bist, würde ich euch gern miteinander bekannt machen.»

«Möchtest du nicht auf Ardry End Hochzeit feiern? Da findet seine ganze Familie Platz.»

«Das ist nett von dir, Melrose.» Sie lächelte immer noch. «Agatha wird begeistert sein. Er ist nämlich ein Graf.»

«Ein *Graf.*» Das war des Guten zu viel.

«Sie haben auch ihre Adligen in Italien; du bist nicht der Einzige mit einem Adelstitel.»

«Ich habe keinen. Mit diesem Quatsch habe ich schon vor Jahren aufgeräumt. Wenn ich gewusst hätte, dass du so versessen darauf bist, hätte ich vielleicht den Earl und den Viscount et cetera beibehalten.»

Sie sah zur Seite. «Das ist absurd. Ich lege keinen Wert darauf. Das weißt du genau. Er ist eben rein zufällig einer.»

«Man ist nicht *zufällig* ein Graf.» Melrose sah immer nur diesen Fremden mit dem schwarzen Cape vor sich. «Kann er sich denn im Spiegel sehen?»

Nun wurde Vivian zornig – und mit Recht, dachte er. «Oh, um Himmels willen …»

Melrose rutschte noch tiefer in seinen Sessel und griff sich mit Klauenfingern an den Hals, um sie noch mehr zu provozieren.

Dann dachte er an den Ausdruck in Sergeant Laskos Gesicht. Genau das, was Stratford im Augenblick fehlte – noch ein kleiner Aderlass.

15

Für eine Siebzehnjährige war Stratford-upon-Avon nicht gerade der Garten Eden. Es gab keine Clubs, keine Diskos, keine Kinos, und auch auf der Straße war nichts los. Aber Honey Belle Farraday konnte man auf einer Kuhweide aussetzen, und sie würde trotzdem einen draufmachen.

Heute Abend ging sie mit wiegenden Hüften die Wood Street entlang, als handelte es sich um den Strip in Las Vegas. Und wenn Honey Belle die Hüften in den Sassoon-Jeans wiegte, geriet einiges ins Schwingen, etwa die prallen Brüste, kaum verhüllt von dem indischen Oberteil, dessen weißer Baumwollstoff so transparent war wie eine beschlagene Fensterscheibe. Dazu trug sie nur Armreifen, Reifenohrringe und Goldkettchen. Darunter war sie nackt; Honey Belle beschränkte sich gern auf das Notwendigste.

Stratford. Was für ein Kaff! Nichts als langweilige Theaterstücke und langweiliges Sightseeing. Man konnte den ganzen Tag am Pool des «Hilton» herumliegen und wurde doch nicht braun. Trotzdem tat sie nichts anderes, denn das bot ihr zumindest die Gelegenheit, ihren weißen Badeanzug aus Paris vorzuführen – ein paar winzige, von Schnüren zusammengehaltene Satinflicken. Der alte James hielt ihn für skandalös. Aber glaubte er, sie nahm ihm das ab? Wirklich komisch, sich vorzustellen, dass ihre eigene Mutter eifersüchtig auf sie war. Amelia hätte sie damals beinahe umgebracht, als sie sie mit Old James im elterlichen Schlafzimmer erwischt hatte, Honey Belle in nichts als ihrem durchsichtigen Babydoll. Na ja, so richtig passiert war eigentlich nichts. Aber erzähle das mal einer Amelia Blue.

Sie überquerte die Straße, ging am «Goldenen Ei» vorbei und starrte durch die Glasfront auf Leute, die sich mit Eiern und Pfannkuchen vollstopften. Essen kam für sie natürlich nicht in Frage. Man kann nicht essen und gleichzeitig einen solchen Körper haben, dachte sie, während sie sich mit violett lackierten Fingernägeln über den Bauch strich, der so flach war wie ein Bügelbrett. Ein Werbespot für chinesisches Essen ging ihr durch den Kopf: *«Gib acht auf deinen schönen Körper, gib acht auf deinen hübschen Bauch!»* Junge, Junge, und wie sie auf ihren Bauch achtgab. Bei dieser Vorstellung seufzte sie gerade vor Wonne, als zwei Frauen mit Einkaufstüten an ihr vorbeigingen. Sie waren so etwa fünfundvierzig, fünfzig, dachte sie, während sie ihnen nachblickte. Sie wunderte sich, wie jemand so lange leben konnte, ohne sich umzubringen.

Honey Belle hatte nur vor einem Angst: ihre gute Figur zu verlieren, alt und runzlig zu werden. Sie sah, wie ihre eigene Mutter abbaute, obwohl sie zugeben musste, dass Amelia ihr Äußeres nicht vernachlässigte. Zum Glück hatte sie zumindest früher einmal toll ausgesehen, und Gott sei Dank war ihr Daddy groß und blond und ein echter Frauenheld gewesen. Sie vermutete, Amelia hatte es nicht mehr ausgehalten, die zweite Geige neben der jeweiligen Favoritin zu spielen, und ihn deshalb verlassen. Honey Belle fragte sich kichernd, ob ihre Mutter überhaupt ahnte, wie sehr ihr Daddy seine kleine Honey Belle gemocht hatte.

Sie kreuzte die Einmündung einer Gasse mit vielen kleinen Geschäften und dachte daran, dass Papa James und Amelia Blue sie glatt umbringen würden, wenn sie wirklich Bescheid wüssten, wenn sie dahinterkämen, was sie alles für das Geld machte, mit dem sie sich ihre Sassoon-Jeans und ihre Goldkettchen finanzierte: Sie tanzte in einer Oben-ohne-Bar, und sie posierte für einen befreundeten Fotografen, der außer Aktfotos noch ganz andere Dinge mit ihr machte. Aber an Sex lag Honey Belle eigentlich gar nichts; sie liebte die Macht. Mein Gott, welche Macht gab ihr der Sex über die Männer. Da oben auf der Bühne zu stehen mit all den blauen und rosaroten Lichtern, die über ihren Körper tanzten; oder auf den Sofas und Kissen diese Stellungen einzunehmen. Nein, der Sex war es wirklich nicht. Die Sache selbst machte ihr gar keinen Spaß. Ihr kam es nur darauf an, dass die Männer daran dachten – dass sie daran dachten, es mit *ihr* zu treiben. Zu beobachten, wie sie sie beobachteten, und sich vorzustellen, dass diese Männer Fotos von ihr kauften und sie mit den Augen verschlangen, ließ sie lustvoll erschauern.

Ihre Karriere ließ sich gut an. Wenn James über die Schule und ihre Zeugnisse sprach, musste sie an sich halten, ihm nicht ins Gesicht zu lachen. Sie würde Fotomodell werden oder zum Film gehen ... Fast als hätte der Gedanke an all die Filmproduzenten, die hinter ihr her waren, plötzlich Gestalt angenommen, hörte sie Schritte hinter sich.

Honey Belle blieb im trüben Licht einer Straßenlaterne vor einem kleinen Buchladen stehen und zündete sich eine Zigarette an. Die dünne Rauchsäule stieg auf und verflüchtigte sich in dem blau phosphoreszierenden Schimmer der Laterne. Sie lächelte. Eigentlich hatte sie nur das Klappern ihrer Holzsandalen abstellen wollen, um herauszufinden, ob ihr Verfolger ebenfalls stehen blieb. Selbst noch inmitten eines Regiments marschierender Füße hätte sie immer ganz genau gewusst, wenn jemand *ihr* folgte. Und sie hatte sich nicht getäuscht. Obwohl sie die dunkle Gestalt, die dahinten in der kleinen Gasse mit den Geschäften vor einem Schaufenster stand, eigentlich gar nicht gesehen, sondern nur gespürt hatte. Inzwischen musste, wer immer es auch war, sie bemerkt haben. Und das genügte. Mit der Zigarette im Mundwinkel ging sie weiter. Neben dem Bahnhof war dieser Punkschuppen, wo es angeblich heiße Musik, Drinks, Gras und vielleicht auch eine Nase Koks geben sollte. Honey Belle brauchte nur ihrer Nase zu folgen – sie kicherte über ihr kleines Wortspiel, während sie vergnügt die Hüften schwingen ließ.

Aber als die Hand sich auf ihren Mund legte und sie den Atem auf ihrem Nacken spürte, blieb ihr das Kichern im Hals stecken. *Scheiße!* dachte sie noch, *den ganzen Trip, nur um in England vergewaltigt zu werden! Und auch noch in diesem miesen Kaff!* Und in den wenigen Sekunden, in denen ihr kleines Gehirn noch mit der Außenwelt verbunden war, dachte sie: *Warum eigentlich nicht?*

Es ist die Art von Sex, bei der man nichts zu tun braucht. Doch dann spürte sie dieses kalte Ding auf ihrer Haut; es durchschnitt ihr indisches Hemd und alles Übrige wie ein Messer ein Stück Butter.

Honey Belle wäre entsetzt gewesen, hätte sie noch sehen können, wie die Hände, die über ihren schönen Körper fuhren, ihn zugerichtet hatten.

«‹Ein goldner Schimmer in der Luft, Königinnen verblichen und liegen in der Gruft.›» Jurys Blick glitt von dem Theaterprogramm, auf das Lasko seine Taschenlampe hielt, zu Honey Belle Farradays verstümmelter Leiche.

Es war halb elf, abgesehen vom Licht der Taschenlampen und dem trüben Blau der Karbonleuchten war es stockdunkel in der Wood Street. Das Blut – und es war reichlich geflossen – war noch nicht geronnen. Sie mussten aufpassen, wo sie hintraten.

Ein Pärchen, das von einem späten Imbiss aus dem «Goldenen Ei» am anderen Ende der Straße kam, hatte sie gefunden. Man hatte der Frau eine Beruhigungsspritze geben und sie ins Krankenhaus bringen müssen; der Mann hatte es gerade noch fertiggebracht, die Polizei anzurufen, bevor er sich in der Telefonzelle übergab. Er befand sich nun auf der Wache.

«Der Arzt sagt, der Tod sei vor einer Stunde eingetreten», bemerkte Lasko. «Der Anruf kam vor zwanzig Minuten. Sie muss also ganze vierzig Minuten hier gelegen haben, ohne dass sie jemand gesehen hat.»

Jury sah die Straße hoch. «Außer dem ‹Goldenen Ei› hat hier nichts auf. Keine Pubs, kein Verkehr. Es nimmt also nicht wunder. Hast du nach Fingerabdrücken suchen lassen? Am Hals? An der Kehle?»

«*Welcher* Hals! *Welche* Kehle?», brummte Lasko. «Schau sie dir doch an, Mann.»

«Hab ich», sagte Jury. «Ich dachte, direkt unter dem Kinn. Wahrscheinlich hat er sie da festgehalten und das Kinn nach hinten gedrückt. Die übrige Bescherung kam später.»

‹Bescherung› war vielleicht die passende Bezeichnung. Zuerst war der Hals aufgeschlitzt und bis zum Knorpel aufgerissen worden, dann der Rumpf vom Brustkasten fast bis zu den Schenkeln.

«Hier haben Sie es wieder», sagte Lasko müde und gab dem Spurensicherer das Theaterprogramm zurück.

Sie schauten zu, wie Honey Belle Farradays sterbliche Überreste auf das Polyäthylentuch gelegt wurden. Jury beneidete den Polizeifotografen nicht. Die Blitze beschrieben trübe Bögen in der Luft wie Leuchtspurgeschosse und erhellten die Nacht und die bleichen Gesichter der an beiden Enden der Straße versammelten Schaulustigen. Dort waren Polizeiwagen mit rotierenden Blaulichtern abgestellt und Absperrungen errichtet worden. Jury sah die Leute von der *Times* und dem *Telegraph* die M-1 hinunterrasen.

«Dieses Gedicht … es erinnert mich an das Erste», sagte Lasko.

«Es ist das Erste. Oder vielmehr ein Teil davon.» Jury zog die Kopien der Programme heraus und las:

«Der Schönheit rote Nelken
sind Blumen, die verwelken
Ein goldner Schimmer in der Luft,
Königinnen verblichen und liegen in der Gruft.»

«Von wem ist das eigentlich? Shakespeare?»

Jury schüttelte den Kopf. «Ich weiß nicht, es klingt bekannt, aber ich komm nicht drauf.» Er sah zu, wie die Plane mit dem jungen Mädchen, das nun vollständig darin eingehüllt auf der Bahre lag, in den wartenden Krankenwagen geschoben wurde. Er dachte an Farraday. Armer Kerl! Der Stiefvater tat ihm jedenfalls sehr viel mehr leid als die leibliche Mutter. Amelia Blue Farraday würde eine gewaltige Szene machen, dessen war er sich ganz sicher.

«Weißt du, was mir Sorgen macht?», sagte Jury.

«Was?»

«Wie lang ist dieses Gedicht?»

16

Was die hysterische Szene betraf, so hatte Jury recht behalten.
Falls jemals Zweifel an Amelia Blues schauspielerischem Talent bestanden hatten, so wurden sie jetzt jedenfalls vollkommen beseitigt durch die Vorstellung, die sie gab, als sie von dem Mord an ihrer Tochter erfuhr.

Denn genau das und nichts anderes war es – eine Vorstellung. Wie Jury vermutet hatte. Und es lag bestimmt nicht daran, dass er nach über zwanzig Jahren bei Scotland Yard gefühllos geworden war. Nachdem sie auf dem kleinen Sofa im Salon ihrer «Hilton»-Suite aus ihrer Ohnmacht erwacht war (oder Beinah-Ohnmacht, denn so lange hatte sie nun auch wieder nicht gedauert), stürzte sie sich mit ausgefahrenen Krallen auf Farraday, als sei er schuld daran, dass sie sich überhaupt in diesem mörderischen Ort aufhielten; dann richtete sich ihr Zorn gegen Lasko und Jury als die Überbringer der Hiobsbotschaft, und schließlich stolzierte sie im Zimmer auf und ab, als beherrschte sie die Kunstgriffe einer überzeugenden Bühnenpräsenz aus dem Effeff: Und nun zum Fenster. Hinausstarren. Zurück zum Tisch. Foto von Honey Belle in die Hand nehmen, das letzten Sommer aufgenommen worden war – *erst* letzten Sommer, am Strand, umlagert von ihren Verehrern. Gegen Busen drücken.

Und gegen ihren Busen ließ sich einiges drücken. Vielleicht war ihm die Saat dieses Zweifels an Amelias mütterlichen Gefühlen zum ersten Mal an den Ufern des Avon eingepflanzt worden, als er sich mit Penny unterhalten hatte.

Jury konnte auch sehen, welche Qualitäten Farraday zum erfolgreichen Selfmademan gemacht hatten. Seine Selbstbeherrschung überzeugte sehr viel mehr als die Hysterie der Mutter. Die Gefahr war gleich einem Standbild, das plötzlich beschlossen hatte, sich zu bewegen und zu reden, in sein Leben eingedrungen und hatte seine frühere Wut über das Verschwinden seines Sohnes, sein Geschrei nach größerem und besserem Polizeieinsatz, seine Drohungen mit der amerikanischen Botschaft, also die Angewohnheit, seinen Einfluss in allen Lebenslagen lautstark geltend zu machen, gebändigt.

Stattdessen schrie nun Amelia Zeter und Mordio, während ihr Mann versuchte, sie zur Vernunft zu bringen.

«Beruhige dich, Amelia. Das hilft uns auch nicht weiter.»

«*Du!* Was weißt du schon – dir ist das wohl alles egal – das arme süße Ding ist jetzt eben nicht mehr da, wo du es –»

Farraday gab ihr eine Ohrfeige. Keine sonderlich kräftige,

nur einen kleinen Klaps mit dem Handrücken, der sie nicht einmal ins Wanken brachte. Sie hatte die Hände in die Hüften gestemmt, und ihre Wangen glühten. Auf ihren leuchtend roten Lippen lag ein Lächeln von kaum zu überbietender Gehässigkeit.

Niemand schien an Penny zu denken. Sie war auf den Balkon hinausgegangen und hatte sich in der Dunkelheit auf eine harte kleine Bank gesetzt. Fast mochte man glauben, Schatten und Dunkel wären alles, was das Leben für sie bereithielt. Jury überließ es Lasko, den Schiedsrichter zu spielen und den Farradays Fragen zu stellen; er folgte ihr hinaus und setzte sich neben sie.

Penny starrte ins Leere. Ihr langes Haar war zu einem lockeren Zopf geflochten, den sie so ungeschickt hochgesteckt hatte, dass er sich schon wieder auflöste; die kleine Blume, die sie eingeflochten hatte, war verwelkt. Jury vermutete, dass die Frisur und das formlose Baumwollkleid, an dessen Falten sie geistesabwesend herumzupfte, mit ihrem Besuch der heutigen *Hamlet*-Vorstellung zusammenhingen. Im Anschluss daran hatte sie dann von dem Mord erfahren.

Es war seltsam, Penny schien wirklich das Zeug zu einer Tragödin zu haben. In ihrem Schweigen schwang Tragik mit, echte Tragik. Mit ihrem schlechtsitzenden Kleid und dem aufgelösten Haar konnte er sie beinahe wieder sagen hören: *«Hier ist Rosmarin … das ist zur Erinnerung.»*

Doch sie sagte nichts. Er spürte, dass er ihr Schweigen brechen musste, weil er wusste, dass es nicht frei war von Schuldgefühlen. Er legte den Arm um sie.

Sie flüsterte, und das war viel schlimmer als jedes Geschrei: «Wo ist Jimmy?» Dann begann sie zu schluchzen, schlug die Hände vors Gesicht und lehnte sich an ihn.

Er wusste, was sie dachte. Seit man Gwendolyn Bracegirdle

gefunden hatte, stellte auch er sich diese Frage. Jemand schien gegen die Kunden von Honeysuckle Tours eingenommen zu sein.

Jury zog sie an sich und sagte: «Wir werden ihn schon finden, keine Angst.» Wie oft hatte er das heute schon gesagt? Leere Worte.

Penny fuhr sich nicht sehr damenhaft mit dem Handrücken über die Nase und wischte ihn anschließend an ihrem Kleid ab. Er zog sein Taschentuch heraus, das sie zwar annahm, aber nicht benutzte, sondern nur nervös in den Händen zerknüllte.

«Oh, mein Gott, ich fühle mich so schuldig. Ich hab so schreckliche Dinge über Honey Belle gesagt ... aber zurücknehmen kann ich sie jetzt nicht mehr. Manchmal hab ich mir sogar gewünscht, sie wäre ... tot.»

Der Blick, den sie Jury zuwarf, sagte ihm, dass sie wusste, sie würde für diesen quälenden Anflug von Ehrlichkeit büßen müssen. «Gott wird mich totschlagen – wie konnte ich nur all diese Dinge sagen.» Und dann sah sie schnell weg.

Ein unfreiwilliger Reim, dachte er, wie der Versuch eines Amateurs, so etwas wie das herrliche Gedicht nachzuahmen, das er gerade gelesen hatte: *Ein goldner Schimmer in der Luft, Königinnen verblichen und liegen in der Gruft.*

Jury zog sie fester an sich.

Und fragte sich, wie sie sich gefragt hatte, wo ihr Bruder war.

Eine Viertelstunde später sprach Lasko mit seinem Chief Superintendent in der Lobby des «Hilton», während Jury danebenstand und rauchte.

«Wir können nur eines tun: die ganze Gruppe verhaften – aber aufgrund welcher Beweise? Sonst sehe ich keine Möglichkeit, diese Leute in Stratford festzuhalten, wenn sie nach London weiterreisen wollen. Abgesehen von Farraday. Er will bleiben, bis der Kleine gefunden ist; aber seine Frau ist völlig hysterisch und will nichts wie weg … na ja, sie hat Stratford-upon-Avon sicher nicht ins Herz geschlossen.»

«Sie ist verrückt. Entweder verrückt oder hat Dreck am Stecken.» Da Sir George Scotland Yard nicht gänzlich ausschließen zu wollen schien, bezog er Jury in das Gespräch ein. «Sie haben mir doch erzählt, die andere Tochter habe behauptet, die Mutter sei rasend eifersüchtig auf die Verstorbene gewesen.»

Lasko schob seine Melone zurück. «Aber die eigene Tochter so zu massakrieren –»

«Mein Gott noch mal, Sam. Was werden Sie mir als Nächstes erzählen? Dass Blut dicker ist als Wasser? Verdammt, die ganze Gesellschaft ist *verdächtig*.»

«Wie ich schon sagte – welche Beweise habe ich, um sie hier festzuhalten? Woher wollen wir wissen, dass diese beiden Frauen nicht von einem Psychopathen aus Stratford ermordet wurden?»

«Von einem Psychopathen, der Gedichte liest?», schnaubte Sir George. «Zweifelsohne. Haben Sie herausgefunden, wer diese vier Zeilen gedichtet hat?»

«Nein», sagte Lasko.

«Nein? Und warum nicht? Wollen Sie warten, bis die Bibliothek aufmacht?»

«Es ist nicht so einfach; wir haben keine Experten für elisabethanische Lyrik.»

«Sie haben aber einen unter den Verdächtigen», warf Jury ein.

Beide starrten ihn an.

«Schoenberg. Er kennt sich aus mit dieser Epoche. Vorausgesetzt, das Gedicht stammt tatsächlich aus dieser Zeit. Er schreibt ein Buch über Christopher Marlowe.»

«In welchem Hotel wohnt er, Sam?»

Lasko sah auf seine Liste. «Im ‹Hathaway›.»

«Gehen Sie hin und sprechen Sie mit ihm.» Missmutig sah Sir George Jury an. «Ich vermute, wenn sie partout nach London wollen, können wir sie nicht halten.»

Jury erwiderte seinen Blick mit ausdrucksloser Miene. Er hatte das Gefühl, dass weder Sir George noch Lasko ihm eine Träne nachweinen würde.

War es nicht schon ärgerlich genug, fragte sich Melrose Plant, dass er einen Mord verpasst hatte? Musste er nun auch noch kurz vor Mitternacht in der Lobby des «Hathaway» herumsitzen und sich Harvey Schoenbergs Anekdoten anhören? Robert Cecil (Bob), Sohn Lord Burghleys; Tom Watson (Tom), Freund Marlowes; Robert Greene (ein weiterer Bob), Freund Marlowes und Feind Shakespeares – Harvey Schoenberg hatte bei Brandy und Zigarren die aufregendsten Klatschgeschichten über sie aufgetischt und war jetzt dabei, von den Abenteuern Wally Raleighs zu berichten.

«Meinen Sie *Sir Walter* Raleigh?», fragte Melrose frostig. Er fühlte sich irgendwie verpflichtet, die Ehre dieser verblichenen Elisabethaner zu verteidigen, ob nun Spione oder nicht. Er wünschte nur, Sir Walter Raleigh wäre da gewesen, um Vivian zum Hotel zu begleiten. Sir Walter hätte sich zweifellos auf sehr elegante Weise aus Harvey Schoenbergs Klauen befreit.

«Genau den. Wissen Sie, was er im Schilde führte?», fragte Harvey, der es sich im Pendant zu Melroses Sessel bequem gemacht hatte.

«In etwa.» Melrose raschelte mit seiner Zeitschrift. «War er nicht in Babbingtons Verschwörung gegen Königin Elisabeth verwickelt?» Warum ermutigte er den Programmierer auch noch zum Reden?

«Nein, nein, nein. *Das* war Tom Babbington.»

«Ich hatte mir schon gedacht, dass Babbington etwas mit der Babbington-Verschwörung zu tun hatte.» Melrose rückte seine Goldrandbrille zurecht und widmete sich wieder *Country Life*, einer Zeitschrift, die er eigentlich gar nicht leiden konnte. Er hatte sie sich jedoch vom Lesetisch gegriffen, um sich dahinter verstecken zu können.

Er blätterte langsam die Seiten um, während Schoenberg ihn über den Sir Walter Raleigh nachgesagten Atheismus und dessen Bemühungen aufklärte, aufrührerische Bücher in Umlauf zu bringen, um die Sache Maria Stuarts, der Königin von Schottland, voranzutreiben. Melrose betrachtete Pferde, Landhäuser und Hundemeuten, während Harvey ihm von Kit Marlowes Schlägereien berichtete, wobei er viel Zeit und Energie vor allem auf die eine in Hog Lane verwendete. Oder besser, auf diese eine Serie von Schlägereien, denn Kit schien sich ununterbrochen geprügelt zu haben. Melrose gähnte, wurde dann aber plötzlich wieder hellwach.

Gerettet! Superintendent Jury trat durch die Hoteltür, sah ihn in seinem Sessel sitzen und bemerkte auch sofort, dass er beinahe umkam vor Langeweile. Sergeant Lasko im Schlepptau, kam er auf sie zu.

«Superintendent Richard Jury. Mr. Schoenberg», sagte Melrose und sah Harveys Augen aufleuchten. Ein neues Opfer.

«Harv genügt.» Er ergriff Jurys Hand.

«Klar, Harv», sagte Jury mit einer Leutseligkeit, die Melrose einfach empörend fand. Aber so war Jury eben. «Das ist Sergeant Lasko.»

Harvey schüttelte auch ihm die Hand. «Ich hab Mel gerade ein paar Dinge über Shakespeare erzählt, die ihm noch nicht bekannt waren. Sehen Sie, ich bin Computer-»

«Ja, Mr. Plant hat mir von Ihnen erzählt. Mich interessiert jedoch vor allem, was Sie über die Elisabethaner wissen.»

Scotland Yard fragte Harvey Schoenberg um Rat? Melrose hatte das Gefühl, sich mit lauter Verrückten auf einer Teegesellschaft zu befinden.

Schoenberg rang nach Luft, so begeistert war er, Scotland Yard aushelfen zu können. Und beide rangen nach Luft, als Lasko ihnen die Details des Mordes erläuterte.

«Mein Gott», sagte Harvey, ein bisschen grün im Gesicht. «Hm … aber schießen Sie los. Was möchten Sie wissen?»

Lasko zitierte die vier Verse des Gedichts. «Kommt Ihnen das bekannt vor?»

Harvey wiederholte sie mehrmals mit stummen Lippenbewegungen, aber die Erleuchtung wollte nicht kommen. Ohne seinen Ishi schien er völlig hilflos. Schließlich schüttelte er den Kopf. «Tut mir leid. No comprende.»

««Ein goldner Schimmer in der Luft› – kommt mir wirklich sehr bekannt vor.» Melrose wiederholte es mehrmals, als würde der Schimmer ihm wirklich wie goldene Schuppen von den Augen fallen.

««Der Schönheit rote Nelken› kann nicht der Anfang sein. Sonst hätten wir schon längst herausgefunden, um welches Gedicht es sich handelt. Es ist unmöglich, jede Zeile in einem Index aufzunehmen …»

Harvey fuhr sich mit der Hand durchs Haar. «O Gott! Hätte ich bloß meinen IBM 8000 hier.»

Alle sahen ihn an und sahen wieder weg.

«Wenn es von Shakespeare oder Marlowe ist – egal von welchem der beiden –, finde ich es garantiert. Auf den Computern, die ich zu Hause habe, finde ich *alles*.»

Jury wünschte, dies gälte auch für vermisste kleine Jungen.

17

Jell-O.

Die Schritte hatten vor der Tür innegehalten, das Tablett war scheppernd auf dem Boden abgesetzt worden, und wer immer es gebracht hatte, hatte auf das Stöhnen im Zimmer gelauscht. Und dann war er oder sie, ganz nach dem Vorbild der *Eisernen Maske*, wieder weggegangen, ohne sich im Geringsten um das letzte Röcheln des Dahinsiechenden zu kümmern. Die Schritte waren langsam verklungen, nur Stille und Jell-O zurücklassend.

James Carlton Farraday besah sich das Tablett und dachte, dass zumindest die graue Katze sich freuen würde. Diesmal schwamm das tote Häufchen nämlich in einem kleinen See von Milch.

Die Katze, die beim Geräusch der Schritte die Ohren aufgestellt hatte, ließ sich wie ein weiches Kissen auf den Boden plumpsen und wanderte zum Tablett hinüber, um das Essen zu inspizieren. Lunch, dachte sie jetzt wahrscheinlich. Sie sog den Geruch des Hamburgers ein, schnupperte an den Pommes frites und trat in das Schälchen mit dem Krautsalat, um an das Jell-O heranzukommen. Sie rollte den Schwanz ein und fing dann an zu schlabbern und zu lecken.

James Carlton setzte sich auf den Boden, nahm den Hamburger und überlegte, ob Katzen sich ausschließlich von Jell-O ernähren konnten; dann beschloss er, dass die Speckschicht dieses Exemplars für hundert Jahre ausreichte, ohne dass sie einen einzigen Bissen zu sich nahm.

James Carlton hatte selbst einen Bärenhunger. Er sagte sich, dass Plan vier – der Hungerstreik – wahrscheinlich genauso erfolglos sein würde wie Plan eins. Auch wenn er den Rest nicht äße, würden sie immer noch annehmen, er hätte das Jell-O gegessen. Nachdem er so den Hungerstreik wegargumentiert hatte, konnte er seinen Hamburger näher untersuchen. Genau wie er ihn mochte: Ketchup, Senf und zwei Scheiben Dillgurken.

Er legte sich gemütlich auf den Boden und mampfte seinen Hamburger, dann stand er auf, nahm das Bild von der Wand und machte seinen Eintrag auf der Rückseite. Die Zeit, das Essen. Er studierte seine Liste und beschloss, dass es an der Zeit war, Plan drei in Angriff zu nehmen.

Die Katze, die ebenfalls ihr Mittagessen beendet und sich das Fell geputzt hatte, krallte sich am Bett hoch. Oben angekommen, drehte sie sich so lange um sich selbst, bis sie ihr Plätzchen zum Schlafen gefunden hatte. Faul sah sie zu, wie James Carlton den Schreibtisch unters Fenster schob. Er hatte den Eindruck, enorm viel Krach zu machen, aber draußen auf dem Korridor ließen sich keine Schritte vernehmen. Wahrscheinlich weil sie nur in den Turm kamen, um ihm das Essen zu bringen. Nachdem er den Schreibtisch in die gewünschte Position gebracht hatte, zog er die unterste und die dritte Schublade heraus und benutzte sie als Stufen. Er war sehr leicht und der Schreibtisch sehr schwer, sonst wäre er wahrscheinlich umgekippt. Von den Schubladen aus war es dann ein Kinderspiel, auf den Schreibtisch zu steigen und aus dem kleinen Fenster zu schauen; er brauchte sich nur auf die Zehenspitzen zu stellen.

Er sah eine Flussbiegung und ein Meer von Baumwipfeln. Es musste der Avon sein, über dem der Nebel lag. Er befand sich also irgendwo in der Nähe von Stratford. Viel konnte er jedoch wegen der Gitterstäbe vor dem Fenster nicht sehen. Es leuchtete ihm nicht ein, welchen Zweck sie so hoch über dem Boden erfüllen sollten. Und er fand es auch komisch, dass jemand sich die Mühe gemacht hatte, gazeartige Vorhänge anzubringen. Bestimmt befand er sich in einem Burgverlies, das der Besitzer etwas gemütlicher hatte gestalten wollen: Er hatte die Ketten, die Hand- und Fußfesseln und die Knochen der früheren Gefangenen entfernt, stattdessen den Schreibtisch hingestellt und die Bilder und Vorhänge aufgehängt.

Die Mauern waren wahrscheinlich zu glatt, um daran hinunterzuklettern. Und es gab auch keinen Ast in Reichweite, an dem ein Gefangener sich auf den Boden und in Sicherheit hätte schwingen können, vorausgesetzt, es wäre ihm gelungen, durch die Stäbe zu kommen. James Carlton betrachtete prüfend erst die Vorhänge und dann das Bett, die Laken und die Zudecke. Wenn man alles zusammenknüpfte, reichte es vielleicht.

Die graue Katze sah gähnend zu. Als sie jedoch bemerkte, dass sich in dieser ansonsten langweiligen Umgebung etwas tat, was vielleicht mehr Aufmerksamkeit verdiente, glitt sie auf den Boden, sprang von Schublade zu Schublade und setzte dann mit einer vollendeten Dreipunktlandung auf dem Schreibtisch auf.

Beide inspizierten den Mörtel, in dem die Stäbe steckten. Er wies zahlreiche Risse auf. Das Fensterbrett war mindestens fünfzehn Zentimeter breit. James Carlton rüttelte an einem der Stäbe. Locker. Ein Stück Mörtel löste sich und kullerte über den Rand.

Schnell zog er sein Taschenmesser heraus und hackte drauflos. Die Katze hatte die großen Pfoten unter ihren Brustkorb geschoben und sah neugierig zu. Offensichtlich fand diese Tätigkeit ihren Beifall, denn sie schnurrte wie eine Zugmaschine. Dass James Carlton sich an den Stäben zu schaffen machte, schien sie unendlich zu befriedigen, und er stellte sich vor, die Katze wäre die Reinkarnation eines ehemaligen Gefangenen, der hier oben krepiert war und jetzt endlich den Augenblick seiner Befreiung gekommen sah. Und er fragte sich, ob sie vorhatte, mit ihm an den Tüchern hinunterzuklettern. Ziemlich unwahrscheinlich.

Schritte.

Er sah auf die Uhr. War es wirklich schon Zeit fürs Abendessen? Aber die Katze wusste, was Schritte zu bedeuten hatten, und sprang vom Schreibtisch; sie landete geduckt auf dem Boden und trottete zu dem Türschlitz.

James Carlton brach der kalte Schweiß aus. Aber was hatte er schon zu befürchten? Noch nie hatte jemand das Zimmer betreten.

Die Schritte hielten inne. Es schepperte, und das Tablett wurde durch den Türschlitz geschoben, vor dem die Katze wie vor einem Mauseloch saß.

James Carlton sah von seiner erhöhten Position herab.

Jell-O.

Wieder auf seinem Bett, leckte er sich das Fett von dem Brathähnchen von den Fingern, die Katze leckte sich die Pfoten. Mit dem Einbruch der Nacht verfärbte sich das Fenster dunkelviolett. Irgendwo am Himmel sah er sogar zwei kalt glitzernde Sterne. Er gähnte. Die Stange hatte auch noch bis morgen Zeit. Aber er langweilte sich, und es gab nichts Interessantes in diesem

Zimmer außer dem Bücherbord in der Ecke, auf dem ein paar alte Bücher mit einer dicken Staubschicht standen, die schon lange nicht mehr in die Hand genommen worden waren – einige Romane von Dickens, so vergilbt und fleckig, als hätten sie im Regen gelegen; ein paar dünne Gedichtbände, zwei Kochbücher, die noch in ihren zerrissenen Schutzumschlägen steckten.

Er zerrte *Eine Geschichte aus zwei Städten* heraus, was beinahe so schwierig war, wie die Eisenstange zu lockern. James Carlton war eine ausgesprochene Leseratte, aber er hatte gleich zu Anfang beschlossen, dass er keine Zeit zum Lesen hätte – nicht, wenn es so viele Probleme zu lösen gab. Er wunderte sich, dass seine Entführer so dumm waren und Bücher herumliegen ließen, während sie alles Übrige, Schreibpapier und Hefte, entfernt hatten. Um jemandem eine Nachricht zukommen zu lassen, hätte er nur eine Seite rauszureißen brauchen. Man konnte sogar einen Text zusammenstellen, indem man die Wörter oder Buchstaben unterstrich, und das war auch ohne Bleistift möglich. Er hatte zu diesem Zweck immer ein Streichholzbriefchen bei sich, falls jemand den Bleistiftstummel in seinem Strumpf entdecken sollte. Mit Streichhölzern konnte man alles Mögliche anfangen, nicht nur Dinge in Brand setzen. Wäre er von seinen Entführern nicht außer Gefecht gesetzt worden, hätte er mit den Streichhölzern eine Spur hinterlassen können, obwohl sie vielleicht nicht bis an den Ort seiner Gefangenschaft gereicht hätten.

Er blickte auf das Tablett und das Brötchen auf seinem Teller. Bis morgen würde es hart sein und sich ganz einfach zerkrümeln lassen. Falls er sich im Wald verliefe, könnte er dann zu seiner Orientierung eine Spur hinterlassen. Er hatte nicht den geringsten Zweifel, dass er bei Tagesanbruch im Wald sein würde. Er nahm das Brötchen vom Teller.

Hamburger, Brathähnchen, Pommes frites – warum hielten seine Entführer ihn nicht bei Brot und Wasser, um seine Widerstandskraft zu schwächen, bevor sie ihn folterten? Dieser Gedanke beunruhigte ihn etwas. Aber dann sagte er sich, dass sie das wohl nicht tun würden, denn er war sicherlich aus einem ganz bestimmten Grund gekidnappt worden – wegen des Lösegelds. J. C. Farraday war nämlich enorm reich.

Die Katze schlummerte am Fußende des Bettes, und er spürte, wie ihm die Augen zufielen. Aber einschlafen konnte verhängnisvoll sein. Er blickte auf den Dickens. Wenn man nicht einmal als Entführter Zeit zum Lesen fand, wann dann? Der Rücken brach beinahe auseinander, als er das Buch aufschlug, und die Seiten knisterten, so alt waren sie.

Ja, dachte James Carlton, das waren allerdings schlimme Zeiten gewesen. Eigentlich war es toll von Sydney Carton, überlegte er, dass er schließlich die Schuld auf sich genommen hatte. James Carltons Stiefvater sagte immer, die Zeiten hätten sich geändert, und das stimmte. Heutzutage würde man wohl kaum jemanden finden, der sich für einen hängen ließ. Sein richtiger Vater würde so etwas natürlich tun. Und seine richtige Mutter auch. Er sah vom Buch hoch und fragte sich, wo die beiden wohl waren. Sein Vater war wahrscheinlich Bankdirektor oder Baseballspieler, und er sah aus wie Jim Palmer. Die Baltimore Orioles waren James Carltons Lieblingsteam. Er wusste auch, wie seine Mutter aussah: wie Sissy Spacek. Der Beweis war für ihn weniger das kleine Foto, das Penny besaß, sondern dass Penny selbst wie Sissy Spacek aussah – die gleichen Sommersprossen, die gleichen langen, glatten Haare und die etwas schrägstehenden Augen. Im Grunde war er davon überzeugt – obwohl er außer Penny nie jemandem davon erzählt hatte –, dass Sissy Spacek tatsächlich seine Mutter war. Er hatte alle ihre Filme mindestens dreimal gesehen. Immerhin hatte er ihr längst verziehen – er konnte verstehen, dass es nicht so einfach war, sich in Hollywood durchzusetzen, dass man um fünf Uhr morgens, wenn man sein Make-up auflegen musste, nicht auch noch Kinder herumschleppen konnte. Er hegte keinen Groll gegen Sissy. Bevor er ohnmächtig geworden war, hatte er kurz Sissy Spaceks Gesicht vor sich gesehen. Es war eine äußerst turbulente und seltsame Szene gewesen: Sie schien durch einen Kugelhagel, blutüberströmte Straßen und Berge von Leichen zu rennen.

Er vertiefte sich wieder in sein Buch. Ja, der alte Sydney war okay, aber es hatte ihm mehr Spaß gemacht zu lesen, wie Louis diese eiserne Maske verpasst bekam. Er schloss die Augen und versuchte, sich das Gefühl vorzustellen. Würde es jucken? Drüben in dem Papierkorb lag eine braune Tüte, deren Ränder zum Ausfüttern nach außen umgelegt waren. Er holte sie heraus, betrachtete sie kurz und bohrte dann mit seinem Bleistift drei Löcher hinein: zwei oben und ein etwas größeres weiter unten. Er stülpte sie sich über den Kopf und setzte sich. Natürlich musste er sich vorstellen, dass sie wahnsinnig schwer und überall vernietet und verschweißt war. Sein Gesicht fing an zu jucken, aber er kratzte sich nicht, denn mit der richtigen Maske wäre das auch nicht möglich gewesen. Es musste den armen Louis zum Wahnsinn getrieben haben; wenn man den Arm monatelang in der Schlinge hatte, fühlte sich das genauso an.

Schließlich hielt er es nicht länger aus und kratzte sich doch. Er stellte den Dickens zurück und holte ein anderes Buch herunter: *Die Freude am Kochen*. Es sah aus, als wäre es hundert Jahre alt. James Carlton hatte keine Ahnung vom Kochen, da er aber nichts Besseres zu tun hatte, schaute er unter ‹Brathähnchen› nach. Erstaunlich, was man alles mit einem Hähnchen machen konnte. Er las die Rezepte durch die Löcher in der Tüte. Hähnchen mit Klößen, Hähnchen gebraten, gegrillt, Hähnchen mit unaussprechlichen Namen. Das von heute Abend muss gebraten gewesen sein –

Er ließ das Buch auf den Boden fallen und starrte vor sich hin, während er über das Hähnchen nachdachte … und dann über den Hamburger. Genau wie er ihn mochte …

Er stürzte zum Schreibtisch, kletterte hoch und starrte in die Nacht hinaus. Es war noch nicht völlig dunkel; das Laub der Baumwipfel glänzte an manchen Stellen wie Lackleder im Licht des Mondes, der wie ein Silberdollar am Himmel hing. Er war so aufgeregt, so voller Panik, dass er nicht einmal bemerkte, dass er immer noch die Papiertüte trug. Er riss sie herunter und presste sein Gesicht gegen die Stäbe. Er sah den Mond, der einen silbernen Streifen über das schwarze Wasser warf, dazu die Bäume und das Ufer; alles zusammen ergab die Umrisse des Bildes, das er vor ein paar Stunden im Detail gesehen hatte.

James Carlton hatte ein fotografisches Gedächtnis, eine Fähigkeit, die Leute wie Harvey Schoenberg und auch seine Lehrer faszinierend fanden; andere jedoch, die es vorgezogen hätten, wenn bestimmte Dinge in Vergessenheit geraten wären, waren weniger davon angetan. Wie zum Beispiel Amelia Blue, die wusste, dass im Gedächtnis ihres Stiefsohns ein, zwei Zwischenfälle gespeichert waren, an die sie lieber nicht erinnert werden wollte.

Er brauchte also gar kein Tageslicht, um zu erkennen, dass der Fluss da draußen fünfmal so breit war wie der Avon.

Und er brauchte auch das Hähnchen nicht noch einmal zu probieren, um zu wissen, dass es einfach prima schmeckte.

Ganz zu schweigen von dem Hamburger mit dem Klacks Senf, dem Ketchup und den zwei Gurkenscheiben.

Er drehte sich langsam um und starrte auf die graue Katze. James Carlton, der sich immer sehr viel Mühe gegeben hatte, seinen Südstaatenakzent auszumerzen, und der Pennys ‹Scheiß drauf› und dergleichen Ausdrücke, die eine niedrige Herkunft verrieten, nach Möglichkeit vermied, sagte jetzt: «Gottchen, Katze. Wir sitzen in der Scheiße – das is nich Stratford!»

Die Katze warf ihm nur einen kurzen Blick zu, streckte sich und träumte weiter von Mäusen und Jell-O.

Er hatte es von Anfang an gewusst.

18

London? Was soll das heißen, London?», fragte Agatha Ardry und nahm sich noch einen Toast von Melroses Toastständer. Nein, Frühstück wollte sie nicht; sie habe schon mit den Randolph Biggets gefrühstückt. Also stand zu vermuten, dass sie ihm einfach nur seines wegessen wollte. Das dritte Stück Toast bestrich sie nun schon mit Orangenmarmelade. Sie wiederholte ihre Frage: «Warum willst du denn bloß nach London?»

«Um die Queen zu sehen», sagte er und trug in sein Kreuzworträtsel eine Lösung ein.

«Und mich lässt du hier hocken.» Von keinerlei moralischen Zweifeln angenagt, winkte sie den Kellner heran und bestellte Toast nach.

«Einsam und verlassen wie Robinson Crusoe; allerdings hatte

der nur seinen Freitag, während du den ganzen Bigget-Clan um dich herum hast.»

«Mein lieber Plant, ich habe dir bislang trotz deiner Fehler immer zugutegehalten, dass du als Gentleman zumindest weißt, was sich gehört. Aber ich sehe –» Ihre Tirade über den Verlust von Melroses letzter Tugend wurde vom Kellner unterbrochen, der den Toastständer auffüllte. «Jury führt wieder was im Schilde, oder? Darum fährst du nach London.»

Melrose sah von seinem Kreuzworträtsel auf. «Etwas im Schilde? Jury ist, falls du dich erinnerst, Superintendent beim New Scotland Yard. Ich würde die Ermittlungen in einem weiteren schauerlichen Mordfall auf den Straßen dieser sonst so friedlichen Stadt nicht so bezeichnen.»

«Was, es gab noch einen? Einen weiteren Mord?» Der Toast mit dem kleinen Berg Quittenmarmelade verharrte auf halbem Weg in der Luft.

«Das weißt du noch nicht? Da bist du die Einzige in ganz Stratford. Gestern Abend. Eine junge Amerikanerin, die mit einer Reisegesellschaft unterwegs war. Kehle aufgeschlitzt – von einem Ohr zum anderen.» Es bereitete ihm ein perverses Vergnügen, ihr das zu erzählen.

Agatha erschauerte. «Du bist wirklich blutrünstig, Plant –»

«Ich? *Ich* habe die junge Dame doch nicht umgebracht.»

«Amerikanerin? Eine Amerikanerin, sagst du?» Ihre Augen traten hervor. «War denn diese andere Person nicht auch Amerikanerin?»

«So wie du. Und die Biggets.»

Der Löffel, mit dem sie ihren dritten Tee umgerührt hatte, fiel klirrend auf die Untertasse. «Allmächtiger! Willst du damit sagen, der Betreffende hat es auf Amerikaner abgesehen?»

«Wahrscheinlich ein später Unabhängigkeitskriegsfanatiker.»

«Wen hat er umgebracht und warum?»

«Ich hab's dir doch gesagt, eine junge Amerikanerin, eine Touristin. Die Polizei wird auch noch nicht wissen warum.»

Sie senkte die Stimme. «Ein Sexualverbrechen, nicht?»

«Keine Ahnung.» Melrose beendete sein Kreuzworträtsel in der Überzeugung, einen neuen Weltrekord aufgestellt zu haben: weniger als fünfzehn Minuten und gleichzeitig Agatha am Hals. Er schickte sich an zu gehen und gab ihr die Zeitung. «Da kannst du es nachlesen.»

«Wohin gehst du?»

«Ich sagte es bereits. Nach London.»

«Also so viel steht fest, die Biggets und ich werden keine Sekunde länger in Stratford bleiben», sagte sie entschlossen, während sie ihre Serviette ablegte.

Mit zusammengekniffenen Augen betrachtete er sie. «Und wohin fahrt ihr?»

«Nach Long Piddleton, nehme ich an.»

Melrose beugte sich über den Tisch und sagte ausdruckslos: «Wenn ich nach Ardry End zurückkomme und auch nur *einen* Bigget vorfinde, werde ich ihn oder sie persönlich an die Ufer des Piddle begleiten.»

«Also wirklich! Es ist eine Schande, dass du nichts von der Gastfreundlichkeit deiner lieben, toten Eltern geerbt hast. Deine liebe Mutter, Lady Marjorie, Countess von Caverness –»

Gepeinigt schloss er die Augen. «Warum musst du meine Eltern jedes Mal, wenn du von ihnen sprichst, ankündigen wie ein Butler die Gäste eines Balls?» Er stand auf und sah auf sie herunter. «Also vergiss nicht: *Ein Bigget* –» und er fuhr sich mit dem Finger über die Kehle.

Ziemlich schauerliche Geste in Anbetracht der Umstände, dachte er.

Um Viertel vor zehn befand sich an diesem Morgen in Stratfords Bibliothek neben Melrose nur noch ein Leser – ein alter, tattriger Mann, der langsam in einer Zeitschrift blätterte und rhythmisch dabei hustete. Abgesehen von dem Husten herrschte Grabesstille, während Melrose sich seine Notizen machte, ein Buch mit elisabethanischen Gedichten aufgeschlagen vor sich.

Da es in der Bibliothek kein Kopiergerät gab, schrieb er das Gedicht mühsam ab. Es hatte zahlreiche Strophen. Wahrscheinlich hätte er das Buch auch ausleihen können, aber da er nicht in Stratford wohnte, hätte sein Begehren eine endlose bürokratische Maschinerie in Gang gesetzt.

Er schraubte die Kappe seines Füllfederhalters zu, las das Gedicht noch einmal durch und schlug das Buch zu. Nur das Ticken der Standuhr, das Rascheln der Zeitschrift und das gelegentliche Klappern der Absätze der Bibliothekarin waren zu hören, als er die Ereignisse der letzten vierundzwanzig Stunden noch einmal Revue passieren ließ. Dann stand er auf, stellte den Gedichtband zurück, suchte sich aus dem Katalog eine Signatur heraus und trat damit an ein anderes Regal, von dem er sich ein weiteres Buch holte.

Er schmökerte eine Stunde lang darin herum. Dann schlug er auch dieses Buch zu und trommelte mit den Fingern auf den Deckel, während er darüber nachdachte.

Vielleicht nebensächlich, dachte Melrose stirnrunzelnd, aber doch sehr merkwürdig.

19

Als Jenny Kennington die Tür des schmalen kleinen Häuschens in der Ryland Street in Stratfords Altstadt öffnete, zuckte Jury ein wenig zusammen, nicht, weil sie sich verändert hatte, sondern weil sie sich kein bisschen verändert hatte. Sie trug das Haar auf dieselbe Art, die hellbraunen Locken lässig nach hinten gekämmt und im Nacken von einem kleinen Tuch zusammengehalten. Der Rock war vielleicht ein anderer – gute Wolle sieht immer gleich aus –, aber der Pullover war bestimmt derselbe. Er erinnerte sich, wie sein silbriger Faden die letzten Sonnenstrahlen eingefangen hatte, als sie in dem großen, leeren Speisesaal in Stonington standen.

«Superintendent Jury!» Ihr Lächeln verschwand so schnell, wie es gekommen war, als wüsste sie nicht genau, woran sie mit ihm war. Doch als sie nach der ersten Überraschung zur Seite trat, um ihn hereinzulassen, schien sie sich eines Geheimnisses bewusst, von dem keiner von ihnen ahnte, dass sie es teilten.

Jury bot sich ein vertrautes Bild: Der Raum – eine Art Salon – stand voller Umzugskartons, einige waren fertig gepackt und verschnürt, andere halb voll oder noch leer. Er wusste, was das zu bedeuten hatte – sie war nicht dabei einzuziehen.

Sie folgte seinem Blick und hob hilflos die Arme. Betrübt sagte sie: «Ich scheine nie in der Lage zu sein, Ihnen einen Stuhl anbieten zu können. Außer dem Bett und einigen anderen Sachen habe ich die Möbel alle verkauft. Es schien mir nicht sinnvoll, all die sperrigen Stücke mitzunehmen …»

«Ich brauche keinen Stuhl. Hält das Ding hier mein Gewicht aus?» Er zeigte auf einen der verschnürten Umzugskartons.

«Natürlich.»

Vorsichtig setzte er sich auf die Kante des Kartons.

Sie nahm auf einem anderen ihm gegenüber Platz. «Haben Sie eine Zigarette?»

«Ja.» Er hielt ihr die Packung hin. Es war nur noch eine darin. Als er sie danach greifen und dann zögern sah, sagte er: «Bedienen Sie sich. Ich versuche sowieso, weniger zu rauchen.» Er hätte sein ganzes Monatsgehalt für eine Zigarette und eine Flasche Whisky gegeben, um dies durchzustehen. Sie zögerte immer noch. «Bitte», drängte er sie.

«Wir teilen sie uns.»

«Okay», sagte er lächelnd und gab ihr Feuer. «Wohin soll's denn gehen?»

«Ich habe eine alte, ziemlich kranke Tante. Sie möchte eine Kreuzfahrt machen und braucht eine Begleitung. Ich bin ihre einzige Verwandte und umgekehrt. Alle anderen sind tot.» Sie blies den Rauch ihrer Zigarette aus und reichte sie Jury. «Es ist komisch. Andere Leute scheinen immer mehr dazuzukriegen – ich meine Ehemänner, Kinder, Enkelkinder –, nur bei mir wird es immer weniger.»

In ihren Worten klang kein Selbstmitleid mit. Der unbeteiligte Ton verlieh ihnen jedoch eine umso eindringlichere Wirkung.

Jury zog einmal an ihrer Zigarette, ihren Mund wie eine Erinnerung kostend, und gab sie ihr zurück. «Das muss ja nicht so sein.»

Sie schien auf einen Punkt in der Luft über seiner Schulter zu starren. «Das frage ich mich.» Ihre Blicke trafen sich.

Er entrang sich ein Lächeln. «Wenn Sie lediglich auf Reisen gehen –» Er sah sich im Zimmer um. «Warum dann das hier?»

«Ich fürchte, es wird eine lange Reise werden.»

Die Zigarette, die sie ihm zurückgegeben hatte, war beinahe abgebrannt. Er zog nicht daran, denn er fürchtete sich vor dem Augenblick, in dem sie ausgehen würde. «Aber wenn Sie zurückkommen … ich meine, Sie müssen sich doch irgendwo niederlassen. Wissen Sie nicht, wo?»

Sie schüttelte den Kopf und sagte: «Eigentlich nicht. Es könnte sein, dass ich eine Weile bei Tante Jane wohnen werde. Obwohl ich nicht glaube, dass sie, so wie sie aussieht, noch lange leben wird –»

«Sie müssen das doch nicht tun», sagte er plötzlich.

«Wenn Sie nur etwas früher gekommen wären», sagte sie.

Jury sah zu, wie der kleine weiße Zylinder der Zigarette sich in Asche verwandelte, und erinnerte sich an die letzte Begegnung mit ihr. Staub und Asche schienen zwischen ihnen zu stehen. Er fragte sich, ob er allmählich fatalistisch wurde. «Sie können nicht Ihr ganzes Leben lang ziellos umherirren.»

«Wir – ich meine, meine Familie – haben früher hier gelebt. Nicht *in* Stratford. Etwas außerhalb. Das Haus war viel zu groß für mich, um einfach dorthin zurückzukehren. Und jetzt ist es ganz heruntergekommen; die Seitenflügel sind nur noch Schutt; das Pförtnerhaus ist ein Steinhaufen –»

Es war, als knüpfte sie an eine Unterhaltung an, die nicht vor Monaten, sondern vor wenigen Minuten stattgefunden hatte.

«… Als ich dorthin fuhr, wurde mir klar, dass man die Vergangenheit nicht zurückholen kann.»

«‹Natürlich kann man.›» Er verbrannte sich die Finger an der Zigarette und musste sie fallen lassen. Sie trat sie aus.

Als er wieder aufsah, lächelte sie freudlos. «Das habe ich noch nie gehört. Glauben Sie das wirklich?»

«Gatsby hat das gesagt. Sie wissen schon. Fitzgeralds Gatsby. Über Daisy.»

Sie ließ den Blick durch das ganze Zimmer schweifen, nur ihn sah sie nicht an. «Daisy. Aha.»

Jury stand auf. «Ich muss gehen. Ich fahre in einer knappen Stunde nach London zurück. Hören Sie, Sie werden doch noch ein paar Tage hierbleiben? Könnten Sie mich nicht anrufen, bevor Sie aufbrechen?» Er gab ihr seine Visitenkarte und schrieb seine Privatnummer auf die Rückseite.

«Ich werde vermutlich noch eine Woche hier sein.» Sie sah auf die Karte in ihrer Hand. «Gut, ich werde anrufen.»

An der Tür sagte sie traurig: «Aber bei ihm hat es nicht geklappt, oder? Ich meine Gatsby.»

Jury lächelte. «Das kommt wahrscheinlich auf den Standpunkt an.»

Als er die Ryland Street zurückging, fiel ihm auf, dass sie kein einziges Mal über Mord gesprochen hatten.

20

Nachdem Melrose Agatha zum Frühstück genossen hatte, stand ihm nun Harvey Schoenbergs Gesellschaft bevor. Als er die «Ente» betrat, saß Harvey schon da, den Arm um seinen Computer gelegt, und trank Bier.

«Hallo, Mel!», rief er über das Stimmengewirr einer merklich geschrumpften Menge von Gästen. Nach den Enthüllungen der letzten beiden Tage mussten die Touristen panikartig die Flucht ergriffen haben.

«Guten Morgen», sagte Melrose und legte seinen Spazierstock auf den Tisch. «Ich nahm an, Honeysuckle Tours sei bereits nach London unterwegs.»

«Die Verzögerung haben wir J. C. zu verdanken, Sie wissen schon, Farraday. Ihr Freund Rick versucht, ihn zum Fahren zu überreden. Aber er meint, er rührt sich nicht von der Stelle –»

«Rick?»

«Ja. Der Typ von Scotland Yard.» Harvey hob sein Glas. «Wollen Sie ein Bier?»

«Lieber einen Sherry. Tio Pepe, trocken.»

«Tio. Klar. Passen Sie bitte auf das Ding auf, okay?» Er wies mit einem Kopfnicken auf den Ishi.

«Ich werde ihn nicht aus den Augen lassen.»

Während Harvey zur Bar ging, zog Melrose den gefalteten Papierbogen aus seiner Tasche. Er las sich das Ganze noch einmal durch, besonders die Strophe, die der Mörder für seine makabren Zwecke verwendet hatte.

Wenige Minuten später kam Harvey zurück, stellte den Sherry auf den Tisch und nahm den Faden der Unterhaltung wieder auf, als hätte es die Unterbrechung nicht gegeben. «Ich meine, Sie können dem armen Kerl auch keinen Vorwurf machen, denn Jimmy ist noch immer nicht aufgetaucht.» Er senkte die Stimme. «Sie glauben doch nicht, dass dem Jungen was zugestoßen ist, oder?» Als ihm Melrose nicht sofort antwortete, stieß er ihn in die Seite. «Sie wissen schon, was ich meine.»

«Ich weiß. Aber es würde nicht recht ins Schema passen, oder?»

«Schema? Welches Schema?»

«Beide Opfer waren Frauen. Sie kannten den kleinen Jungen ziemlich gut, nicht wahr? Sie waren doch derjenige in der Gruppe, mit dem er am häufigsten gesprochen hat.»

«Kann schon sein. Über Computer. Ich bin selten jemandem mit einer so schnellen Auffassungsgabe begegnet. Ich habe versucht, ihm die Zukunftsperspektiven klarzumachen, ich meine in beruflicher Hinsicht. Der Kleine hat was auf dem Kasten. Also, ich muss gleich wieder los.» Er leerte sein Glas, stand auf und schlang sich den Riemen der Kiste über die Schulter. «Mann, ich kann's kaum abwarten, in London zu sein. Können Sie sich das vorstellen? Nach Deptford gehe ich als Erstes. Dann Southwark und vielleicht Greenwich. Hören Sie, ich sollte Sie eigentlich herumführen.» Er zeigte auf seine Jackentasche. «Die Stadtteile auf der anderen Seite der Themse kenne ich wie meine Westentasche, wenigstens so, wie sie einmal ausgesehen haben. Kommt von den vielen Plänen, die ich studiert habe. Heute wird es da vermutlich anders aussehen.» Seufzend zog er von dannen, nicht ohne einigen Gästen im Vorbeigehen kräftig den Computer in die Seite zu rammen.

In der Tür traf er auf Jury. Die beiden wechselten ein paar Worte, dann klopfte Harvey Jury auf die Schulter und verschwand.

«Hallo, Rick», sagte Melrose und zog Jury einen Stuhl heran. «Nehmen Sie Platz und entspannen Sie sich.»

«Danke. Honeysuckle Tours sind in ‹Brown's Hotel› einquartiert. Hoffentlich bleiben sie auch dort.»

«Harvey bestimmt nicht. Er hat nämlich einen Bruder, der nach London kommt; allerdings kann ich mir schwer vorstellen, dass Bruder Jonathan Harvey überallhin begleiten wird. In Gedanken streift er nämlich schon jetzt durch ganz Southwark und Deptford. Er hat mich eingeladen mitzukommen.»

«Hat er mir gerade erzählt. Die Sache mit dem Bruder, meine ich. Wohnt offensichtlich ebenfalls im ‹Brown's› Hotel, wenn er in London ist. Honeycutt hat uns übrigens keine Märchen aufgetischt. Unsere Nachforschungen haben ergeben, dass keiner der Reisenden am Hungertuch nagt.» Jury seufzte. «Wir können sie nicht daran hindern, ihr Hotel zu verlassen. Amelia Farraday würde am liebsten den ersten Flug zurück in die Staaten nehmen; mir ist nur unklar, ob sie lieber unliebsamen Erinnerungen oder der Polizei entfliehen will. Ich glaube allerdings, dieser Flug lässt sich unterbinden. Wollten Sie gerade gehen? Ich will mir schnell einen Drink und etwas zu essen bestellen. Übrigens habe ich Sie auch im ‹Brown's› einquartiert. Sie können sie im Auge behalten. Lassen Sie sich mal von Harvey Southwark zeigen. Was zum Teufel hofft er dort vorzufinden?»

«Die gespenstisch über der Themse emporragenden Dachbalken des Gasthauses, in dem der gute alte Kit Marlowe getötet wurde, vermute ich. Ich habe Ihre Hausaufgaben für Sie gemacht. Das Gedicht – ich habe es abgeschrieben.»

Als Melrose den Bogen aus der Tasche zog, sagte Jury: «Wie zum Teufel haben Sie das rausgekriegt, wo wir doch jeden verfügbaren Mann im Dezernat Gedichtbände wälzen ließen –?»

«Ganz einfach. Ich bin davon ausgegangen, dass es aus elisabethanischer Zeit stammt und in einer Anthologie enthalten ist. Deshalb nahm ich mir in der Bibliothek die umfangreichste Anthologie vor, die ich finden konnte. Im Register ging ich die ersten Zeilen durch.»

«Aber wir waren uns doch einig, dass es kein Gedichtanfang ist.»

«Ist es auch nicht. Ich bin nach der Metrik gegangen.» Melrose rückte seine Goldrandbrille zurecht. «Dadurch konnte ich wenigstens drei Viertel der Gedichte ausschließen. Vielleicht mehr. Es hat einen sehr gleichmäßigen Rhythmus, einen jambischen Trimeter. Bei Pentametern oder ähnlichem wäre es weitaus schwieriger gewesen. Ich habe lediglich alle Gedichtanfänge in Trimetern angekreuzt.»

«Teufel auch», sagte Jury lächelnd.

«Ja. Geradezu clever von mir, nicht?» Er räusperte sich und las:

«Der Schönheit rote Nelken
sind Blumen, die verwelken.
Ein goldner Schimmer in der Luft,
Königinnen verblichen und liegen in der Gruft.
Staub –»

In diesem Augenblick ging die Tür der «Ente» auf. Oh, mein Gott! dachte Melrose. Er hatte Vivian Rivington total vergessen, und da stand sie.

Er hielt Jury das Papier vor die Nase. «Hier, lesen Sie.»

«Hören Sie, ich bin doch nicht kurzsichtig!», sagte Jury, nahm das Blatt und beugte sich darüber.

Melrose und Jury saßen versteckt in einer Ecke. Vielleicht würde Vivian mit ihrem Begleiter – ein schlanker, dunkler Bursche, zweifellos ihr Verlobter – einfach wieder gehen. So etwas Peinliches! Wenn sie sich nur nicht umdrehte –

Sie drehte sich um.

Und natürlich hob Jury, der das Gedicht durchgelesen hatte, gerade in diesem Augenblick den Kopf.

Melrose war froh, nicht in der Schusslinie der Blicke zu sitzen, die zwischen Jury und Vivian hin und her flogen.

«Der Teufel soll mich –» murmelte Jury und stand auf, als sie lächelnd auf ihren Tisch zukam. Sie sah einfach hinreißend aus in ihren Jeans und der weißen Seidenbluse; der dunkelhaarige Mann folgte ihr auf den Fersen.

Sie streckte die Hand aus. «Inspector Jury, na, so was –»

«Miss Rivington. Was für eine Überraschung.»

Wie banal, dachte Melrose und war dennoch erleichtert. Wenn sie noch immer bei ‹Inspector› und ‹Miss› waren, weshalb, zum Teufel, machte er sich dann Sorgen? Oder taten sie nur so, als wüssten sie nicht, was sie mit ihren Händen anfangen oder als Nächstes sagen sollten, weil hinter ihr dieser Graf von Monte Christo stand?

«Entschuldigung, ich –» Vivian drehte sich zu dem dunklen Burschen mit dem Adlergesicht um, der mit südeuropäischer Grazie dastand, die Hände in den Taschen seines Blazers, die Daumen nach außen, und sich höflich verbeugte. «Franco Giapinno, mein, äh – Inspector Richard Jury und Lord – ich meine, und Melrose Plant.»

Die alte vertraute Vivian errötete wie ein Kind, das beim Theaterspielen seinen Text vergessen hat. Es folgten ein gemurmeltes «Angenehm» und ein sehr leiser Wortwechsel in gutturalem Italienisch zwischen Vivian und Giapinno, gegen den Melrose sofort eine heftige Abneigung empfand.

«Warum eine Überraschung?», fragte Vivian Jury. «Hat Ihnen Melrose nicht erzählt, dass ich hier bin –?»

Sie verstummte, während Jury Melrose einen Blick zuwarf, der eine durchgehende Büffelherde zum Stehen gebracht hätte.

«Nein», sagte er nur.

Melrose fühlte sich in die Enge getrieben. «Nun, jedenfalls heißt es nicht mehr Inspector, Vivian», sagte er herzlich. «Es heißt inzwischen Superintendent.»

«Das ist nur recht und billig», sagte sie mit jener Aufrichtigkeit, die selbst ihren banalsten Kommentaren Intensität verlieh. «Franco und ich sind, äh …»

Franco schien den Satz nur zu gern für sie zu beenden. «Verlobt.» Mit einer aufreizend besitzergreifenden Geste legte er den Arm um ihre Taille.

Alle lächelten.

Jury lehnte Giapinnos Einladung zum Lunch ab. «Tut mir leid, aber ich wollte gerade nach London fahren. Das Auto steht schon draußen.»

«Oh», sagte Vivian und legte ihre ganze Enttäuschung in diese eine Silbe. «Es geht sicher um … Ich habe von dem Mord in Stratford gehört … Geht es darum –?»

«Ja, darum geht's», sagte Jury übertrieben knapp.

Der Abschied war so seltsam wie die Begrüßung. Vivian und der Italiener entfernten sich eilig. Wenigstens sind wir nicht zur Hochzeit eingeladen worden, dachte Melrose.

Es herrschte längeres Schweigen, während sie verlegen herumstanden; Melrose starrte auf den Dielenboden und hatte beinahe Angst, Jury in die Augen zu sehen, der sich umständlich eine Zigarette anzündete.

Es war Jury, der schließlich durch die aufsteigende Rauchsäule hindurchsprach.

«Nicht zu fassen. Von allen Kaschemmen der ganzen Welt kommt sie ausgerechnet in meine.»

Zweiter Teil

Deptford

«Das schlägt einen Menschen
härter nieder als eine große Rechnung
in einem kleinen Zimmer.»

William Shakespeare,
Wie es euch gefällt

21

Chief Superintendent Racer schlug wütend die Akte zu und starrte über seinen Schreibtisch hinweg auf Sergeant Alfred Wiggins. Dass dieser bislang nichts mit dem Mordfall zu tun gehabt hatte, machte ihn zwangsläufig zur idealen Zielscheibe für Racers bissige Bemerkungen.

Wiggins tat, was er in schwierigen Situationen immer tat – er putzte sich die Nase.

«Es tut mir leid, Sie von Ihrem Krankenlager hierherzitieren zu müssen», sagte Racer mit gespielter Besorgnis.

Doch bei Wiggins verfehlte jeglicher Sarkasmus sein Ziel. Jury vermutete, dass Wiggins sein berufliches Überleben nicht zuletzt seiner Fähigkeit zu verdanken hatte, alles wörtlich zu nehmen. «Das macht gar nichts, Sir. Es ist nur diese Allergie. Es ist einfach beängstigend, wie viele Pollen ...»

Unterdrückte Wut vertiefte noch die rote Färbung in Racers aufgedunsenem Gesicht, das bereits gezeichnet war von zu vielen Brandys zum Lunch im Club. Seine Beherrschung währte jedoch nur kurz. «Die Pollen kümmern mich einen Dreck. Ich bin doch keine Biene. Und tun Sie diese verdammte Packung weg!»

In Stress-Situationen greifen manche zur Waffe, andere zur Zigarette; Wiggins hingegen zog eine neue Packung Hustenbonbons aus der Tasche. Er war gerade dabei, die Zellophanhülle zu entfernen: «Entschuldigen Sie, Sir.»

Jury gähnte und schaute wieder zu Racers Bürofenster hinaus in den schmutziggrauen Himmel über New Scotland Yard und auf den kleinen Ausschnitt der Themse, der hinter der Kaimauer sichtbar wurde. Racer bestand auf einem Zimmer mit Aussicht. Umso besser, dachte Jury, falls er sich eines Tages entschließen sollte, sich aus dem Fenster zu stürzen. Racers Stimme dröhnte weiter auf Wiggins ein, während Jury abwartete. Er wusste, dass der Chief Superintendent nur Fingerübungen machte, bevor er die eigentliche Operation begann, nämlich Jury zu sezieren: Er zog sich gleichsam die Gummihandschuhe an und legte Messer, Skalpelle und Pinzetten zurecht. Racer hatte seine wahre Berufung bei der Polizei verfehlt. Er hätte Rechtsmediziner werden sollen.

Als er mit Wiggins, der ein wenig blass aussah (was er allerdings immer tat), fertig war, lehnte Racer sich in seinem ledernen Drehstuhl zurück, zupfte ein Fädchen von seinem maßgeschneiderten Anzug, rückte die Mininelke in seinem Knopfloch zurecht und schenkte Jury ein schneidendes Lächeln.

«Der Schlächter», sagte er und sah Jury an, als säße ihm der Schlächter in all seiner blutigen Pracht gegenüber. «Es ist wirklich bemerkenswert, *Superintendent*» (Racer hatte Jurys letztjährige Beförderung bis heute nicht verkraftet), «dass Sie rein zufällig nach Stratford-upon-Avon fahren und mit zwei Morden und einem Vermissten auf Ihrem Konto zurückkommen.» So wie sein Vorgesetzter sich ausdrückte, hätte Jury genauso gut ein Sammler obskurer Kriminalfälle sein können. Racer stand auf, um seine obligatorischen Runden im Zimmer zu drehen, und fügte großmütig hinzu: «Nicht dass ich Sie persönlich für die Umtriebe dieses Verrückten verantwortlich machen kann –»

«Ich danke Ihnen», sagte Jury.

Kurze Pause. «*Superintendent* Jury, Ihr Sarkasmus ist gänzlich unprofessionell und fehl am Platze.» Er stand hinter ihnen und glaubte vielleicht, einen psychologischen Vorteil zu haben, wenn er zu ihren Hinterköpfen sprach. Aus den Augenwinkeln sah Jury, dass Wiggins die Gelegenheit beim Schopf ergriff, um vorsichtig die Packung Hustenbonbons zu öffnen.

«Doch, wie mir scheint», fuhr Racer fort, «begnügen Sie sich nicht damit, sondern greifen beharrlich in Ermittlungen ein, die in den Zuständigkeitsbereich der Polizei von Warwickshire fallen. Haben *die* etwa um unsere Hilfe gebeten? Keineswegs! *Mir* bleibt es dann überlassen, die Wogen zu glätten und dem Chief Constable dort süßen Brei ums Maul zu schmieren –»

Süßen Brei? Racer? Säure in die Augen tröpfeln wäre wohl richtiger. Der zahnlose Tiger brüllte hinter ihnen weiter.

Obwohl Chief Superintendent Racer, bildlich gesprochen, in den letzten Zügen lag, weigerte er sich standhaft zu sterben. Jurys Kollegen bei Scotland Yard hatten sich im letzten Jahr ohne Ausnahme auf Racers Pensionierung gefreut. Sie war aber nicht erfolgt; Racer zögerte sie immer wieder hinaus, als wäre sie gleichbedeutend mit dem Ende. In der Gewissheit, sein Ableben stünde bevor, hatten sie sich (natürlich wieder bildlich gesprochen) um seinen Sarg versammelt, bloß um festzustellen, dass die Leiche sich heimlich aus dem Staub gemacht hatte und am Montag in perfekt gebügelten Hosen aus der Savile Row und mit der Miniblume im Knopfloch zu neuem Leben erweckt am Schreibtisch saß.

«– damit nicht genug, oh, nein! Dann, anstatt die ganze Angelegenheit den Jungs aus Stratford zu überlassen, *schleppen Sie die ganze Bagage auch noch nach London ein!* Warum, Jury? *Nach London! Nach London!* –»

«Um ein weiteres Schwein zu schlachten.» Manchmal konnte Jury sich einfach nicht zurückhalten.

Schweigen. Der Redeschwall war unterbrochen. Wiggins warf Jury einen kurzen Blick zu, starrte dann wieder geradeaus und lutschte verstohlen an seinem Hustenbonbon.

Racer beugte sich über Jurys Schulter, hauchte ihm den Dunst seiner Brandys mit Soda ins Gesicht und sagte: «Was war das, mein Junge?»

«Nichts, Sir.»

Der Redeschwall setzte wieder ein. «Seitdem Sie es zum Superintendenten gebracht haben, Jury –»

Jury wünschte, er hätte den Mund gehalten. Jetzt konnte er sich auf noch schlimmere Beschimpfungen gefasst machen, denn Racer war bei den Höhen und Tiefen von Jurys Karriere angelangt. «*Hinauf* haben Sie es geschafft, mein Junge. Sie können aber genauso leicht wieder *hinunterfallen* ...»

Verflucht, auf diese Art würden sie den ganzen Nachmittag hier zubringen.

Zum Glück wurden sie durch Racers Sekretärin unterbrochen, die hereinkam und einen Stoß Papiere auf seinen Schreibtisch legte. Fiona Clingmore trug etwas, was eigentlich ein Negligé hätte sein sollen, offenbar aber ein Sommerkleid war. Es war schwarz und schien vorne nur aus Rüschen zu bestehen, denen allein es zu verdanken war, dass Fiona nicht alles enthüllte. Die eine Hand auf den Schreibtisch gestützt, die andere in die vorgeschobene Hüfte gestemmt, stand sie vor ihnen, trommelte mit ihren knallroten Fingernägeln und ließ alle in den Genuss eines Blickes in ihr Dekolleté kommen. Fiona, das wusste Jury, hatte vor ein paar Jahren die vierzig überschritten, war aber nicht gewillt, die Waffen zu strecken.

«*Miss* Clingmore», sagte Racer, «ich wäre Ihnen sehr verbunden, wenn Sie künftig anklopften. Und schaffen Sie die räudige Katze da raus.»

«Entschuldigung», sagte sie, befeuchtete ihre Finger und klebte sich eine Locke an die Wange. «Sie sollen das hier sofort unterzeichnen. Der Berufungsausschuss braucht es.» Sie stürzte hinaus, vergaß zwar, die Katze mitzunehmen, nicht aber, Jury zuzuzwinkern. Er mochte Fiona und ihre immer besser inszenierten Auftritte. Er zwinkerte zurück.

Die Katze strich um ihre Beine herum und sprang dann ohne Umschweife auf Racers Schreibtisch, wo sie sich, massiv wie ein Briefbeschwerer, niederließ.

Racer verscheuchte sie, indem er offenbar speziell bei Katzen wirksame Flüche ausstieß, und setzte sich. «Was zum Teufel hat es mit der Reisegesellschaft auf sich, die Sie im ‹Brown's› einquartiert haben? Besteht da irgendein Zusammenhang?»

«Ich weiß es nicht. Ich weiß nur, dass die beiden in Stratford Ermordeten und der vermisste Junge dazugehörten.»

Racer schnaufte. «Und haben Sie das auch den Presseleuten erzählt, Jury? Die sind wie Lemminge die M-40 rauf- und runtergezogen.»

«Ich verkehre nicht mit der Presse. Das überlasse ich Ihnen.»

«Nun, *irgendjemand* muss verdammt noch mal geredet haben! Vermutlich diese verfluchten Idioten in Stratford.»

Jury rutschte ungeduldig auf seinem Stuhl herum und streckte die Hand nach unten aus, um die Katze zu streicheln, die seine Abneigung gegen Racer offenbar teilte. «Ich hielte es für das Beste, wenn Sergeant Wiggins und ich die Erlaubnis erhielten, den Fall weiterzubearbeiten, bevor ein weiterer Mord passiert», sagte er ruhig.

«Ein weiterer Mord? Was meinen Sie damit?»

«Dass der Mörder noch nicht fertig ist. Die Botschaft wurde noch nicht ganz übermittelt.»

Racer zog die Augenbrauen hoch. «Würden Sie mir das bitte erklären?»

«Nun, Sie haben doch das Gedicht gelesen. Bei Miss Bracegirdles Leiche fand man zwei Verse, bei der kleinen Farraday ebenfalls zwei. Die Strophe hat aber noch drei weitere Verse.» Und um Racers Blutdruck noch mehr in die Höhe zu treiben, fügte Jury hinzu: «Danach kann er natürlich mit einer neuen Strophe weitermachen.»

Der Gedanke an eine Mordserie von der Länge einer Perlenkette oder eines Gedichts mit zwölf Strophen brachte anscheinend sogar Racer zur Vernunft.

«Sie glauben, es wird einen weiteren Mord geben.» Er sah von Jury zu Wiggins und wieder zurück zu Jury. «Warum zum Teufel sitzen Sie beide dann noch hier und vergeuden meine Zeit? Machen Sie, dass Sie hier rauskommen.»

22

Sie dachte, ich wüsste nicht, was sie alles trieb? Amelia Blue Farraday stand vor einem Stripteaselokal in Soho und betrachtete die lebensgroßen Plakate. *In einem Schuppen wie diesem wäre sie eines Tages gelandet*, dachte sie und starrte vielleicht länger auf die Plakate, als nötig war, um die frei herumlaufenden Lustmolche und Wüstlinge nicht auf sich aufmerksam zu machen.

«Hallo, Süße.»

«Wohin soll's denn gehen?»

Die Fragen kamen von einem schlaksigen Burschen mit pomadigem, zurückgekämmtem Haar und dessen dickem Freund, der neben ihm stand und seine Gelenke knacken ließ. «Wir könnten viel Spaß miteinander haben.»

Amelia musterte sie abschätzig. In Georgia würde man Abschaum wie diesen mit Füßen treten. Sie würdigte sie keiner Antwort. Sie versuchte auch nicht, um sie herumzugehen; das würde so aussehen, als machte sie ihnen Platz. Sie streckte einfach die Arme aus, schob die beiden zur Seite und ging weiter die Soho Street hinunter.

Vielleicht besser, dass sie tot ist, dachte Amelia. *Vielleicht besser. Sie würde sich diesen beiden Nullen hingegeben haben, solange sie nur den angemessenen Preis entrichtet hätten.* Und mit diesem Gedanken, der weder Scham noch Schuldgefühle in ihr hervorrief, blieb Amelia erneut vor den riesigen Schaukästen eines heruntergekommenen Kinos stehen. *Ich hätte sie noch auf jedem Poster in der Second Avenue zu sehen bekommen. Großer Gott, dieses Kind machte auch vor nichts halt …*

Gelangweilt von Limonade und Bier auf der Veranda, gelangweilt von James C.s unbeholfenen Liebeskünsten, hatte Amelia sich auf «Gelegenheitsaffären» eingelassen, wie sie es nannte – auf den ersten besten, der ihr über den Weg lief. Doch sie hatte es zu ihrem Vergnügen getan, nicht für Geld – obwohl es mitunter kleine Geschenke gegeben hatte –, anders als Honey Belle, die sich wie eine gewöhnliche Hure verkaufte. Honey Belle war nach ihrem Alten geraten, diesem Taugenichts, diesem falschen Fünfziger, der sich für unwiderstehlich hielt.

Schäbig aussehendes Volk umgab sie, als sie in ihrem wiegenden Gang durch Soho schritt, und sie wusste, dass einige der Rempeleien nicht zufällig waren. Sie warf ihr blondes Haar zurück; sie trug es noch immer lang, trotz der Bemerkung, die dieser Knilch von einem Friseur gemacht hatte:

«Meine Liebe, es macht Sie um Jahre älter.» Ihre Haare waren schon immer aschblond und ihr ganzer Stolz gewesen. Sie würde keinen schwulen Londoner Figaro an sich ranlassen. Sie brauchte sie nur hochzustecken, mit ein paar Kämmen festzuhalten, und schon sah sie aus wie eine Königin.

Amelia hatte genug von den Stripteaselokalen, den Pornokinos und den billigen Chinarestaurants. Andererseits wollte sie verdammt sein, wenn sie mit diesen Idioten von der Reisegruppe auch nur ein weiteres Theaterstück absitzen würde oder wenn sie sich in ihrem Zimmer in diesem versnobten Hotel einsperren ließe. Die weißen Handschuhe, die Verbeugungen und das ganze Herumscharwenzeln. Sie war zwar froh, dass James C. Geld hatte, aber sie war kein Snob. Froh über das Geld, aber, du lieber Gott, wenn er nur nicht diese beiden Kinder hätte. Es waren nicht einmal seine eigenen Kinder, das machte die Sache besonders unverständlich. Mitunter fragte sie sich, was wohl mit dem Jungen passiert war. Sie hoffte, er würde einfach wegbleiben. Sie wusste, dass die beiden sie hassten wie die Pest, aber das war ihr egal. Sie hatte James C. und das Geld, und wenn die dachten, sie könnten ihr die Tour vermasseln, dann hatten sie nicht alle …

Es sah aus, als würde eine Mauer aus lauter Männern auf sie zukommen, dabei waren es nur vier. Und noch bevor sie sie richtig sehen konnte, hatten sie bereits diesen lüsternen Blick. Eine einzige kollektive Lüsternheit und alle möglichen Obszönitäten, ausgesprochen in diesem kehligen Cockney oder was das war, bei dem sie ganze Silben verschluckten («Schau dir mal die Titt'n

160

von 'er an, Jake … Ooooh …»). Sie hatten jedoch kaum Zeit zu dergleichen Bemerkungen, denn Amelias Busen bahnte sich unter Mitwirkung gelegentlicher Rippenstöße mit den Ellbogen bereits einen Weg durch die Mauer. Sie drehte sich auch nicht um, als die Bemerkungen anzüglicher wurden; sie war daran gewöhnt. Sie registrierte den Vorgang kaum, sondern setzte ihren inneren Monolog über Honey Belle fort …

Als dieser ekelhafte kleine Kerl, der sich als Detektiv ausgab, versuchte, sie zu erpressen, hatte Amelia bezahlt, den Bericht über Honey Belle gelesen und gleich darauf verbrannt. Sie war nie dahintergekommen, wer ihn auf die Fährte des Mädchens gebracht hatte, aber was gäbe es für ein Theater, wenn James C. jemals Wind davon bekäme, was die Kleine getan hatte: Nacktfotos, Pornofilme, einfach alles. Obwohl James C. kein Recht hatte, große Reden zu schwingen: nicht, nachdem sie ihn mit Honey Belle im Schlafzimmer erwischt hatte, die Hosen schon fast runter. Eine streunende Katze, das war sie. Schuld daran war nur ihr Vater; sie ist – war – genau wie er.

Amelia war nicht nach Soho gegangen, um etwas zu erleben; ihr war einfach nach einem kleinen Bummel zumute, bevor sie sich mit George in einem privaten Club in der Nähe des Berkeley Square Park traf. Von dem wenigen, das sie bisher von London kennengelernt hatte, war der schon eher nach ihrem Geschmack. Er lag in unmittelbarer Nähe des Hotels.

Vom Gehen erschöpft, winkte sie ein Taxi heran, ließ sich in den Rücksitz fallen und streifte die Schuhe ab. Gott, ihre Füße schmerzten von dem vielen Herumlaufen in dieser Stadt. Sie massierte an ihnen herum. Der Taxifahrer setzte sie am Berkeley Square Park ab, murrte über das Trinkgeld – *Sie können mich mal, mein Lieber* – und verschwand in der Dunkelheit.

Du lieber Himmel, diese Briten haben keine Manieren. Nur weil man Amerikaner ist, denken die, man schwimmt in Geld …

Amelia betrat den Park und summte eine Melodie vor sich hin. Es war natürlich vor ihrer Zeit gewesen, aber gab es da nicht dieses alte Lied, in dem eine Nachtigall im Berkeley Square Park singt? So um den Ersten Weltkrieg. Hatte es nicht ihr Pa manchmal gesungen? Amelia hörte Vogelgezwitscher und blieb stehen, um in das pechschwarze Geäst der Bäume hochzuschauen. Auf einer Parkbank am Weg lag ein Betrunkener und schnarchte, eingewickelt in seinen Mantel, als wäre es Januar und nicht Juli. Sie hatte schon lange nicht mehr an ihre Eltern, an ihren Pa gedacht. Er war irgendwo da oben im Himmel und schlief seinen Rausch aus, wie der Betrunkene da. Sie waren umherziehende Landarbeiter gewesen, weiter nichts, obwohl sie sich für James C. natürlich ein passenderes Elternhaus ausgedacht hatte. Doch das musste sie ihm lassen – er war kein Snob. Aber selbst James C. hätte gezögert, eine Frau von jener Sorte zu heiraten, die viele Leute noch immer als weißen Abschaum bezeichneten. Amelia hob den Kopf. Es galt, in dieser Welt zu überleben. Und seinen Spaß dabei zu haben. Sie ging beschwingt weiter, die große Tasche, die sie letztes Jahr in Nassau gekauft hatte, über der Schulter. Spaß macht doch das Leben aus, oder? War es ihre Schuld, wenn sie über Honey Belles Tod nicht trauriger sein konnte? Es war einfach Schicksal. Man stirbt so, wie man lebt, das ist alles. Irgendein verrückter Sexualverbrecher trieb sich in dieser blöden kleinen Stadt herum und hatte sich zufällig zwei Frauen von derselben Reisegesellschaft auserkoren – Amelia begann ein wenig zu schwitzen. Wenn ihr Mann, wenn James C. nun doch etwas über Honey Belle oder gar über sie selbst erfahren hatte! Quatsch. Sie verlangsamte ihre Schritte. Dennoch – woher sollte sie wissen, ob dieser Detektiv nicht auch zu ihm gegangen war, um die Informationen gleich zweimal zu versilbern? Und überhaupt, dachte sie, woher soll ich wissen, ob dieser Mann nicht von James C. beauftragt war? … Vielleicht lässt er mir auch nachschnüffeln? Wieder blieb sie abrupt stehen. Sie versuchte sich zusammenzunehmen: *Amelia Blue Farraday, du hast einfach nur Schiss, Herzchen.* So ein Quatsch. Nachdem sie sich so Mut gemacht hatte, setzte sie ihren Spaziergang durch den Berkeley Square Park fort.

Sie kam nicht weit. Im Park herrschte tödliche Stille, außer ihr schöpfte um diese Zeit niemand frische Luft; das Vogelgezwitscher verstummte, erklang erneut und verstummte wieder, als würde es sich dem Rhythmus ihrer Schritte anpassen.

Der Arm, der sich plötzlich um ihren Hals legte und ihn nach hinten bog; steckte in alter Wolle. Bevor sie spürte, wie sich etwas in ihre Kehle grub, schoss ihr ein Satz durch den Kopf: *Man stirbt, wie man gelebt hat.*

Eine kleine Gruppe von Polizisten stand im Berkeley Square Park. Die Parkeingänge waren abgesperrt, und Polizisten dirigierten den Fußgängerverkehr. Angesichts der Aufforderung weiterzugehen blieben die Passanten natürlich erst recht stehen. Binnen zehn Minuten hatte sich eine Kette aus Neugierigen um den Park gebildet. Fünfzehn Minuten später war die Kette schon sechs Reihen tief. Langsam fahrende Autofahrer verursachten ein höllisches Durcheinander; viele parkten ihre Autos und stiegen aus, um ihre Schaulust zu befriedigen. Eine Dreiviertelstunde nach Ankunft der Polizei hatte man den Eindruck, halb London hätte sich hier versammelt.

Jury sah auf den einst weißen, jetzt roten Hosenanzug herab. Der Schlächter hat saubere Arbeit geleistet, dachte er. Sie war kaum noch zu erkennen, nur ihr weißblonder Haarschopf war wie durch ein Wunder nicht blutgetränkt, vielleicht weil der Kopf so komisch schräg hing, nachdem man ihr die Kehle durchgeschnitten hatte. Das Gras um sie herum war rostbraun und noch immer klebrig. Ein langer Schnitt verlief vom Schulterblatt den ganzen Körper entlang und legte die Magenwand und die inneren Organe frei.

Wiggins sah Jury an. «Sieht sie genauso aus wie die beiden in Stratford, Sir?»

Jury nickte. Den Spurensicherer fragte er: «Was haben Sie bis jetzt gefunden?»

Der Mann drehte sich zu Jury um und blickte ihn über seinen Notizblock hinweg an. «Eingeweide», sagte er ruhig. Er sah fast schnieke aus in seinem gutgearbeiteten, passend trauermäßig dunklen Anzug.

«Das sehe ich. Das Blut muss ja überall hingespritzt sein –»

Der Mann nickte. «Auch der Mörder hat einiges abbekommen.» Er wies mit dem Kinn über die Schulter zurück. «In einer Mülltonne da drüben haben wir einen alten Mantel gefunden.»

«Sonst noch etwas? Vielleicht irgendeine Botschaft?»

«Sie haben es erraten, Superintendent. Auf einem Theaterprogramm von *Wie es euch gefällt*. Geben Sie mir noch fünf Minuten, dann haben Sie und der Arzt freie Bahn.» Er vervollständigte seine Notizen, und der Fotograf packte die Kamera ein.

Der Rechtsmediziner kniete neben der Leiche; er hielt ein blutverschmiertes Blatt Papier hoch, die erste Seite des Programms.

«Was ist das?», fragte Wiggins.

Jury las einen Vers vor: «Staub legte sich auf Helens Lider.»

«Ist das der letzte Vers des Gedichts?», fragte Wiggins.

«Nein. Es gibt noch zwei.»

Farraday bewahrte mit Mühe die Fassung, als Jury ihm die Hiobsbotschaft überbrachte. Er erinnerte Jury an einen Felsvorsprung, den der stete Wellenschlag immer tiefer aushöhlte. Die Frage war nur, wie lange es noch dauern würde, bis er zusammenbrach. Offensichtlich war es noch nicht so weit.

Penny Farraday wich ins Dunkel zurück, drehte sich dann um und lief ins Badezimmer. Jury hörte, wie sie sich erbrach. Gern hätte er ihr geholfen; aber er war vollauf mit Farraday beschäftigt.

Mit so blutleerem Gesicht, als wäre *er* unters Messer gekommen, führte Farraday das Brandyglas, das ihm Jury gereicht hatte, zum Mund. Seine Hand zitterte heftig. Er bewegte die Lippen. Schließlich brachte er hervor: «Wann ist es passiert?»

«Vergangene Nacht, nicht allzu spät, meint der Arzt. Vermutlich gegen Mitternacht.»

«Warum hat es so lange gedauert –?» Seine Stimme versagte.

Jury sprach die Frage zu Ende. «Bis man ihre Leiche gefunden hat? Der Täter, wer auch immer es gewesen ist, hat sie sehr gut im Gebüsch versteckt. Eine Frau, die ihre beiden Hunde spazieren führte, hat sie gefunden. Aber auch sie wäre daran vorbeigelaufen, wenn nicht die Hunde im Gebüsch herumgeschnüffelt hätten. Wir waren erst kurz vor zehn am Tatort.»

Farraday schien sich schon längst nicht mehr für diese Erklärung zu interessieren. Er fuhr sich mit der Hand übers Gesicht wie jemand, dem die Augen weh tun, weil er zu lange in die Sonne gestarrt hat.

Jury schoss es durch den Kopf, dass Farraday verdammt überzeugend wirkte, falls er ihnen etwas vorflunkerte. Wer auch immer hinter den Morden steckte, er hatte den Kreis der Verdächtigen verkleinert. Ein schrecklicher Gedanke. Aber es kam doch wohl nur jemand in Frage, der zu dieser Reisegruppe gehörte? Es sei denn, es verfolgte sie ein Jury völlig Unbekannter.

«Meinen Sie, Sie können darüber sprechen? Oder wäre es Ihnen lieber, wenn ich später wiederkäme?»

Statt ihm zu antworten, drehte Farraday den Kopf in Richtung der Tür, durch die Penny verschwunden war. «Wie wird es Penny gehen?»

«Wenn Sie möchten, hole ich sie –»

«Nein, nein. Hören Sie. Da Sie es sowieso herausfinden werden, ist es besser, Sie erfahren es von mir. Zwischen Amelia und mir standen die Dinge nicht zum Besten.»

Das hieß, sie stanken zum Himmel. Jury nahm die Flasche von dem Tisch neben dem Sofa und füllte Farradays Brandyglas wieder auf.

«Danke.» Er trank einen Schluck, und etwas Farbe kehrte in sein aschgraues Gesicht zurück. «Ich wollte, dass sie vergangene Nacht zu Hause bliebe. Mit mir essen ginge, vielleicht zu Simpson, und dann einfach nach Hause. Aber sie wollte nicht.» Er räusperte sich.

«Warum nicht?»

«Amelia sitzt nicht gern einfach herum …»

Jury wollte nicht laut aussprechen, was er dachte: *Nicht einmal nach der Ermordung der eigenen Tochter?*

Farraday tat es stattdessen. «Mein Gott, man könnte annehmen, dass nach dem, was mit Honey Belle –?» Er schüttelte den Kopf und flüsterte: «Gott ist mein Zeuge, ich glaube, es war ihr scheißegal. Oh, ich weiß, dass ihr Jimmys Verschwinden egal ist. Sie hat aus ihrem Herzen keine Mördergrube gemacht, was Penny und ihn betraf. Aber Honey Belle – das ist ihr eigenes Fleisch und Blut. Ich verstehe das nicht, ich verstehe das einfach nicht.»

«Glauben Sie, dass sie vielleicht nicht nur gelangweilt war, sondern aus einem bestimmten Grund ausgegangen ist?»

Farraday sah auf. «Ein Mann, meinen Sie?»

Jury nickte unglücklich.

«Mr. Plant?», sagte die junge Frau an der Rezeption von «Brown's Hotel». «Ich glaube, er hat das Hotel mit dem Herrn aus Zimmer» – sie ließ ihren Blick so schnell über die Kartei gleiten, dass es Jury vorkam, als hätte sie sich gar nicht abgewandt – «aus 106 verlassen. Ein Mr. Schoenberg.» Sie lächelte. Sie war außergewöhnlich hübsch.

«Wissen Sie zufällig, wann sie gegangen sind?» Jury erwiderte ihr Lächeln.

«Nun, ich glaube, so gegen neun.»

Jury wünschte sich, alle Hotelangestellten könnten genauso exakt über das Kommen und Gehen ihrer Gäste Auskunft geben. «Vielleicht haben Sie es schon gehört. Es hat einen bedauerlichen Unfall gegeben.»

Dass sie davon gehört hatte, verriet nur ein kurzes Nicken, ihr ernster werdender Gesichtsausdruck. Bemerkenswert gut ausgebildetes Personal, dachte Jury. Ihre jeweilige persönliche Verwunderung, Betroffenheit oder Aufregung behielten sie für sich. «Diese Mrs. Farraday hat gestern Nacht noch ziemlich spät das Hotel verlassen. Sind Sie hier gewesen?»

Die junge Frau schüttelte den Kopf. Sie schien weniger das vorzeitige Ableben eines Gastes zu bedauern als ihre Abwesenheit zur fraglichen Zeit, was es ihr unmöglich machte, dem Superintendent weitere Auskünfte zu geben: «Das muss meine Kollegin gewesen sein, die nachts Dienst hat –» Sie machte eine Bewegung, als wollte sie den Hörer abnehmen. «Möchten Sie, dass ich sie anrufe?»

Jury schüttelte den Kopf. «Bitten Sie sie nur, mich anzurufen, falls sie sich in Bezug auf Mrs. Farraday an etwas erinnert.» Er legte seine Visitenkarte auf den Tisch. «Dieser Mr. Schoenberg. Harvey. Haben Sie auch eine Reservierung für seinen Bruder?»

Erneut wanderte ihr diskreter Blick über die Kartei. «Haben wir. Ein Mr. Jonathan Schoenberg hat sich für heute Nachmittag angesagt.» Die hellgrünen Augen sahen ihn erwartungsvoll an, als hoffte sie, nun doch noch etwas zur Aufklärung beigetragen zu haben.

«Danke. Sie haben mir sehr geholfen.» Jury lächelte wieder. Jetzt sah sie ihn schon nicht mehr ganz so diskret an.

23

Auf einer Reise durch die Geschichte mit Harvey L. Schoenberg glaubte man, einem Pferd mit Scheuklappen zu folgen. Das Pferd sah alles, was unmittelbar vor ihm lag, und solange es sich nicht darum kümmern musste, was rechts oder links von ihm geschah, war es seiner Aufgabe gewachsen. Es kam wirklich wunderbar zurecht – kannte jeden Pflasterstein, jede Kurve, jeden Laternenpfahl.

«Traitor's Gate», sagte Harvey verzückt. Er sprach noch immer von dem Anblick, der sich ihnen geboten hatte, als sie über die massiven Bögen der Tower Bridge blickten. Nun standen sie in Southwark auf der anderen Seite der Themse, am Ende der neuen London Bridge, wo man sie auf Harveys Drängen hin abgesetzt hatte. «Stellen Sie sich bloß die Köpfe vor, die dort oben aufgespießt waren!»

«Wenn es Ihnen nichts ausmacht, lieber nicht. Öffentliche Hinrichtungen und dergleichen haben mir nie zugesagt. Ebenso wenig wie Hetzjagden.»

«Kommen Sie, Mel! Wo bleibt Ihr Sinn für Geschichte?»

«In meinem Magen.»

Doch das Feuer der Begeisterung in Harvey ließ sich nicht löschen; anders dagegen stand es mit seinem Durst. «Gehn wir in einen Pub. Fast genau an der Stelle, an der wir jetzt stehen, lag früher die sehr beliebte ‹Bärenschenke›.» Harvey hatte sich umgedreht und zeigte in die Ferne. «Da drüben lag die Tooley Street –»

«Da drüben liegt noch immer die Tooley Street, wenn ich mich nicht täusche.»

«Jaja, ich versuche Ihnen doch nur zu erklären, wie es *damals* aussah, als Marlowe durch diese Straßen ging. Es gab einen Haufen Pubs in dieser Richtung –»

«Ich bin sicher, auch heute noch.»

«– Es gab sogar einen ‹Schwarzen Schwan› hier; nördlich vom St. Thomas Hospital –»

«Es gibt immer einen ‹Schwarzen Schwan›. ‹Schwarze Schwäne› sind überall auf den Britischen Inseln zu finden.»

Harvey stieß einen Seufzer aus und faltete die alte Karte von Southwark zusammen, die er zu Rate gezogen hatte. Sie gingen die Southwark Street entlang. Harvey schüttelte den Kopf – ein

Mann, der die Welt nicht versteht. «Sie sind einfach nicht in der Stimmung für diese kleine Wallfahrt, Mel.»

«Ich dachte, wir würden nach Deptford gehen. Zu dem Wirtshaus von Mistress Bull, wo dieser schnöde Mord passiert ist.»

«Machen wir ja auch. Aber zuerst müssen wir uns Southwark ansehen. Überlegen Sie doch, wie viel Zeit Marlowe hier verbracht hat.» Sie waren eine Steintreppe hinabgestiegen und sahen jetzt zur beeindruckenden Fassade der Southwark Cathedral empor. Schoenberg warf einen Blick auf die Karte und rückte den Riemen seines Ishi zurecht. «Das hier war die Kirche von St. Mary Overies. Kennen Sie die Geschichte? Wirklich traurig. Da drüben lagen die Bordelle.»

«Bordelle?»

«Das Amüsierviertel. Southwark war ein richtiger Sündenpfuhl. Kriminelle flüchteten aus der Stadt hierher, um der Justiz zu entgehen – so wie man in den USA die Staatsgrenzen überquert. Ich frage mich, wo Hog Lane liegt. Da hat Kit sich mit Bill Bradley duelliert.»

«Marlowe duellierte sich ständig. Daher verstehe ich auch nicht Ihren unerschütterlichen Glauben an diese absurde Theorie. Gehen wir was trinken.»

Hinter der Kathedrale waren sie durch ein Gewirr von engen, trostlosen Gassen zwischen großen Lagerhäusern gegangen, bis sie schließlich eine Kneipe fanden. Trotz der abseitigen Lage war sie brechend voll. Melrose fragte sich, wo bloß die ganzen Leute herkamen.

«Sehen Sie es doch mal so», sagte Harvey, der sein Bierglas mit beiden Händen festhielt und Melrose aus ernsten, grauen Augen anblickte: «Okay, ich gebe zu, dass Marlowe sehr schnell ausrastete. Aber erklären Sie mir doch mal, wie zum Teufel es zu so einem ‹Unfall› kommen konnte? Ich meine, dass er sich den eigenen Dolch ins Auge rammt. Oder, um genauer zu sein, knapp darüber?»

Melrose zündete sich eine Zigarre an. «Ganz einfach. Gestatten Sie, dass ich es Ihnen zeige.» Melrose ergriff seinen Spazierstock. «Nehmen Sie mal an, der Knauf des Stocks sei der Griff eines Dolches. Sie – Frizer – sitzen eingekeilt zwischen Poley und Skeres, und Marlowe fuchtelt Ihnen mit dem Dolchgriff im Gesicht herum. Damals wird so etwas durchaus üblich gewesen sein, irgendwie eine Art Vorgeschmack auf das nachfolgende Duell. Das bedeutet, dass die Spitze des Dolches auf Marlowe gerichtet war, nicht wahr? Und als Frizer versuchte, die Waffe abzuwehren, drang sie in Marlowes Stirn.» Melrose zuckte mit den Schultern. «Ich verstehe nicht, wieso das so schwer zu begreifen ist.»

Harvey versagte ihm nicht den gehörigen Respekt. «Sieh an, Sie haben Ihre Hausaufgaben gemacht, was?»

«Ja. Ich habe in der Bibliothek von Stratford ein paar Bücher konsultiert. Irgendwie betrachte ich es als meine Aufgabe, Sie von dieser wahnsinnigen Theorie über Shakespeare abzubringen … alles, was recht ist … oh, Harvey, um Himmels willen, nicht schon wieder dieser verdammte Computer.»

Aber Harvey hatte bereits den Computer hervorgeholt und hämmerte wie wild auf den Tasten herum. Dann saß er mit gespitzten Lippen da und wartete, dass seine Datei auf dem Bildschirm erschien. «Da ist es: medizinischer Befund. An einer solchen Wunde wäre er nicht gestorben.»

«Medizinischer Befund? Was für ein Befund?»

Harvey kratzte sich am Kopf. «Nun, betrachten wir ihn als

Mutmaßung seitens eines Wissenschaftlers. Und noch was: Wenn es wirklich so war, warum haben dann Bob Poley und Nick Skeres dem armen alten Kit nicht geholfen? Können Sie mir das beantworten? Sie waren doch seine Kumpel, oder? Die beiden sitzen also einfach seelenruhig da? Der einzige Grund, weshalb sie so seelenruhig dasitzen, ist, dass die ganze Sache von Anfang an *geplant* war!» Er schaltete den Ishi aus, hob triumphierend sein Glas und sah sich in dem verrauchten, überfüllten Raum um. «Stellen Sie sich nur vor, wie es in diesen Kneipen ausgesehen hat.»

Wie auch immer ihre Vorstellungskraft heute noch in Anspruch genommen werden sollte – Melrose hoffte nur, Harvey würde dazu lediglich sein Gedächtnis und nicht mehr die Datenbank des Ishi hinzuziehen. Noch eine einzige Datei auf dem Bildschirm seines Computers, und er würde ernsthaft erwägen, sich in die Themse zu stürzen.

«Stellen Sie sich mal vor, Sie führen Ihr Pferd in den Hof, und die Bediensteten kommen angerannt, um Sie zu empfangen; der Stallknecht nimmt Ihnen das Pferd ab, und der Knecht zündet in Ihrer Stube ein Feuer an –»

«Der Stallknecht, dem es immer gelingt, sich in der Nähe Ihrer Geldbörse aufzuhalten, und der Kammerherr, der sie Ihnen dann raubt –»

«Ein echter Zyniker», fuhr Harvey in traurigem Ton fort. «Und der Wirt, der Ihnen aus den Stiefeln hilft, als wären Sie bei sich zu Hause; und der Bierzapfer, der ihre Zeche auf einer Tafel am Tresen markiert –»

«Und Ihr immer heiterer Gastgeber, der nicht nur Wirt, sondern auch Geldverleiher ist und Bauernlümmel ebenso betrügt wie junge Kavaliere; und der Schankkellner, dem es immer ge-

lingt, Ihnen auf der Tafel ein paar Kreidestriche mehr unterzu-
jubeln –»

«Sie sind echt witzig, Mel. Aber denken Sie bloß an die Mahl-
zeiten, die Ihnen am lodernden Kaminfeuer serviert wurden –
für etwa acht Shilling bekamen Sie ganze Platten voller Lamm
und Huhn und Speck, Taubenpasteten, Brot und Bier –»

«Und die Gasthäuser waren Sammelplätze für Duellanten und
Kurtisanen … Wenigstens hielt es sie von der Straße fern.»

«Kommen Sie, Mel. Würden Sie nicht Ihr letztes Hemd dafür
geben, wenn Sie die Zeit um vierhundert Jahre zurückdrehen
könnten?»

«Die Zeit zurückdrehen! Nein, danke. Zurück in ein Jahrhundert, in dem Goldschmiede Bankiers und Friseure Chirurgen
waren? Mit Straßen, nicht breiter als Gassen, sodass nur zwei
quietschende Karren hindurchkamen, und Gassen, nicht breiter als Gehsteige? In eine Zeit, als die überhängenden Geschos-
se, die die Amerikaner so pittoresk finden, wegen der Enge als
Behausungen dienen mussten? In der es Aufstände und Feuers-
brünste gab, die Wohnungen Rattenlöchern glichen und die Luft
so pestgeschwängert war, dass man die Nacht mit zugezogenen
Bettvorhängen verbringen musste, um sich nicht die Seuche zu
holen? In dem ständig zu hören war: ‹Er hatte weder Hab noch
Gut›? Die Zeit zurückdrehen? Seien Sie kein Idiot.» Melrose
trank sein Ale aus.

«Mann, Sie können einen wirklich runterziehen.»

«Das ganze 16. Jahrhundert konnte einen runterziehen, mein
Lieber. Wenn ihr Amerikaner eine Ahnung von elisabethanischer Politik gehabt hättet, dann hättet ihr Nixon dafür applau-
diert, dass er so zuvorkommend und aufrecht war.»

«Nixon? Dieser Hurensohn?»

Melrose, der merkte, dass er auf einem höchst unerwarteten Feld einen Vorteil errungen hatte, lächelte bezaubernd und sagte: «Ach ich weiß nicht. Ich habe mir Richard Nixon immer als Maria, Königin von Schottland, vorgestellt.»

«Nicht zu fassen», sagte Harvey und sah niedergeschlagen von seinem Plan des historischen Deptford auf die neue, schäbig aussehende Siedlung. «Pepys Park. Begreifen Sie das?»

«Sie dachten doch wohl nicht, dass es in Deptford Strand noch Duelle, Halskrausen und liederliche Dämchen gibt?»

«Na klar. Aber im Ernst …» Er drehte sich um und sah zur anderen Straßenseite hinüber. Dort lag eine Kneipe, die «Victoria» hieß. Am «John Evelyn» waren sie etwas früher vorbeigekommen. «Ich meine, können Sie verstehen, warum man diesen verfluchten Ort mit Apartmenthäusern zugebaut hat?»

«Durchaus.» Melrose sah auf Harveys Plan. «Das ‹Gasthaus zur Rose›, das dieser Mistress Bull gehörte, sehe ich hier nicht.»

Harvey kratzte sich am Kopf: «Nun, niemand wusste genau, wo es eigentlich war. Kommen Sie, gehen wir weiter.»

«Gehen wir lieber zu ‹Brown's Hotel› zurück», sagte Melrose.

«Hören Sie doch endlich auf, mir den Tag zu versauen. Kommen Sie.»

Und sie setzten ihren Weg zum Fluss fort.

«Wie wär's hiermit?», sagte Harvey und sah an der hohen Fassade eines heruntergekommenen Pubs empor. Ein Schild mit einer matten gelben Sichel darauf verkündete dem Betrachter, dass er vor dem «Halbmond» stand.

«Nicht schlechter als die anderen. Bestimmt gibt es das ursprüngliche Gasthaus Ihrer Mistress Bull nicht mehr.»

«Woher wollen Sie wissen, dass es nicht das hier war?» An der Seite des Hauses zweigte eine schmale Gasse ab. Ein unbeholfen beschriftetes Hinweisschild mit einem Pfeil an der Seite wies in ihre Richtung. «Sehen Sie mal, da steht, dass es auf der Rückseite einen Garten gibt.»

«Es ist vermutlich der Weg nach Kew.»

Das Gebäude war entschieden hässlich, die dunkle Fassade endete oben in einem überhängenden Dachgeschoss, wodurch es schief und aufgebläht wirkte. Die Tür wurde auf einer Seite von einem Gitterwerk flankiert, dessen grüne Farbe bereits abblätterte.

«Es muss sehr alt sein. Das Gitterwerk war früher das Zeichen für eine Alebrauerei. Sie haben es entweder rot oder grün gestrichen.» Harvey zerdrückte seine Mütze in den Händen und betrachtete das Haus voller Ehrfurcht.

«Oh. Sie glauben doch nicht im Ernst, dass Sie das ursprüngliche Gebäude finden werden, oder? Denken Sie etwa, es sei als lebender Beweis Ihrer Theorie stehengeblieben? Kommen Sie, ich habe Durst. Sehen wir nach, ob der glückliche Wirt einen Old Peculier hat.»

Drinnen sah es nicht einladender aus als von außen. Die Butzenscheiben mit ihrer dicken Rußschicht ließen kaum Licht herein. Hinter dem langen Tresen, den der auf einer Zigarre kauende Wirt soeben mit langsamen Handbewegungen abwischte, hing ein schöner geschliffener Spiegel, auf dessen vergoldetem Rahmen kleine Amoretten, Pane und andere unbedeutende Gottheiten augenscheinlich Dinge trieben, die man besser im Verborgenen tut. Die wenigen Gäste – es war noch nicht einmal elf Uhr vormittags – sahen aus, als wären sie hier geboren worden.

Auf alle schien die düstere Atmosphäre abgefärbt zu haben. Von den Zigaretten stiegen kleine Rauchsäulen zur Decke empor. Die Gäste husteten. Es roch nach Brackwasser und totem Fisch. Doch zumindest konnten sich die Gäste an dem wunderschönen Spiegel und den alten Zapfhähnen aus Porzellan satt sehen. Allerdings legten die Anwesenden darauf scheinbar keinen großen Wert.

«Hallo», sagte Harvey und ließ ein paar Münzen auf den Tresen rollen. «Zwei davon.» Er zeigte auf einen der Zapfhähne. Als der Wirt mit dem Bier kam, fragte Harvey leutselig wie immer: «Sagen Sie mal, das hier ist nicht zufällig das ehemalige ‹Gasthaus zur Rose›, oder?»

«Das ehemalige was, Kumpel?» Der Wirt kniff die Augen zusammen.

«Es gab einmal ein Gasthaus in Deptford Strand, das angeblich ‹Zur Rose› hieß. Die Wirtin war eine gewisse Eleanor Bull. Meiner Meinung nach müsste es irgendwo hier gewesen sein. Christopher Marlowe wurde darin umgebracht.» Er schob Melrose ein Aleglas zu und trank einen kräftigen Schluck aus seinem.

«Ein Mord?» Der Wirt wurde blass. «Was reden Sie da? Hören Sie, sind Sie von der Polizei oder was?»

«Polizei? Wer, *wir*? Nein, nein, Sie verstehen nicht –»

Wird er auch nie, dachte Melrose seufzend. Er erhob sich von dem unbequemen hölzernen Barhocker, nahm sein Bier und setzte sich an einen Tisch. Von dort sah er zu, wie Harvey auf den Wirt einredete. Eine verbittert aussehende Frau, die am Tresen vorbeistolzierte wie auf Sprungfedern, blieb stehen und mischte sich in das Gespräch ein. Schließlich setzte Harvey sich achselzuckend zu Melrose an den Tisch.

«Sie haben noch nie was von der ‹Rose›, von Eleanor oder von Marlowe gehört. Aber sie sagten, dass sie für Leute, die unter sich sein wollen, noch Hinterzimmer haben. Kommen Sie, die schauen wir uns mal an.»

Harvey ging durch einen schmalen dunklen Flur voraus, an dessen Ende links und rechts zwei Türen in zwei identisch aussehende Zimmer führten. Deren einzige Ausstattung bestand aus runden Tischen und Stühlen, die ebenso wenig zum Sitzen einluden wie die im Hauptraum. Die letzte Tür führte ins Freie; über ihr hing ein Schild – «Vorsicht Kopfhöhe».

Sie zogen die Köpfe ein und betraten den Garten beziehungsweise das, was in grauer Vorzeit einmal ein Garten gewesen, aber inzwischen völlig überwuchert war. Eine Öffnung in der bröckelnden Steinmauer führte auf die schmale Gasse.

Melrose ließ sich auf einer schiefen Bank nieder, während Harvey begeistert die Szene musterte. «Genauso könnte es ausgesehen haben, Mel.» Er bewegte sich plötzlich wie ein Regisseur, der die Positionen der Schauspieler festlegt, Kit dahin und Bob dorthin dirigiert. «Sehen Sie es nicht vor sich?»

«Nein», sagte Melrose charmant. Er gähnte.

«Sagen Sie es niemandem», sagte Harvey, als sie sich an einem Tisch im öffentlichen Teil des «Halbmondes» niedergelassen hatten, «aber ich schreibe gelegentlich selbst Gedichte.»

«Glauben Sie mir», sagte Melrose, der sich insgeheim Gedanken darüber machte, ob schon einmal jemand in einem Aleglas ertrunken war, so wie dereinst der Herzog von Clarence in einem Fass Malvasier, «ich werde es keiner Menschenseele verraten.»

«Hauptsächlich Sonette. Ja, und sie sind alle hier drin.» Er tätschelte den Computer, trank von seinem Bier und betrachtete Melrose aus den Augenwinkeln. «Wollen Sie einen Vers hören? ‹Im Sand noch der Abdruck des Fußes –›»

Melrose unterbrach ihn eiligst. Er würde dieses Gedichteaufsagen im Keim ersticken, und wenn es ihn das Leben kostete. «Wenn ich Sie wäre, würde ich beim Programmieren von Computern bleiben.»

Harvey schüttelte betrübt den Kopf. «Wissen Sie was, Mel? Sie können einem wirklich alles vermiesen.»

«*Ihnen* doch nicht. Sie werden sich auch weiterhin gut amüsieren, ohne dass ich Sie daran hindern könnte.»

«Was machen *Sie* übrigens, wenn Sie sich amüsieren wollen? Haben Sie ein Mädel?»

«Ein Mädel?»

«Ja, Sie wissen schon.» Er zeichnete mit den Händen Kurven in die Luft.

«Natürlich weiß ich. Im Moment leider nicht. Und Sie?»

Harvey ließ den Blick über die dunklen, leeren Tische schweifen. «Ich hatte mal eins. Wir wollten heiraten. Ich kannte sie noch nicht sehr lange. Liebe auf den ersten Blick – wechselseitig.» Er seufzte. «‹Das war in einem andern Land. Und außerdem, die Dirn' ist tot.›»

Es überraschte Melrose nicht, dass Harvey Marlowe zitierte; allerdings verwunderte ihn der bittere Tonfall, den er von ihm nicht kannte. «Tut mir sehr leid.»

«Ah …» Mit einer Handbewegung schien er das Mädchen, den Tod und das andere Land wegzuwischen. «Ich grüble nicht. Das wäre das Schlimmste, was man tun kann. Es endet damit, dass man an nichts anderes mehr denkt, wenn Sie wissen, was ich meine. Hören Sie –» Harvey lächelte und legte eine Pfundnote auf den Tisch. «Legen Sie einen *quid* dazu – so nennt man das Pfund doch?»

«Ja, richtig.»

«Okay, wetten Sie auch einen *quid*, und wir werden sehen, wer gewinnt.» Harvey hob sein Glas. «Ich wette, Sie wissen nicht, wer das gesagt hat.»

«Wer was gesagt hat?» Melrose zog gehorsam eine Pfundnote aus dem Bündel in seiner Geldklammer.

«‹Wer liebte je, und nicht beim ersten Blick.›»

Melrose runzelte die Stirn. «Großer Gott, das kennt doch jeder Schuljunge. Es ist von Shakespeare.»

Selbstgefällig schüttelte Harvey den Kopf.

«Natürlich ist es von Shakespeare. Haben wir nicht alle schon zum hundertsten Male *Wie es euch gefällt* gesehen? Touchstone sagt es.»

«Marlowe sagt es.»

«Marlowe? Haha. Sie haben verloren.»

«Haha, *Sie* haben verloren!»

Zu Melroses nie endendem Missvergnügen beugte Harvey sich wieder einmal über den Ishi, tippte etwas ein, wartete einen Augenblick, bis der Text erschien, und lehnte sich dann strahlend zurück.

Melrose beugte sich vor und las:

Frei steht uns weder Hass noch Liebesglück.
Wir streben blindlings unter dem Geschick …
Wägt jeder ab, bleibt bei der Liebe gleich;
Wer liebte je, und nicht beim ersten Blick.

«Aus *Hero und Leander*», sagte Harvey und hob sein Glas. «Sie haben verloren.»

«Verflucht», sagte Melrose ohne Groll. Er hatte nichts dagegen dazuzulernen; selbst die Harvey Schoenbergs dieser Welt konnten einem etwas beibringen. «Sie meinen, der große Dichter hat es geklaut?» Melrose sammelte ihre Gläser ein.

«Nein. Er hat es zitiert. Sehen Sie sich den Text an. Er steht in Anführungszeichen.» Harvey beugte sich über den Tisch und sagte *sotto voce*: «Das ist ein weiterer Punkt, auf den ich meine Theorie stütze.»

«Bis gleich», sagte Melrose schnell und ging zum Tresen.

Wie vorauszusehen, hatte Harvey den Faden keineswegs verloren. Als Melrose die Biergläser absetzte, wiederholte er, «... ein weiterer Punkt». Er fing wieder an, auf der Tastatur des Ishi herumzuhämmern, und bemerkte dabei: «Meiner Meinung nach brauchen Sie nur die Sonette und das, was in diesem Stück steht, zu kombinieren, und alles läuft auf ein Wort hinaus. Sehen Sie sich zum Beispiel mal das an. Wieder Touchstone: ‹Das schlägt einen Menschen härter nieder als eine große Rechnung in einem kleinen Zimmer.›»

Melrose runzelte die Stirn. «Und worauf bezieht sich das?»

«Auf den *Mord* an Marlowe natürlich. Erinnern Sie sich denn nicht? ‹Die Rechnung› – der Streit im Wirtshaus drehte sich doch darum, wer die Rechnung zahlen sollte.» Er machte eine Handbewegung, als säßen sie tatsächlich in demselben Wirtshaus. «Wissen Sie, dass der Vers über die Liebe auf den ersten Blick der einzige ist, der nicht Shakespeares eigener Feder entstammt?»

«So?»

«Kommen Sie, Mel. Strengen Sie Ihren Grips an. Marlowes Tod hat Shakespeare offenbar verdammt nervös gemacht. Und jetzt kombinieren Sie das mit dem, was ich Ihnen noch erzählt habe –»

Melrose war glücklich, vorsorglich alles vergessen zu haben, was ihm Harvey erzählt hatte, sonst wäre er womöglich noch an Hirnfäule erkrankt. Er betrachtete den massiven Spiegel mit dem verzierten Goldrahmen über der Bar, während – klack, klack, klack – Harveys flinke Finger über den Ishi huschten.

«– mit den anderen Sonetten und besonders damit.» Auf dem Bildschirm erschien ein Text; Harvey hieb triumphierend auf eine Taste und las: «Leb' wohl, dich mein zu nennen, wär' Entweihung –'»

Melrose, der Wutausbrüche eines Gentlemans unwürdig und außerdem sehr ermüdend fand, erlag derartigen Gefühlen ziemlich selten. Doch nun ließ er seinen Spazierstock auf den Tisch niedersausen, dass Harvey samt dem Ishi einen Satz machte. «Sie gehen zu weit! *Das* ist vermutlich eines der schönsten Sonette, die je geschrieben wurden, und es ist ganz offensichtlich für eine Frau geschrieben – für die *Dark Lady* vermutlich …» Er verstummte. Melrose war sich keineswegs so sicher, aber er wollte auf jeden Fall verhindern, dass das Sonett in der Mühle von Schoenbergs Ishi zermahlen wurde. «*The Dark Lady*», wiederholte er. Warum konnten sie sich nicht über die französischen Symbolisten unterhalten?

«Ach, seien Sie doch nicht so romantisch. Es war Shakespeares Apologie oder wie man das nennt. Warten Sie nur, bis ich dem guten alten Jonathan alles erzählt habe.» Harveys Gesicht nahm einen ungewöhnlich finsteren Ausdruck an. «Er kommt heute Nachmittag. Mit der Concorde.»

«Jonathan scheint eine Menge in der Hinterhand zu haben.» Auf Harveys fragenden Blick fügte er hinzu: «Geld.»

«Ja. Nun, das Geld hatten die Alten.» Harveys Gesicht hellte sich wieder etwas auf, und er sagte: «Aber Sie haben auch genug davon und obendrein einen Adelstitel. Hören Sie, wollen Sie nicht mit uns zu Abend essen?»

Melrose war neugierig genug, um einzuwilligen. «Sie mögen Ihren Bruder nicht besonders, stimmt's?»

«Die Abneigung beruht auf Gegenseitigkeit. Aber zurück zu Shakespeare und Marlowe. Ich habe Ihnen ja gesagt, dass die Geschichte sich in einem Wort zusammenfassen lässt.»

Melrose musterte ihn düster; er hätte sich auf die Zunge beißen können, aber es entfuhr ihm trotzdem: «Und das wäre?»

«Reue. Der gute Billy wusste sehr wohl, was er getan hatte, das ist alles.» Vergnügt leerte Harvey sein Glas.

«Ich *hoffe*, dass das alles ist.» Melrose besann sich auf seine Kinderstube. «Ist Ihnen bewusst, dass wir hier sitzen und über den Mord an Marlowe sprechen, wo wir uns über sehr viel naheliegendere Morde unterhalten könnten?» Er sah Harvey an, der gerade seinen Ishi verstaute. «Was meinen Sie? Zu *denen* haben Sie doch bestimmt auch eine Theorie.»

Harvey zuckte die Achseln. «Irgendein Verrückter. Wer sonst?»

«Einer von Ihnen.»

Harvey starrte ihn an.

Jetzt war die Reihe an Melrose, vergnügt sein Bier hinunterzukippen.

24

Honeycutt», sagte Wiggins, «ist im ‹Salisbury Pub›.»
«Im ‹Salisbury›. Der verschwendet wirklich keine Zeit.
Kommen Sie, wir werden ihm Gesellschaft leisten.»

Der Ford stand scheinbar ewig in einem Stau am Piccadilly Circus. Doch selbst eine grüne Welle hätte ihnen hier wenig genützt, denn allen Verkehrsregeln und sogar der besseren Einsicht zum Trotz, dass schweres Metall den menschlichen Körper übel zurichten kann, versuchten die Fußgänger in Massen, sich einen Weg über die Straße zu bahnen. Man konnte es ihnen aber kaum verübeln, weil die Autos es ihnen gleichtaten, so als hätten alle samt und sonders gewettet, wer als Erster oder als Letzter über die Ampel kam, bevor sie umsprang.

«Warum stellen sie nicht einfach die verfluchten Ampeln ab und geben uns freie Hand?», sagte Wiggins und fuhr an drei Damen mittleren Alters heran, die offensichtlich nicht wussten oder wissen wollten, wie nahe sie der Stoßstange waren. Wie üblich belagerten Büroangestellte und Taubenscharen den Sockel der Eros-Statue, um dort ihre Mittagspause zu verbringen.

«Von Farraday einmal abgesehen, sind wir, was die anderen betrifft, einem Motiv keinen Deut nähergekommen. Er könnte Amelia aus Eifersucht getötet haben. Grund genug hatte er ja, weiß Gott. Er könnte doch seine äußerst verführerische Stieftochter ermordet haben, obwohl das nicht gerade plausibel scheint –»

«Was ist denn mit dieser Penny? Die hasste doch beide.» Schließlich war es Wiggins gelungen, in der Shaftesbury Avenue abzubiegen, wo er nach einem Parkplatz Ausschau hielt.

«Nein», sagte Jury in einem Ton, der Wiggins abrupt zur Seite blicken ließ. «Das halte ich für ausgeschlossen. Sie ist erst fünfzehn.»

Wiggins, der in einer Seitenstraße in der Nähe des «Salisbury» den Ford auf dem Bürgersteig parkte, schnalzte mit der Zunge. «Erst fünfzehn. Ich hätte nie geglaubt, so etwas aus Ihrem Mund zu hören, Sir. Sie scheinen langsam etwas gefühlsduselig zu werden.»

«Ich und Attila der Hunne», sagte Jury und kletterte aus dem Wagen. «Doch das erklärt nicht den Mord an Gwendolyn Bracegirdle.»

«Warum die alle Rollkragen so gern mögen?», fragte Wiggins, als sie im «Salisbury» waren, in dem wie immer um die Mittagszeit dichtes Gedränge herrschte. Obwohl das Publikum sehr gemischt war, hatte das «Salisbury» schon seit geraumer Zeit den Ruf, ein Treffpunkt der Londoner Schwulenszene zu sein.

Wiggins hatte recht; fünfzig Prozent der Gäste trugen Rollkragenpullover. Genau wie der junge Mann, der an Valentine Honeycutts Tisch saß. Honeycutt hatte tatsächlich keine Zeit verschwendet. Als Jury und Wiggins an seinen Tisch traten, blickte er auf und zog die Hand vom Knie seines Freundes. Der Freund, in engen Jeans und Rollkragenpullover, wandte sich den Neuankömmlingen interessiert zu. Honeycutt schien sein Interesse nicht zu teilen.

«O nein», seufzte er.

«Die Hiobsboten», sagte Jury, ohne darauf zu warten, dass

man ihnen einen Platz anbot. Er lächelte dem jungen Mann zu, der Zähne weißer als Schnee zeigte und dessen dunkle Locken sein glattes Gesicht – man wäre versucht zu sagen: auf byroneske Weisen umrahmte – hätte nicht Byron bekanntermaßen der Sinn nach anderen Dingen gestanden. «Sergeant Wiggins, Mr. Honeycutt.»

Als dem jungen Mann dämmerte, worum es ging, machte er ein enttäuschtes Gesicht, als hätte er sich von der unerwarteten Vergrößerung ihres kleinen Kreises etwas anderes erwartet. Obwohl ihm nach einem ersten zögernden Blick auf Jurys Lächeln klar zu sein schien, dass er nicht Jurys Typ war.

«Es tut mir leid, Sie stören zu müssen. Wir würden gern Mr. Honeycutt allein sprechen.»

Jury gestattete den beiden eine kurze Lagebesprechung im Flüsterton. Danach erhob sich der Mann im Rollkragenpullover und entfernte sich mit seinem Glas. Seine Jeans waren entschieden zu eng; Jury konnte fast die Nähte platzen hören.

Honeycutt war wie immer tipptopp in Schale: eine Jacke aus weichem Leder, um den Hals einen Seidenschal, der sich wie eine Kaskade über seinen Rücken ergoss, dazu weiße Cordhosen. Fehlte nur die Rennfahrerbrille. «Was gibt's denn schon wieder?», fragte er den lästigen Spielverderber.

«Mrs. Farraday. Amelia. Tut mir leid, Ihnen das sagen zu müssen, aber sie hatte einen Unfall. Einen tödlichen.»

«Oh, mein Gott!», sagte Honeycutt und ließ sich in das rote Sitzpolster zurücksinken. Über ihm hingen zu beiden Seiten der in einer Nische stehenden Bank wunderschöne, tulpenförmige Wandleuchter. Das «Salisbury» besaß eine der schönsten Inneneinrichtungen von allen Londoner Pubs. «Wo und wie ist sie zu Tode gekommen?»

Jury stellte eine ausweichende Gegenfrage: «Waren Sie gestern Abend in Ihrem Hotel, Mr. Honeycutt?»

«Ungefähr bis halb zehn oder zehn. Dann ging ich in ein kleines Restaurant in der Nähe, das ‹Tiddly-Dols›.» Als er sah, dass Sergeant Wiggins mitschrieb, runzelte er die Stirn. «Warum?»

«Waren Sie allein dort?»

«Nein, mit einem Freund – hören Sie, was sollen diese Fragen? Das hört sich ja an, als bräuchte ich ein Alibi. Sie verdächtigen doch nicht –»

«Und um wie viel Uhr haben Sie das ‹Tiddly-Dols› verlassen, Sir?», unterbrach Wiggins.

Honeycutt sah von Jury zu ihm. «Oh, ich erinnere mich nicht genau. So gegen elf … Aber ich verstehe nicht –»

«Der Name Ihres Freundes, Sir?», fragte Wiggins und befeuchtete die Spitze seines Bleistifts mit der Zunge. Wiggins hatte Angst vor jeder Krankheit, die einen Menschen befallen konnte, außer anscheinend vor einer Bleivergiftung.

Honeycutt öffnete den Mund, beschloss dann aber zu schweigen und sah wieder Jury an.

Jury merkte, dass er sich von nun an sperren würde, und sagte zu Wiggins: «Wie wär's, wenn Sie uns etwas zu essen holten? Für mich ein Stück Fleischpastete. Und ein großes Bier.» Wiggins klappte das Notizbuch zu und stand auf. Jury lächelte. «Hab heute noch nichts gegessen. Das Essen ist gut hier.»

Honeycutt schien sich zu entspannen. Jemand, der Appetit auf eine Fleischpastete hat, will einem schließlich nicht an die Gurgel.

«Sie haben mir noch immer nicht erzählt, wie es passiert ist, Superintendent.»

«Gestern Nacht im Berkeley Square Park. Übrigens nicht weit entfernt von dem Restaurant, das Sie erwähnten. Der Rechtsmediziner meint, gegen Mitternacht.» Wieder lächelte Jury.

Er hatte ihn bereits an der Gurgel. Valentine Honeycutt erbleichte. «Sie denken doch nicht, *ich* –»

«Oh, im Augenblick denke ich gar nichts. Aber Sie werden verstehen, dass wir die wenigen Leute in London, von denen wir wissen, dass sie das Opfer kannten, überprüfen müssen – alle, die mit Honeysuckle Tours unterwegs sind. Danke, Wiggins.» Der Sergeant hatte ihm einen dampfenden Teller mit gehacktem Rindfleisch und hübsch angebräuntem Kartoffelpüree vorgesetzt. Als Nächstes brachte er Jurys Bier und ein kleines Glas Guinness. «Essen Sie denn nichts, Wiggins?»

Wiggins schüttelte den Kopf. «Eine kleine Magenverstimmung.» Er holte ein kleines, in Folie gewickeltes Päckchen aus seiner Manteltasche und ließ zwei weiße Tabletten in sein Guinness fallen.

Jury hätte nie gedacht, dass sein Sergeant ihn noch überraschen könnte, bis er das Zischen hörte. «Alka Seltzer im Bier?»

«Oh, das wirkt Wunder für die Verdauung, Sir. Und Guinness ist auch gesund.» Wiggins öffnete wieder sein Notizbuch. Der samtige Schaum in seinem Bierglas brodelte.

«Haben Sie gestern Abend noch einen der Reiseteilnehmer gesehen? Oder haben Sie auch gestern Abend Ihre Politik des Laissez-faire praktiziert?», fragte Jury.

«Ich habe ein paar gesehen, ja. Aber wenn Sie genau wissen wollen, wann und wo wer war, dann fragen Sie am besten Cholmondeley.» In seiner Stimme schwang so viel Triumph mit, als hätte er das Huhn, das goldene Eier legt, gefunden.

«Wie kommen Sie darauf?»

«Weil er sich mit Amelia verabredet hatte, darum. Später am Abend.» Honeycutt zündete sich eine Zigarette an.

«Woher wissen Sie das?»

«Woher? Weil er es mir gesagt hat.»

Jury legte seine Gabel hin. «Merkwürdig. Er macht nicht den Eindruck, als würde er so etwas anderen anvertrauen.»

«Anvertrauen, nein. Ich nehme an, er sah nichts Vertrauliches darin. Er erwähnte es ganz beiläufig, nachdem ich ihn gefragt hatte, ob er mit mir zusammen ein Casino besuchen wolle.» Er zuckte die Achseln und sah beiseite, während sich feiner Rauch aus seiner Zigarette kräuselte. «George sagte einfach nur, er würde Amelia treffen.» Nach kurzem Schweigen fügte er, auf seine perfekt manikürten Fingernägel starrend, hinzu: «Er hat wohl kaum gewusst, dass sie ermordet werden würde.»

25

«Wie kommt es, dass ich meinen Lunch neuerdings regelmäßig in Polizeibegleitung einnehme?», fragte George Cholmondeley nicht unfreundlich, nachdem ihm Wiggins vorgestellt worden war und er sie mit einer Handbewegung aufgefordert hatte, Platz zu nehmen.

«Tut uns leid, Mr. Cholmondeley. An der Rezeption des ‹Brown's› hat man uns gesagt, Sie seien hier zu finden. Es ist ziemlich wichtig. Ich nehme an, Sie sind nicht auf dem Laufenden, was Mrs. Farraday betrifft?»

Cholmondeley hatte das Weinglas zum Mund geführt, trank

aber nicht. Langsam setzte er es wieder ab und schob zugleich seinen Teller weg, als würde ihn das Essen nicht mehr interessieren. Indessen schien es Sergeant Wiggins umso mehr zu interessieren; er betrachtete die Tournedos Rossini mit unverhohlenem Misstrauen. Wiggins vertraute der *haute cuisine* genauso wenig wie ihm nicht geläufigen Klimaverhältnissen. Es erstaunte Jury, dass jemand wie Wiggins, der im Fluchen so weltläufig war, beim Essen hartnäckig an einer Diät aus Schollen, Pommes frites und Erbsen aus der Dose festhielt.

«Sie scheinen recht unerfreuliche Neuigkeiten zu bringen. Sonst wären Sie wohl nicht hier.»

«Sehr unerfreuliche.»

«Was ist geschehen?»

«Man hat sie ermordet aufgefunden. Sie haben Honeycutt erzählt, Sie seien mit ihr verabredet, ist das richtig?»

Er ließ Cholmondeley Zeit, seine Zigaretten hervorzuholen, jedem eine anzubieten und ihnen Feuer zu geben.

«Nun, das ist richtig. Besser gesagt, *sie* hat sich mit mir verabredet.»

«Oh? Und wissen Sie warum?»

«Weil sie nicht zu begreifen schien, dass der kleine Flirt vorbei war.»

«Machte Sie Ihnen Schwierigkeiten?»

«Sie meinen, ob sie mich in Verlegenheit brachte?» Cholmondeley begann zu lachen, sah dann aber wohl ein, dass das nicht der richtige Augenblick war. «Entschuldigen Sie. Nein, dazu wäre es wohl nicht gekommen. Im Übrigen ist sie gar nicht aufgetaucht. Aber ich fange an zu verstehen, worauf Sie hinauswollen.»

Jury verzog keine Miene: «So? Dann erzählen Sie mal, damit wir beide auch mitkommen.»

Cholmondeley schwieg; er blickte nur von Jury zu Wiggins, als könnte er im Gesicht des Sergeanten ablesen, welchen Aufenthaltsort für die vergangene Nacht er, Cholmondeley, auf gar keinen Fall angeben dürfte. Doch Wiggin's Gesicht war in solchen Fällen undurchdringlich wie eine Mauer.

«Sie sind auf der Suche nach Motiven. Ich hätte nur ein sehr geringfügiges, glauben Sie mir.»

«Wo wollten Sie sich mit ihr treffen?»

«Am Berkeley Square Park. Er liegt in der Nähe des Hotels, aber nicht zu nah.»

«Es zeugt nicht gerade von guten Manieren, sich mitten in der Nacht in einem Park mit einer Dame zu verabreden, die ohne Begleitung ist.»

«Und wer hat behauptet, es sei mitten in der Nacht gewesen?» Cholmondeley zog gelassen an seiner Zigarette und machte ein Gesicht, als wäre dieser Punkt an ihn gegangen.

«Lediglich eine Mutmaßung. Ihr Mann gab an, sie sei kurz nach halb zehn, vermutlich eher gegen zehn, spazieren gegangen. Ist sie etwa mit Ihnen spazieren gegangen?»

«Nein», sagte Cholmondeley barsch. «Ich sagte Ihnen doch, dass Amelia überhaupt nicht erschienen ist.»

«*Wann* ist sie nicht erschienen, Sir?», fragte Wiggins, der seinen Notizblock beiseitegelegt hatte, um ein Pillenfläschchen aufzuschrauben.

«Mitternacht. Ich kenne ein paar Clubs in der Gegend. Ich hatte ihr gesagt, ich würde sie in einen mitnehmen.»

Wiggins nahm seine Pille ohne Wasser; er schob sie sich unter die Zunge und nahm seinen Notizblock wieder zur Hand.

«Das heißt, Sie waren zum Zeitpunkt des Mordes im Berkeley Square Park, Mr. Cholmondeley», sagte Jury.

«Ich habe den Park nicht betreten. Ich wartete am westlichen Eingang, wo wir uns treffen wollten. Nein, ich habe auch keine Zeugen, was mich wohl zum Hauptverdächtigen macht.» Cholmondeley beugte sich über den Tisch. «Nur, was für ein Motiv könnte ich haben, Amelia Farraday zu ermorden?»

«Vielleicht das, was Sie vorhin erwähnten: Sie wurde Ihnen lästig.»

Cholmondeley betrachtete ihn spöttisch, wie um anzudeuten, Jury sollte sich gefälligst etwas Besseres einfallen lassen.

«Oder vielleicht wusste sie etwas, was Sie viel mehr in Verlegenheit gebracht hätte als diese kleine Affäre. Ich frage mich nach wie vor, wieso ein Mann wie Sie – ein gewandter und erfahrener Reisender und obendrein noch Engländer – sich einer amerikanischen Reisegruppe anschließt.»

«Ich verstehe nicht, warum Sie sich deswegen Gedanken machen.»

«Tue ich aber. Aus Ihrem Pass geht hervor, dass Sie in diesem Jahr bereits fünf Mal auf dem Kontinent waren. In Amsterdam.»

«Was ist daran so merkwürdig? Ich habe Ihnen bereits gesagt, dass ich mit Edelsteinen handele. Ich muss reisen, um meine Einkäufe zu machen.»

«Man sollte annehmen, dass Sie von Amsterdam allmählich genug haben. Diese Gruppe bleibt eine ganze Woche dort. Und Sie werden wohl kaum jemanden brauchen, der Ihnen London zeigt. Das Gleiche gilt für Stratford. Sie könnten jederzeit auf eigene Faust dorthin fahren. Ich an Ihrer Stelle würde am Mittelmeer, an der Amalfi-Küste oder an der Côte d'Azur Urlaub machen – mal was anderes.»

«Superintendent, machen Sie *Ihren* Urlaub an der Amalfi-Küste oder sonst wo, aber überlassen Sie es mir, wo ich meinen verbringe.» Cholmondeley steckte sich eine Zigarre in den Mund und griff in seine Hosentasche. Offenbar fand er es an der Zeit zu zahlen.

«Nichts lieber als das. Nur wird aus meinem Urlaub nie etwas. Und wenn ich einmal Urlaub mache, dann arbeite ich im Gegensatz zu Ihnen nicht.»

Cholmondeley schüttelte nur den Kopf, löste einen großen Schein aus seiner Geldklammer und legte ihn auf den Tisch.

Jury schlug seinen Notizblock auf. «Die Amsterdamer Polizei hat sich mit dem Herrn unterhalten, mit dem Sie Geschäfte machen: Paul VanDerness. Mr. VanDerness ist im Grunde ein seriöser Geschäftsmann. Meistens. Nur ein- oder zweimal geriet er in den Verdacht, Diamanten zu verschieben.»

«Daran glaube ich nicht, aber selbst wenn der Verdacht sich bestätigte, was hat das mit mir zu tun?»

«Ich überlege nur, wie das Gepäck bei Alleinreisenden abgefertigt wird – im Gegensatz zum Gepäck einer Reisegruppe. Honeycutt hat seinen Kunden diese Plackerei bestimmt abgenommen. Er wird alles gestapelt und durch den Zoll gebracht haben, einen wahren Gepäckberg. Die Farradays hatten vermutlich allein schon fünfzehn Koffer. Wenn die Zöllner sehen, dass es sich bloß um amerikanische Touristen handelt, durchsuchen sie die Koffer vermutlich erst gar nicht. Oder machen nur Stichproben. Wenn ich Diamanten illegal über die Grenze schaffen sollte, würde ich mich glatt einer Reisegruppe anschließen.»

Cholmondeley klopfte mit dem kleinen Finger die Asche von seiner Zigarre. An dem Finger funkelte einer jener Diamanten, mit denen er Geschäfte machte. «Seien Sie vorsichtig, Superintendent. Ich habe nichts mehr zu sagen, außer dass meine Rechtsanwälte ganz und gar nicht begeistert sein werden.»

Jury schwieg. Er wusste, dass Cholmondeley der Versuchung, seine Verteidigung selbst in die Hand zu nehmen, nicht würde widerstehen können.

Und richtig. Cholmondeley steckte sein Zigarrenetui ein und fuhr fort: «Sie haben also diese irrsinnige Vorstellung, ich hätte Amelia Farraday erzählt, dass ich Diamanten schmuggle, und sie hätte mir gedroht – also wirklich, es ist absurd.»

Jury schwieg noch immer.

«Und was ist mit Miss Bracegirdle? Was mit Amelias Tochter? Ich habe sie alle ‹abgeschlachtet› – wie die Zeitungen es nennen –, nur um sie zum Schweigen zu bringen? Sie meinen, *alle* hätten über meine angeblichen Schwarzmarktgeschäfte Bescheid gewusst? Wirklich Pech, dass Amelia nicht hier sein kann, um diesem Blödsinn ein Ende zu bereiten.»

Nach einer Weile brach Jury sein Schweigen. «Für Amelia ist es noch viel größeres Pech.»

«Glauben Sie das wirklich, Sir?», fragte Wiggins, als sie wieder im Wagen saßen und zu «Brown's Hotel» zurückfuhren.

«Sie meinen die Schmuggelgeschichten? Das weiß ich nicht. Man wird es ihm wohl nicht nachweisen können. Ich habe seine Sachen durchsuchen lassen, ohne Erfolg. Ich hatte es auch nicht erwartet. Schon beim ersten Zwischenstopp in London hätte Cholmondeley die Schmuggelware loswerden können. Oder auch schon in Paris – ich weiß es nicht. Hat ihn jedenfalls ein wenig aufgerüttelt.»

«Wäre das ein ausreichendes Motiv?»

«Das bezweifle ich. Das fehlende Motiv ist das Schlimmste an der ganzen Angelegenheit. Ohne Motiv kommen wir nicht weiter. Wir können es genauso gut mit dem Killer von Yorkshire zu tun haben. Wahlloses Morden. Nur: Wir wissen mit Sicherheit, dass es nicht wahllos ist.» Sie fuhren eine Weile schweigend den Piccadilly entlang. «Wenn wir im Hotel sind, sprechen Sie mit dieser Cyclamen Dew, ich nehme mir die Tante vor. Sie haben sie noch nicht kennengelernt, oder?» Als Wiggins den Kopf schüttelte, sagte Jury: «Ich wette, Ihre Stirnhöhlen werden im Nu frei sein. Was haben Sie da vorhin für eine Pille genommen? Die Sorte kannte ich noch nicht.»

Wiggins schien sich zu freuen, dass Jury solche Dinge bemerkte. «Mein Blutdruck ist etwas zu hoch. Die Diastole ist um zehn Punkte höher, als sie sein sollte.»

«Das tut mir leid. Eine Tablette täglich, oder? Mein Cousin hat auch einen zu hohen Blutdruck.»

Während er in die Albemarle Street einbog, klärte Wiggins Jury nur allzu bereitwillig über das Krankheitsbild auf. Es war seit Jahren die erste wirklich neue Krankheit, die sich der Sergeant zugelegt hatte. Bislang hatte er sich immer damit begnügen müssen, die alten neu zu definieren. «Der Arzt sagt, es ist der Job, wissen Sie. Wir haben zu viel Stress, und irgendwo muss sich das ja bemerkbar machen. Sie sind, glaube ich, etwas härter im Nehmen.» Als Jury schnell den Kopf abwandte, um sich die Glasfassade der Rolls-Royce-Ausstellungsräume anzusehen, merkte Wiggins anscheinend, dass er seinen Vorgesetzten ungewollt gekränkt hatte, und fügte rasch hinzu: «Damit will ich keineswegs gesagt haben, Sie seien gefühllos. Ich meine lediglich, dass ich – nun, ich erlebe alles sehr viel intensiver als die meisten Menschen. Und das muss sich ja irgendwie bemerkbar machen, oder? Wir opfern uns für diesen Job auf, finden Sie nicht auch?»

Wiggins würde sich prächtig mit Cyclamen Dew verstehen – bei dem großen Martyrium, das beide zu ertragen hatten.

«… und es ist so fürchterlich lästig, Pillen gegen etwas zu nehmen, das keine Symptome zeigt. Ich meine, wenn man sonst ganz gesund ist.»

Jury starrte ihn mit vor Staunen offenem Mund an. Aber Wiggins verzog keine Miene. Er sah aus wie ein leibhaftiger Märtyrer.

26

Als Jury das holzgetäfelte Foyer von «Brown's Hotel» betrat, schenkte sich Lady Violet Dew, den *Hustler* auf den Knien, gerade etwas aus einem kleinen Fläschchen in ihre Teetasse.

Sie spähte über den Rand ihrer Zeitschrift und schob sich die Brille in die Stirn. «Ich brauche sie nur zum Lesen», sagte sie und schlug die Zeitschrift zu. Sie lächelte – so gut es ihr beim heutigen Fehlen von Aufputsch- und Beruhigungsmitteln gelang – und sah Jury anerkennend an.

Genauso war er am Tag zuvor bei einem kurzen Zusammenstoß mit Lady Dew taxiert worden, als der Honeysuckle-Tours-Bus für die kurze Fahrt von Stratford nach London beladen wurde.

«Fragen über Fragen. Ich habe schon alles gehört. Das ganze Hotel ist in Aufruhr; das Zimmermädchen macht sich fast in die Hose vor Angst. Sexualverbrechen sind ja auch die schlimmsten, nicht wahr? Vermutlich weil insgeheim jeder davon träumt. Setzen Sie sich.» Sie klopfte einladend auf den Sitz. «Trinken Sie eine Tasse mit? Sie sind mein Gast.»

Jury spielte überzeugend die Rolle eines Mannes im Stress, der dringend eine kleine Pause braucht. Er lockerte sogar seine Krawatte. «Keine schlechte Idee.»

«Viel Gelegenheit zum Entspannen und Plaudern werden Sie ja nicht haben. Sie müssen bestimmt immer schnell nach Haus zu Ihrer kleinen Frau und den Kinderchen.»

Im Halbdunkel der Bar blitzte sein Lächeln auf. «Keine Frau, keine Kinderchen.»

Sie gab ihm einen Klaps auf den Arm. «Na hören Sie. Ein attraktiver Mann wie Sie? Na, wenn Sie noch Junggeselle sind, müssen Ihre weiblichen Kollegen ja ganz wild nach Ihnen sein.»

«Nicht alle. Aber ich komme natürlich auf meine Kosten.» Sie rückte ein wenig näher. «Waren Sie schon mal in den Staaten? Es geht nichts über die Rennbahn von Hialeah. Auf die Pferde setzen?»

«Wieso, Lady Dew –»

«Vi.»

«Vi, Sie haben doch bereits Mr. Plant eingeladen.»

«Na und? Wir können uns doch auch zu dritt gut amüsieren?»

«Davon bin ich überzeugt. Wie wär's, wenn Sie mir in der Zwischenzeit ein paar von meinen Fragen beantworten würden?»

«Für Sie tue ich alles. Schießen Sie los!» Sie legte ihre knotige Hand auf Jurys.

«Wo waren Sie gestern Abend?»

«Wo –?» Die Vorstellung, zu den Verdächtigen zu gehören, schien ihr großen Spaß zu machen; sie lachte und schlug sich auf den Oberschenkel.

«Wäre ich doch nur mal rausgegangen. Leider habe ich es nicht getan, sondern den ganzen Abend mutterseelenallein auf meinem Zimmer verbracht.»

«War Cyclamen nicht bei Ihnen?»

«Nein. Cyclamen ist mit Farraday und dem Mädchen ins Theater gegangen. Wie ich schon sagte, war ich ganz allein, ohne Zeugen. Und habe mein Rasiermesser geschärft.»

«Das ist nicht zum Scherzen. Haben Sie denn gar keine Angst?»

«Hätten Sie nach drei Gläsern Gin etwa Angst? Und wie können Sie glauben, ich hätte Angst, wenn Sie mich für die Mörderin halten? ‹Wo waren Sie gestern Abend?›» äffte sie Jury nach.

«Angenommen, Sie sind nicht die Mörderin, dann müsste Ihnen doch ziemlich unwohl sein bei dem Gedanken, dass bereits drei Frauen aus Ihrer Reisegruppe ermordet worden sind. Es trifft anscheinend nur Frauen.»

«Was ist mit dem kleinen James Carlton? Glauben Sie, er könnte ein weiteres Opfer sein? Nur dass die Leiche noch nicht gefunden worden ist? Natürlich habe ich Angst, Sie Idiot. Was meinen Sie wohl, warum ich hier unten sitze und mich betrinke.» Sie gab dem Kellner ein Zeichen, eine zweite Tasse zu bringen.

«Sie sagten, Ihre Nichte sei ins Theater gegangen?»

«Ja. Sie kam gegen halb zwölf oder zwölf zurück. Ich kann ihr also kein Alibi verschaffen. Vielleicht die anderen – Farraday und Penny.»

«Wäre sie zu einem Verbrechen wie diesem imstande?»

«Vermutlich nicht. Aber von den anderen würde ich das auch nicht denken. Da sind Farraday und Schoenberg und Cholmondeley. Ich glaube nicht, dass es einer von ihnen war. Sie glauben doch nicht wirklich, dass der Täter eine Frau ist, oder? Es ist ein Sexualverbrechen, glauben Sie mir.»

«Dafür gibt es keine Beweise. Und selbst wenn, dann könnte es immer noch eine Frau gewesen sein, oder?»

«Das müsste eine komische Frau sein.»

«Eine entschieden komische. Erzählen Sie mir von Ihrer Nichte, Lady Dew.»

Sie ließ seine Hand, die sie wieder in Besitz genommen hatte, mit einem dumpfen Schlag auf den Tisch fallen. «Ich weiß nicht, was Sie meinen.»

«Natürlich wissen Sie es.» Eine gute Pokerspielerin war sie nicht. Hätte sie nicht so abwehrend reagiert, hätte Jury keinen Grund gehabt, Cholmondeleys Bemerkung über Cyclamen Dew zu glauben.

Als sie schwieg, drang Jury weiter in sie: «Gwendolyn Bracegirdle und Cyclamen waren ziemlich eng befreundet, habe ich gehört –»

«Eine verdammte Lüge!»

«Was?»

«Dass Cyclamen – nun, dass sie andersrum ist.»

«Und was ist mit Miss Bracegirdle?»

«Ich spreche nicht schlecht von Toten», sagte sie in fragwürdiger Selbstgerechtigkeit.

Jury lächelte. Lady Dew würde über jeden schlecht sprechen, wenn es ihr in den Kram passte. Man musste lediglich ein wenig nachhelfen. Obwohl sie ihre Nichte offensichtlich nicht besonders mochte, würde sie die Tatsache, dass sich unter den Dews eine Lesbe befand, vermutlich als Makel auf ihrer eigenen Sexualität auffassen. Jury zog einen Packen Zeitschriften aus seiner Tasche.

«Was haben Sie da?»

«Ein paar Zeitschriften, die ich einem Freund mitbringen wollte. Die Sitte hat gestern Abend wieder mal aufgeräumt.»

«Die Sitte? Was ist das?»

«Die Truppe gegen Drogen und Pornographie.»

Sie wollte schon danach greifen, doch Jury hielt die Hefte außer Reichweite. «Nicht doch! Beweismaterial.»

«Sie sagten doch, Sie wollten sie einem Freund mitbringen.»

«Na, der ist auch bei der Polizei.»

«Also werden Sie sich zusammen geifernd darüber hermachen? Widerlich!»

«Wir müssen uns ja auch mal entspannen.» Beim Blättern stieß Jury einen leisen Pfiff aus.

Sie versuchte, über seine Schulter zu spähen. Schnell schlug er die Zeitschrift zu. «Tut mir leid.»

«Wenn das keine Erpressung ist!» Während der Kellner frischen Tee servierte und Jury eine Tasse brachte, schwiegen sie. «Also gut, und was ist dabei, wenn Cyclamen sich auf diese Weise amüsiert? Es steht mir nicht an, darüber die Nase zu rümpfen, doch ich begreife einfach nicht, wie sie – besonders nicht die Sache mit dieser Bracegirdle. Ausgesprochen langweilig. Ich frage mich, wer von den beiden die, na, Sie wissen schon, und wer …? Nun, so etwas passiert ständig, und niemanden kümmert es. Schauen Sie sich bloß diesen Honeycutt an. Dieser Idiot. Jedem das Seine.»

Jury gab ihr die Zeitschriften. «Ihre Nichte und Miss Bracegirdle hatten die Angewohnheit, sich von Zeit zu Zeit aus dem Staub zumachen. Haben die beiden sich in Stratford überhaupt ein einziges Theaterstück angesehen?»

«Nicht dass ich wüsste. An dem fraglichen Abend dachte ich, Cyclamen hätte sich mit Kopfschmerzen ins Bett gelegt, aber genau weiß ich das natürlich nicht. Hören Sie, worauf wollen Sie hinaus?»

«Eigentlich nichts.» Er hätte ihr die Zeitschriften vielleicht erst geben sollen, wenn er mit ihr fertig war; sie hatte Jury vergessen und sah sich das doppelseitige Foto in der Mitte an. «Mit anderen Worten, sie könnte an dem Abend, als Gwendolyn Bracegirdle ermordet wurde, ausgegangen sein, und ebenso gestern Abend, Lady Dew?»

«Äh? Oh! Ja, das nehme ich an. Keine von uns beiden hat ein Alibi.» Sie schien die Sache sehr komisch zu finden. «Noch unverheiratet. Hm. Wie alt sind Sie, mein Junge?»

«Dreiundvierzig. So jung also auch wieder nicht.»

«Ha! Warten Sie ab, bis Sie zweiundsechzig werden wie ich. Dann ist dreiundvierzig ein jugendliches Alter.»

Selbst wenn er ihre Pässe nicht gesehen hätte, so hätte Jury doch geschwant, dass sie über achtzig sein musste.

In diesem Augenblick jedoch fühlte er sich sehr alt.

Penny Farraday stopfte sich den Hemdzipfel in ihre Jeans und strich sich die Haare glatt.

«Penny, das ist Sergeant Wiggins von der Kriminalpolizei.»

Sie streckte die Hand aus. «Freut mich.»

«Guten Tag, Miss.»

«Tut mir leid, Penny, aber wir müssen dir ein paar Fragen stellen. Du bist gestern Abend mit Mr. Farraday und Cyclamen Dew im Theater gewesen?»

«Ja, stimmt», sagte sie matt. Sie nahm sich eine Zeitschrift und blätterte darin herum.

«Um wie viel Uhr seid ihr zurückgekommen?»

«Halb elf oder elf. Amelia –» nur für einen Augenblick erstarrte ihre Hand beim Umblättern einer Seite – «wollte erst auch mitkommen; als wir aber vor dem Theater standen, hatte sie es sich anders überlegt und sagte, sie wolle lieber ein bisschen spazieren gehen. Ich glaube, der Alte war ziemlich wütend. Kann man ihm auch nicht verdenken.» Nervös warf sie die Zeitschrift auf den Tisch. «Es wurde *Der Wechselbalg* gespielt. Es war gut. Wissen Sie, was ein Wechselbalg ist?» Trotz Jurys Nicken fuhr sie fort: «Ein Wechselbalg ist, wenn man ein falsches kleines Kind anstelle des richtigen unterschiebt.» Sie runzelte die Stirn und setzte ihre Erklärung mit einem Vergleich fort: «Wie wenn jemand Kinder stiehlt und so tut, als gehörten sie ihm. Es ist nicht *ganz* dasselbe wie adoptieren.»

Jury merkte, wohin das führen würde. Er musste sie hier unterbrechen. «Ist Mr. Farraday gestern Abend noch ausgegangen?»

«Ja. Aber wenn Sie denken, er war's, dann spinnen Sie. Der würde so was nie tun. Niemals.»

«Du scheinst dir ja ziemlich sicher zu sein.»

«Bin ich auch. Das heißt aber noch lange nicht, dass ich mit allem einverstanden bin, was er tut –» fügte sie schnell hinzu.

«Was ist mit Miss Dew?»

Sie zuckte die Achseln. «Ich nehme an, sie ist schlafen gegangen.»

«Hast du ihre Tante gesehen? Oder sonst einen von der Gruppe? Cholmondeley, Schoenberg?»

Die Hände hinterm Kopf verschränkt, schaute sie zur Decke. «Nö. Dieser blöde Harvey war auf der anderen Seite des Flusses … er meinte, er wolle sich die Kathedrale in Southwark ansehen.»

«Aber das muss doch früher gewesen sein.»

«Vermutlich.» Penny stützte den Kopf auf eine Hand. Es war schwer zu sagen, ob sie wegen Amelia betroffen war oder ob sie die Fragerei einfach nur langweilte. Als sie aber schließlich zu

Jury aufsah, wusste er, was der ängstliche Blick zu bedeuten hatte. «Was ist mit Jimmy? Niemand sucht mehr nach Jimmy, nicht, solange das hier andauert.» Und kaum hörbar fügte sie hinzu: «Jimmy ist tot, nicht wahr?»

«Nein», sagte Jury. «Wenn dem so wäre, hätten wir das inzwischen erfahren. Und glaube ja nicht, dass wir die Suche aufgegeben haben. Die Polizei von Warwickshire kämmt die ganze Grafschaft durch.»

Jury hoffte nur, als er das Mädchen ansah, dass er sich da nicht täuschte.

27

Die Bücher lagen in Stapeln auf dem Boden.

James Carlton hatte das oberste, ungefähr einen Meter fünfzig lange Regalbrett auf den Schreibtisch gehievt. Dann kletterte er selbst auf den Schreibtisch, drehte es um und schob es durch die Öffnung, die entstanden war, als einer der Gitterstäbe schließlich nachgegeben hatte. Da die Öffnung schmaler war als das Brett, musste er es kippen, was es ziemlich schwierig machte, das andere Ende auf einen Ast des Baumes vor dem Fenster zu manövrieren. Der Schweiß lief ihm herunter, und einmal dachte er schon, das Brett würde ihm aus den Händen rutschen und hinunterfallen. Dann wäre alles aus gewesen. Aber nichts dergleichen passierte. Es gelang ihm schließlich, das Brett so auf den Ast zu legen, dass es einen einigermaßen ebenen Steg bildete. Das ihm zugewandte Ende legte er auf einen mehrere

Zentimeter breiten Mauervorsprung. Die Konstruktion machte einen ziemlich stabilen Eindruck. Zentimeter um Zentimeter schob er seinen Oberkörper durch die Fensteröffnung und lehnte sich probehalber auf das Brett, so fest er konnte; es schien zu halten. Natürlich war das keine richtige Probe; er wusste immer noch nicht, ob das Brett sein ganzes Gewicht tragen würde. Er blickte zum Himmel hoch und war froh, dass es so dunkel war. Nur die oberen Äste des gegenüberliegenden Baumes waren in kaltes Mondlicht getaucht.

Die graue Katze saß neben ihm auf dem Schreibtisch und dachte anscheinend, das Ganze werde zu ihrem Vergnügen inszeniert. Sie schlüpfte durch die Öffnung, spazierte auf dem Brett auf und ab, ließ sich schließlich auf dem dicken Ast nieder und begann ihre Krallen daran zu wetzen.

Es war vier Uhr morgens. James Carlton hatte den Zeitpunkt seiner Flucht so kalkuliert, dass er noch im Schutz der Dunkelheit entkommen konnte, aber nicht allzu lange im Dunkeln herumtappen musste. Außerdem war es eine Zeit, in der seine Entführer – wie viele es waren, wusste er nicht – fest schlafen würden.

James Carlton ging in die Hocke und streckte zuerst die Beine durch die Öffnung. Dann – wobei er die Gitterstäbe ergriff, um eine feste Stütze zu haben – wand und drehte er sich so lange, bis er mit dem ganzen Körper die Öffnung passiert hatte und halb auf dem Vorsprung, halb auf dem Brett lag. Er bewegte sich mit äußerster Vorsicht, damit das Brett nicht verrutschte. Seine Füße baumelten über die Kante des Vorsprungs. Er sah nicht hinunter, als er sich langsam aufrichtete und auf dem Vorsprung einen Halt für seine Füße suchte, während er sich an den Gitterstäben festhielt.

Das Brett hatte sich nur um wenige Millimeter verschoben. Aber schließlich war es kaum mehr als einen Meter zu dem Ast. Zwei große Schritte, und er säße mit der Katze im Baum. Doch dann sah er zum schwarzen Himmel und den kalten Sternen empor und fühlte die schreckliche Leere der Nacht um sich.

Die graue Katze saß im Mondlicht wie ein Gespenst auf dem Ast. Sie schien diesen nächtlichen Ausflug mehr zu genießen, als zusammengerollt auf James Carltons Bett herumzuliegen. *Mach schon*, schien sie zu sagen.

Doch James Carltons Hände klebten an den Gitterstäben, wie die Sterne unbeweglich am Himmel zu kleben schienen. Er fragte sich, ob Gott das Universum geschlossen hatte. Ging seine Uhr noch? Und sein Herz? Oder hatte alles aufgehört zu schlagen?

Vielleicht sollte ich beten, dachte er, während er auf das Brett sah, das einen ebenso weiten Raum überspannte wie das Universum, zu dem er eben hochgeblickt hatte. Er musste seinen Kopf gar nicht freimachen – er schien ein Teil der großen Leere da draußen zu sein. Er wusste nicht, welches Gebet er sprechen sollte. Und dann schwirrten ihm allerlei Bilder durch den Kopf. Sein Vater als Kriegskorrespondent, Flieger-Ass, Baseballspieler. Natürlich war sein Vater auch ein toller Fallschirmspringer gewesen … Sein Vater wäre nicht stolz auf ihn … ebenso wenig wie der Mann mit der eisernen Maske, der wahrscheinlich nicht einmal ein Brett bräuchte. Der würde einfach springen.

Ein Finger löste sich von den Stangen und bohrte sich ihm in den Rücken. Eine Schwertspitze! In seinem Kopf grölte es: «Jo, ho, ho und eine Buddel Rum …» Dann hörte er eine grausame, herrische, betrunkene Stimme brüllen: «Tja, mein Junge! Heute Nacht wirst du den Fischen zum Fraß vorgeworfen!»

Immer tiefer bohrte sich der Finger in seinen Rücken. Und er konnte nichts machen, er hatte keine Wahl. Entweder das Schwert oder die Haie … Unter ihm peitschte und schäumte die See, die Flossen der Haie zogen schnelle Kreise; er sah bereits sein Blut das Wasser rot färben.

Er war im Baum, bevor er noch merkte, dass er die Stangen losgelassen hatte.

Und nun kletterten sie hinunter – ein Kinderspiel für James Carlton, der fast jeden Baum zwischen West Virginia und Maryland bezwungen hatte.

Nicht so für die graue Katze. Auf einem Brett hin und her zu spazieren war eine Sache, einen Baum hinunterzuklettern eine andere. Hätte James Carlton nicht gezogen und gezerrt, wäre die Katze wohl die ganze Nacht in luftiger Höhe sitzengeblieben und hätte jämmerlich den Mond angeschrien.

Zusammen landeten sie auf dem weichen Boden am Fuß des Baumstamms.

Das Haus lag genauso im Dunkeln wie die Landschaft jenseits der Baumgruppe. James Carlton trat ein paar Schritte zurück, um besser sehen zu können. Die Katze wich ihm nicht von der Seite. Das Haus ragte kalt und abweisend vor ihm auf, ein Gefängnis von außen wie von innen. Nichts bewegte sich, nirgendwo brannte Licht. Als er das Haus umrundete, entdeckte er aber doch einen matten Lichtschimmer. Leise schlich er sich an. Durch das erleuchtete Fenster war die Silhouette eines auf und ab schreitenden Mannes zu sehen.

James Carlton versäumte keine Zeit damit, sich dem Mann vorzustellen. Er nahm die Katze unter den Arm und begann zu laufen.

28

Melrose Plant nahm auf dem Sofa Platz, das Lady Violet Dew vor kurzem geräumt hatte. Er war ebenso erschossen wie Jury, der neben ihm saß.

«Wo ist Schoenberg?», fragte Jury ohne lange Vorrede.

«Großer Gott, könnten Sie mich wenigstens einen Augenblick lang meine gemarterten – obgleich gutbeschuhten – Füße ausstrecken lassen, bevor Sie loslegen?»

«Nein», sagte Jury.

«Ich vermute, er läuft noch immer in Pepys Park herum. Die belegten Brötchen da sehen aber lecker aus. Agatha würde umkommen –» Er wählte eines, das mit Brunnenkresse belegt war.

«Was ist denn Pepys Park?»

Melrose seufzte. «Das ist eine Neubausiedlung, von den Stadtvätern vor einigen Jahren dort errichtet, wo einst vermutlich Marlowes altes Deptford Strand lag. Harvey kamen natürlich die Tränen. Aber das ist der Lauf der Dinge. Fortschritt, Fortschritt.» Melrose nahm sich ein Fischbrötchen von dem vollbelegten Teller.

«Wann sind Sie aufgebrochen?»

«Ich würde sagen, so gegen 1568 – warum?»

Als Jury ihm erzählte, was Amelia Farraday zugestoßen war, hörte Melrose auf zu essen, saß einen Moment lang schweigend da und beantwortete Jurys Frage dann ernster: «Wir haben das Hotel um neun verlassen. Nach einem gemeinsamen Frühstück.»

Jury dachte kurz nach: «Wer immer den Mord an Amelia

Farraday begangen hat, nahm ein ziemliches Risiko auf sich, als er in den frühen Morgenstunden ins Hotel zurückkehrte. Wiggins sagt, keiner der Hotelangestellten habe ein Schäfchen aus unserer Herde nach Mitternacht zurückkehren sehen. Außer Cholmondeley. Aber das wussten wir bereits.»

«Ich weiß nicht; man kann das Hotel von zwei Straßen aus betreten. Ich habe den Nebeneingang benutzt, und ich glaube nicht, dass mich jemand gesehen hat. Wenigstens nicht beim Hineingehen.»

«Das konnte der Mörder aber nicht mit Sicherheit wissen. Er ging ein Risiko ein.»

Plant sah ihn an. «Jemanden zu ermorden ist immer riskant, mein Bester.»

Jury grinste. «In der Tat.» Nach einer Weile sagte er müde: «Wir müssen mit Harvey sprechen. Wann kommt er zurück?»

«Ziemlich bald, nehme ich an. Er ist mit seinem Bruder Jonathan zum Dinner verabredet. Der Bruder kommt im Laufe des Nachmittags in Heathrow an. Mit der Concorde, sagte er.»

«Wie nobel», sagte Jury «Er scheint nicht gerade knapp bei Kasse zu sein.»

«Nun, wenn ich richtig verstanden habe, hat er das gesamte Familienvermögen geerbt. Übrigens hat Harvey mich ebenfalls zum Essen eingeladen, aber ich –»

«Fabelhaft», sagte Jury und erhob sich. «Sie können Harvey die richtigen Fragen stellen. Und um sicherzugehen, dass Sie die dazu nötigen Informationen haben, werde ich Wiggins zum Kaffee vorbeischicken. Schoenberg dürfte nicht allzu sehr unter der Zeitverschiebung leiden.»

Melrose zog ein Gesicht. «Vielen Dank auch. Sie gehen doch hoffentlich nicht davon aus, dass die beiden sich ähneln? Können

Sie sich vorstellen, mit zweien von dieser Sorte ein Gespräch zu führen?» Melrose stellte seine Teetasse hin. «Wissen Sie, da ist noch etwas, was ich Ihnen sagen wollte –» Er zuckte mit den Schultern. «Na ja, das kann auch warten.»

«Ich gehe zum Yard zurück. Ich möchte mit Lasko sprechen, unter anderem.» Mit diesen Worten entfernte sich Jury.

Melrose saß da und überlegte, ob er die Sache nicht doch besser erwähnt hätte. Aber es kam ihm irgendwie ein bisschen unpassend vor, in diesem Augenblick über die Beziehung zwischen Thomas Nashe und Christopher Marlowe zu reden; Jury würde denken, Harvey Schoenberg hätte ihn langsam angesteckt. Vielleicht hätte er da gar nicht so unrecht, dachte Melrose.

«Fehlanzeige», sagte Lasko am anderen Ende der Leitung in Stratford-upon-Avon. «Wir haben die ganze Gegend durchkämmt, Busse und Züge kontrolliert – kurz, wir haben alles getan, was in unserer Macht stand. Der Junge ist wie vom Erdboden verschluckt.»

Selbst am Telefon war Laskos Gesichtsausdruck eines geprügelten Hundes zu erahnen. Jury berichtete ihm vom Schicksal Amelia Farradays und schloss aus seiner geheuchelten Anteilnahme, dass er erleichtert war, mit diesem Fall nichts mehr zu schaffen zu haben. Jury konnte es ihm wahrlich nicht verübeln. «Such weiter nach Jimmy Farraday.»

Mit diesem weisen Ratschlag legte er auf. Die streunende Katze (mittlerweile im ganzen Scotland Yard als Racers Katze bekannt) hatte sich durch die einen Spaltbreit offene Tür in Jurys Büro geschlichen; nun strich sie um die spartanischen Möbel und durch Jurys Beine, um schließlich mit einem Satz auf seinen Schreibtisch zu springen.

Wenn das so weiterging, würden sie sich noch um Mitternacht gegenseitig anstarren. Jury hatte mehrmals seine Unterlagen durchforstet, ohne auf einen neuen Hinweis zu stoßen. Und es gab auch keinen – außer der Mitteilung, die ihm Chief Superintendent Racer am Nachmittag mit dem üblichen, nichtssagenden Wortlaut per Hauspost zugeschickt hatte: *Jury. Obwohl ich in den letzten Stunden nichts von Ihnen gehört habe, ist mir doch zu Ohren gekommen, dass ein weiterer Mord verübt wurde, was Sie aber nicht veranlasst hat, mir umgehend Bericht zu erstatten. Weshalb ich das ziemlich merkwürdig finde, mag vielleicht an meiner verqueren Vorstellung von –*

Und es folgten – glücklicherweise nicht direkt aus seinem Munde, dachte Jury – die üblichen Tiraden, Verwünschungen und Variationen über das Thema von Jurys Fehlbarkeit; sie endeten mit dem Befehl, bis Sonnenuntergang Bericht zu erstatten. Er nahm an, das Exekutionskommando würde bis dahin bereitstehen. Er schleuderte das Papier beiseite. Die Katze hörte auf, sich zu putzen, starrte auf das Memo und gähnte.

Zum x-ten Mal nahm Jury sich das Gedicht vor. Dass er zwischen ihm und den Morden keine Verbindung herzustellen vermochte, ließ ihn an sich und seinen Fähigkeiten zweifeln. Fest stand nur, dass die Opfer alle Frauen waren, und die betreffende Strophe handelte ebenfalls vom ewig Weiblichen: Sie handelte von der Vergänglichkeit der Schönheit. Von strahlenden Königinnen. Von der schönen Helena. Von verwelkenden Blumen. Vom Tod schöner Frauen. Jury starrte auf die kahle Wand. Gwendolyn Bracegirdle war keine Schönheit gewesen – dicklich, Dauerwelle im Haar und mit fünfunddreißig bereits eine Matrone. Wäre Gwendolyn nicht gewesen, hätte Jury geschworen, dass es jemand auf die Farradays abgesehen hatte.

Aus den Papieren auf seinem Schreibtisch zog er James Farradays Pass hervor und betrachtete das winzige Foto. Dann sah er sich die Vergrößerung von dem Teil des Passfotos an, der James Carltons Gesicht zeigte. Das Familienfoto im Pass – Jimmy mit James Farraday und Amelia – betrachtend, dachte er; wie intelligent der Junge doch aussah. Er nahm den Hörer von der Gabel.

«Flughäfen?», fragte Lasko schläfrig. «Zum Teufel, nein, warum sollte er außer Landes geschafft worden sein? … Hör mal, Richard. Ich sag das ungern, aber du weißt doch so gut wie ich, dass der Junge tot ist und auf irgendeinem Feld da draußen liegt, das wir bisher noch nicht abgesucht haben –»

«Nein, er ist nicht tot», beharrte Jury.

«Wieso zum Teufel bist du dir da so sicher?», seufzte Lasko.

Jury war sich keineswegs sicher. «Die Opfer waren alle Frauen, Sammy.»

«Aber Richard, er hätte doch einen Pass gebraucht, um das Land zu verlassen.»

«Es ist nicht besonders schwer, sich einen Pass zu besorgen, Sam. Wie dem auch sei, wenn du mich sprechen willst, ich bin zu Hause.» Er gab Lasko seine Nummer in Islington, legte auf und schwang sich in seinem Drehstuhl herum, um auf die schmutzverkrusteten Scheiben seines Fensters zu starren.

Es musste etwas mit den Farradays zu tun haben. Den weiblichen Farradays. Es war nur noch eine übrig: Penny.

«Mr. Jury –»

Es war Mrs. Wasserman aus der Kellerwohnung, die auf seiner Türschwelle stand, ihren dunklen Morgenrock am Hals zusammenhielt und ihm die Tageszeitung entgegenstreckte.

Jury sah, wie ihre Hand zitterte. «Kommen Sie rein, Mrs. Wasserman.» Er fragte nicht, wieso sie zu dieser (für sie) späten Stunde noch auf war, denn er wusste es bereits. Sie hatte vermutlich hinter ihren dunklen Vorhängen am Fenster gesessen und den ganzen langen Tag und die noch längere Nacht auf den Polizisten gewartet, der über ihr wohnte. Das kam häufiger vor.

Sie kam herein, immer noch mit der einen Hand ihren Morgenrock zusammenhaltend, schloss schnell die Tür und lehnte sich mit dem Rücken dagegen, während sie mit der anderen Hand den Türknauf umklammert hielt.

Jury unterdrückte ein Lächeln. Die Szene glich einer Einstellung aus einem alten Bette-Davis-Film. Doch Mrs. Wasserman schauspielerte nicht. Das wurde ihm klar, als er auf das Machwerk der Londoner Sensationspresse in ihrer Hand sah; das übliche Nacktfoto auf der Titelseite hatte der Nachricht vom «Schlächter» weichen müssen. Wenn sich Mrs. Wasserman in diesem Aufzug um ein Uhr morgens die Mühe machte, zwei Treppen hinaufzusteigen, dann war sie wirklich nervös.

Britische Zeitungen hatten sich lobenswerterweise immer um eine gute Zusammenarbeit mit der Polizei bemüht, indem sie zum Beispiel bei der Berichterstattung über Morde auf die grausigen Details verzichteten. Das war auch notwendig, weil da draußen zu viele potenzielle Schlächter herumliefen, die alle nur auf einen *Modus Operandi* warteten, um sich vom Kuchen des öffentlichen Interesses ein Stück abzuschneiden. Die betreffende Zeitung bewegte sich jedoch in ihrer Schilderung in allzu großer Nähe der Blutlache, in der Amelia Farraday aufgefunden worden war. Oh, zugegeben, einiges blieb der Phantasie überlassen. Doch die ständige Wiederholung des Wortes «Verstümmelungen» würde sogar eine weniger phantasiebegabte

Person als Mrs. Wasserman in Angst und Schrecken versetzt haben.

«‹Der Schlächter› – was für ein schrecklicher Name. Irgendwo, Mr. Jury, irgendwo da draußen lauert er. Läuft herum und sieht aus wie jedermann.»

Jury befürchtete, dass ihre maßlose Angst sich noch steigern würde, wenn sie erführe, dass der Schlächter genauso gut eine Frau sein konnte. Ihre Verfolgungsangst war so schlimm, dass Jury sie immer wieder mit neuen Tipps für Türriegel, Fenstergitter, Schlösser, Schlüssel und Ketten beruhigt hatte. Und mit immer neuen Lügen. Er wusste schon nicht mehr, wie viele Geschichten er über die Londoner Polizei erfunden hatte, insbesondere über deren Unfehlbarkeit, wenn es darum ging, Frauen auf den Straßen zu beschützen.

Er wusste, dass sie dort unten in ihrer verbarrikadierten Kellerwohnung in dem gelegentlichen Schritt eines Passanten auf dem Gehsteig eine Armee marschierender Füße vernahm. Und in dieser Armee marschierte auch immer ihr Verfolger mit – die Füße, die stehen blieben, die Gestalt, die auf der Lauer lag, der Schatten auf dem Gehsteig. Jury konnte in ihrem Geist all die sorgfältig ausgesuchten, Sicherheit symbolisierenden Gegenstände sehen – Riegel, Schlösser, Ketten –, die sämtlich zu einer dalíesken Landschaft verschmolzen und wie dunkles Blut an ihrer Tür herunterflossen.

Sein Gesichtsausdruck musste ihn verraten haben. «Sie sehen, ich habe recht, Mr. Jury. Heutzutage ist es schon gefährlich, nur einen Fuß nach draußen zu setzen –»

Er nahm ihren Arm und drückte sie in den Ledersessel, das einzige gute Möbelstück im Zimmer. «Nein. Keineswegs.» Er schleuderte die Zeitung, aus der man fast das mit Druckerschwärze vermischte Blut riechen konnte, außerhalb ihrer Reichweite auf den Schreibtisch. «Und ich sage Ihnen auch, warum, aber nur, wenn Sie mir versprechen, morgen keine Zeitung zu kaufen. Versprechen Sie das?»

Sie faltete die Hände im Schoß und nickte. «Ich verspreche es.» Dann lächelte sie ihr trauriges, altjüngferliches Lächeln und drohte ihm mit dem Finger. «Aber wir wissen doch beide, Mr. Jury, dass Sie mir nicht alles erzählen können. Auch wenn es Ihr Fall ist. Das steht jedenfalls da in der Zeitung.» Letzteres sagte sie so stolz, als wäre Jury ein schwarzes Schaf der Familie, das endlich einmal bewiesen hatte, dass etwas in ihm steckte.

«Lassen wir das beiseite. So viel kann ich Ihnen jedenfalls sagen: Diese Person, die sie den Schlächter nennen und der angeblich in ganz London sein Unwesen treiben soll – das sind Lügenmärchen. Er tötet nicht unterschiedslos Fr-, ich meine Leute. Er weiß genau, was er will, und er kennt seine Opfer genau.»

Sie glaubte ihm. Wie immer. Nur – wie er sich zufrieden sagte –, diesmal stimmte es tatsächlich. Fast hatte er das Gefühl, dabei selbst der Wahrheit etwas nähergekommen zu sein. Jury lächelte. Es war sein erstes von Herzen kommendes Lächeln an diesem Tag.

Darauf zeigte ihr Gesicht den Ausdruck eines Ertrinkenden, der endlich an die Wasseroberfläche hochtaucht.

Luft, schien es zu sagen. *Gott sei Dank.*

29

Jury betrat Racers Vorzimmer und zwinkerte Fiona Clingmore zu, die daraufhin die Inspektion ihrer frisch lackierten Fingernägel unterbrach, um seinen Blick auf Wichtigeres zu
lenken. Fiona rückte Busen und Beine zurecht und stützte ihr
sorgfältig geschminktes Gesicht auf die verschränkten Hände.
«Sie sind spät dran», sagte sie mit einem Blick auf Chief Superintendent Racers Tür.

«Was ihn angeht, immer.»

Jury öffnete die Tür (justament in dem Augenblick, als Racer
sein Toupet zurechtrückte, was die Stimmung nicht gerade hob),
durchquerte das Zimmer, machte es sich auf dem Stuhl vor Racers Schreibtisch bequem und sagte: «Hallo.»

Racer, der hierüber sogar sein Toupet vergaß, starrte Jury an,
als habe der endgültig den Verstand verloren. «Ich muss doch
sehr bitten, *Superintendent*.»

«Wieso?» Jury musterte sein Gegenüber unschuldig aus kla-
ren, sanften, taubengrauen Augen. Er wusste, es lohnte nicht,
Racer zur Raserei zu treiben, aber er geriet stets von neuem in
Versuchung.

«*Wieso?*» Blut schoss ihm ins Gesicht, sodass es die Farbe der
Nelke annahm, die sein Knopfloch zierte. «Wir begrüßen unsere
Vorgesetzten nicht mit ‹Hallo›.»

«Oh, tut mir leid. Sir», fügte Jury hinzu, als wäre ihm das
gerade noch rechtzeitig eingefallen.

Racer lehnte sich zurück, betrachtete Jury mit einem Misstrauen, das Polizisten sich gewöhnlich für kriminelle Elemente vorbehalten, und meinte: «Einmal werden Sie den Bogen überspannen, Jury.»

Eine überflüssige Bemerkung, dachte Jury, der sich schon gar nicht mehr erinnern konnte, jemals nicht den Bogen überspannt zu haben. «Sie wollten mich sprechen?»

«Selbstverständlich wollte ich Sie sprechen. Gestern. Wegen dieser Farraday. Noch eine Amerikanerin, die auf offener Straße massakriert wird; die amerikanische Botschaft möchte wissen, was zum Teufel los ist. Verständlich, nicht? Also, was ist los, Jury?»

«Fragen Sie mich, ob ich diese Mordserie aufgeklärt habe? Die Antwort ist nein.»

«Ich will einen Bericht haben, Superintendent», zischte Racer durch die Zähne.

Jury tat wie befohlen und schilderte den Zustand, in dem man Amelia Farradays Leiche gefunden hatte, ohne auch nur ein einziges blutiges Detail auszulassen. «… irgendwann zwischen elf und kurz nach Mitternacht. Halb eins vielleicht.»

«Motiv?», schnappte Racer.

«Wenn ich das wüsste, würde ich auf der Straße tanzen!»

«Wiggins?» Racer hatte sich in letzter Zeit diese elliptische Ausdrucksweise zugelegt, zweifellos um seinen Untergebenen das Leben noch schwerer zu machen.

Jury runzelte die Stirn. «Was ist mit ihm?»

«Was er tut, Mann? Außer seine Umgebung mit allen möglichen Krankheiten anzustecken.» Racer sah auf die Papiere auf seinem Schreibtisch. «Dieses Gedicht. Die Pestilenz. Sergeant Wiggins ist für diesen Fall genau der Richtige.» Er lehnte sich zurück, um eine Lektion vom Stapel zu lassen. «Ich habe mich ein wenig sachkundig gemacht. ‹Gott, erbarme dich unser› schrieben sie damals auf ihre Türen.» Er machte eine Bewegung mit dem Zeigefinger, als wäre die Luft die Tür, vor die er Jury am liebsten setzen würde. «Wussten Sie, dass es Zeichen gab, von denen man annahm, sie würden die Pest ankündigen? Die gleichen Zeichen sehe ich auch, wenn Wiggins den Flur entlanggeht – Kröten mit langen Schwänzen, eklige kleine Frösche und so weiter.» Racer hustete.

«Ich hoffe, Sie haben sich nicht –»

Jury unterbrach sich mitten im Satz. Chief Superintendent Racers Belehrung hatte in ihm einen schlummernden Gedanken geweckt. War es möglich, dass Racer zur Abwechslung einmal etwas Nützliches beigetragen hatte?

«Für meine Begriffe ein bisschen überdreht», sagte Wiggins, als sie den Piccadilly entlangfuhren. Sie sprachen von den Schoenbergs. Das heißt, Wiggins schwieg, während er das Auto zwischen zwei Doppeldeckern durchmanövrierte, die entlang des Green Park ein privates Wettrennen veranstalteten.

«Nun? Und was halten Sie von ihm?», drängte Jury.

Wiggins holte ein Taschentuch von der Größe eines mittleren Tischtuchs hervor. Seine Nasenspitze zuckte wie die eines Kaninchens, doch leider nicht (wie Jury befürchtete), weil sie etwas witterte. «Wen meinen Sie, Harvey oder den Bruder?»

«Harvey kennen wir doch in- und auswendig. Jonathan natürlich.»

«Er sieht aus wie –» Wiggins musste so heftig niesen, dass Jury ihm ins Lenkrad griff, damit der Wagen nicht ins Schleudern geriet.

«Entschuldigen Sie, Sir. Aber ist Ihnen je aufgefallen, dass

Green Park um diese Jahreszeit alle möglichen Allergien hervor-ruft?» Wiggins schnäuzte sich und bog in die Albemarle Street ein.

«Nein, eigentlich nicht. Reden wir noch etwas über den Bruder.»

«Ich wollte gerade sagen, dass sie sich zwar sehr ähnlich sehen, sich aber ganz unterschiedlich benehmen. Harvey wedelt unun-terbrochen mit der Gabel, während sein Bruder sie zum Essen benutzt. Sie verstehen, was ich meine.»

Jury lächelte. «Ja. Wie denkt Mr. Plant über ihn?»

«Genauso wie ich. Er hält diesen Jonathan für so gefühlskalt wie einen toten Fisch. Jonathan verachtet Harvey. Ich wette, die beiden können sich nicht riechen. Meiner Meinung nach hat die Eifersucht berufliche Gründe.»

«Kaum zu glauben, dass jemand auf Harvey eifersüchtig sein kann. Beruflich oder sonst wie.»

«Ich halte Harvey für den Eifersüchtigen. Dieser Jonathan ist Professor für englische Literatur. Lehrt an einem College in Vir-ginia, das St. Mary heißt. Verbringt hier seine Zeit damit, im Bri-tischen Museum alte Handschriften zu lesen.» Wiggins hielt vor «Brown's Hotel», steckte den Kopf aus dem Wagenfenster und brachte einen silbergrauen Mercedes dazu, das Feld zu räumen.

Sie blieben noch ein paar Minuten im Wagen sitzen. «Wie hat Jonathan Schoenberg die Nachricht von den Morden aufge-nommen?»

Wiggins zuckte die Achseln. «Ziemlich ungerührt. Lebt wohl in seinem Elfenbeinturm. Natürlich meinte er, das sei ja entsetz-lich. Offen gestanden glaube ich, dass ganz andere Dinge pas-sieren müssen, bevor er sich ernsthafte Sorgen um seinen Bruder macht. Oder um sonst jemanden.»

Als sie ausstiegen, sagte Jury: «Ich kann's kaum erwarten, ihn kennenzulernen.»

«Ich glaube, das Motiv ist Rache», sagte Jury in Melrose Plants Hotelsuite.

«Wieso nicht Geldgier?», fragte Plant.

«Scheint mir psychologisch falsch. Diese Morde liefen alle irgendwie zu rituell ab.»

«Aber auf wen hat der Mörder es abgesehen? Die Farradays – oder James Farraday – würden sich anbieten, wenn nicht dieser Mord an Gwendolyn Bracegirdle wäre. Er passt nicht ins Bild, finden Sie nicht auch?»

Jury nickte. «Allerdings. Vielleicht ist sie ihm in die Quere gekommen.»

Plant zog eine Grimasse. «So eine Schlamperei aber auch.»

Jury zuckte mit den Schultern. «Niemand ist perfekt.»

«Rache also. Da fällt mir etwas ein, was Harvey gesagt hat, eine ziemlich blöde Bemerkung. Na, vielleicht nicht ganz so blöd, und zwar über *Hamlet*: ‹Eine Rachetragödie. Sie sind alle gleich; man bringt so lange die Falschen um, bis man schließlich an den Richtigen gerät.› Schwer vorstellbar, dass unser Freund sich mit dem ganzen Blutvergießen einfach nur genug Mut macht für den Mord an seinem eigenen Claudius.» Plant lächelte grimmig. «Sollte er es auf die Farradays abgesehen haben, dann würde ich mir wegen Penny wirklich große Sorgen machen.»

Jury überlief es heiß und kalt. «Darf ich?» Er goss sich aus Melroses Karaffe ein Gläschen Brandy ein. «Auch einen?»

«Ja, kann ich gebrauchen.» Melrose sah auf die Uhr. «Ist ja bereits Nachmittag. Agatha meint, dass ich mich im Eiltempo zum Alkoholiker entwickle. Das einzig Gute an der Sache ist, dass sie jetzt Angst hat, nach London zu kommen. Cheers.» Melrose hob sein Glas.

«Wo ist Schoenberg? Haben Sie ihn heute Morgen gesehen?»

«In Deptford, selbstverständlich … oh, Sie meinen den Bruder?»

Auf Jurys Nicken sagte Melrose: «Im Britischen Museum natürlich. Sie sind zusammen weggegangen.»

«Wie fanden Sie Jonathan?»

«Eisig. Und Harvey nimmt der nicht die Bohne ernst.»

«Haben Sie Penny gesehen?» Als Plant den Kopf schüttelte, sagte Jury: «Ich will, dass Penny auf keinen Fall dieses verdammte Hotel verlässt.»

Das wurde so heftig hervorgestoßen, dass Melrose zusammenzuckte. «Wenn Sie nicht wollen, dass Leute sich frei bewegen, dann müssen Sie sie in – wie heißt es noch gleich? – Schutzhaft nehmen.»

«Penny sollte ich in einen Schrank sperren.» Jury leerte sein Glas und erhob sich.

«Wohin gehen Sie?»

«Jonathan Schoenberg einen Besuch abstatten.»

Er hatte die Tür fast erreicht, als Plant ihn noch einmal zurückrief.

«Hören Sie, da wäre noch eine Kleinigkeit –»

Jury drehte sich um. «Was für eine Kleinigkeit?»

«Nun, wahrscheinlich ist es nichts von Bedeutung, aber es geht um dieses verfluchte Gedicht. Es ist von Thomas Nashe.»

Jury kam ins Zimmer zurück. «Glauben Sie mir, ich weiß mittlerweile, wer es geschrieben hat.»

«Nun, das ist genau der Punkt, alter Knabe», sagte Melrose

und leerte ebenfalls sein Glas. «Was ich nicht verstehe, ist, wieso Harvey Schoenberg es nicht wusste.»

Die Stille war mit Händen zu greifen. «Was meinen Sie damit?», sagte Jury schließlich.

«Zum Beispiel habe ich es Jonathan gezeigt. Er hat es sofort erkannt. Vor allem wegen der einen Zeile, ‹Ein goldner Schimmer in der Luft›.»

«Schoenberg hat einen Lehrstuhl für englische Literatur – es ist sein ...» Jury verstummte.

«Genau. Sie wollten ‹Spezialfach› sagen. Aber überlegen Sie doch mal – ich kann Ihrem Gesicht ansehen, dass Sie das tun –, Jonathan Schoenberg kennt seinen Shakespeare, daran zweifle ich keine Sekunde. Und seinen Marlowe auch. Aber ich mache jede Wette, dass er Harvey nicht das Wasser reichen kann, was pure Fakten betrifft. Thomas Nashe war einer der besten Freunde Christopher Marlowes. Sie hatten noch nicht das Vergnügen, Harvey zuzuhören, wenn er mit elisabethanischen Namen um sich wirft. Ich bin in Stratford in der Bibliothek gewesen. Harvey hatte mir alle möglichen ausgefallenen Dinge aus Marlowes Leben erzählt. Marlowe war berüchtigt für seine Schlägereien und Duelle. Harvey hat mir alles haarklein erklärt – in Hog Lane gab es eine Schlägerei auf der Straße, die mit einem Duell endete. Harvey kannte die Namen aller Beteiligten. Dann müsste er eigentlich auch wissen, dass Nashe dabei gewesen war. Der Name Nashe zieht sich wie ein roter Faden durch Marlowes Leben. Er hat sogar eine Elegie geschrieben: *Über Marlowes frühen Tod* –»

Plant schwieg, zündete sich eine kleine Zigarre an und blickte zu Jury hoch. «Der Punkt ist, alter Knabe ... warum hat er gelogen?»

«Miss Farraday?» Die hübsche Hotelangestellte an der Rezeption hatte sich mittlerweile so an die Anwesenheit der Polizei gewöhnt, dass es sie kaum noch interessierte. «Ich glaube, sie ist ausgegangen, Superintendent. Aber ich versuche es trotzdem in ihrer Suite.»

Niemand antwortete.

Jenseits der Themse sehnte der Wirt des «Halbmonds» die Sperrstunde herbei. An diesem Nachmittag hatte er kaum Gäste gehabt, abgesehen von den Jungs an der Theke, wo er die Drinks einen Penny billiger verkaufte. Schlägertypen und Rowdys.

Vom Umsatz des Nachmittags gelangweilt, schenkte er sich einen Drink ein und ging dann den Flur entlang zur Toilette. Auf dem Weg dorthin warf er zufällig einen Blick in das leere Zimmer links von der Toilette und wunderte sich, warum seine Frau das schummrige Deckenlicht angelassen hatte. Er streckte den Arm aus, um es auszudrehen. Die Augen traten ihm fast aus den Höhlen.

Und dann fiel er in Ohnmacht.

30

Noch bevor Wiggins den Wagen anhielt, hatte Jury bereits die Tür geöffnet und seinen Fuß auf den von Polizeiautos gesäumten Bürgersteig gesetzt. Ein paar uniformierte Polizisten hatten die Stelle abgesperrt und drängten die Schaulustigen zurück, die sich bei dergleichen Anlässen zu versammeln pflegen.

«Hier hinten, Superintendent», sagte der Sergeant, der sie angerufen hatte.

Drinnen verursachte die Polizei ein weitaus größeres Chaos als die Neugierigen draußen. Jury wurde Inspector Hatch vorgestellt, der ihn durch den spärlich beleuchteten Flur in ein Zimmer zu ihrer Linken führte.

Jury war sich des Anblicks, der ihn erwartete, so sicher gewesen, dass er die Zeit während der Fahrt über die Southwark Bridge damit verbracht hatte, gegen Visionen von ihrem verstümmelten Körper anzukämpfen. Daher konnte er es zunächst gar nicht fassen, dass das Opfer nicht Penny Farraday war.

Der leblose Körper auf dem Stuhl, dessen Arme schlaff herunterhingen und dessen Gesicht von brutalen Schlägen entstellt war, gehörte Harvey Schoenberg. Die breiige Masse, die einmal Schoenbergs Augen gewesen war, brachte Jury auf den Gedanken, Harvey habe in einem Anfall von ödipaler Raserei das Schwert gegen sich selbst gerichtet. Das Grausigste an diesem blutrünstigen Spektakel war jedoch in Jurys Augen ein kleines Blutrinnsal auf dem blinden Bildschirm von Harveys Ishi.

Der Rechtsmediziner klappte gerade seine Tasche zu. «Hallo, Superintendent. Wie Sie sehen, war es nicht allzu schwer, die Todesursache festzustellen. Die Kehle ist teilweise durchgeschnitten – komisch, als wäre ihm das erst nachträglich eingefallen –, der andere Stoß ging direkt ins Gehirn. Interessant ist, wie der Mörder an diese Waffe kam.» In seiner Hand, eingewickelt in ein Taschentuch, hielt der Arzt einen Dolch. «Mittelalterlichen Ursprungs, haben Sie nicht auch das Gefühl?»

«Elisabethanisch», antwortete Jury.

Der Arzt sah ihn zugleich erstaunt und amüsiert an. «Ich muss schon sagen, ihr Burschen kennt euch aus mit Waffen.» Er bedeckte den Dolch wieder mit dem Taschentuch. «Der Tod ist vor weniger als zwei Stunden eingetreten. Noch keinerlei Anzeichen von Leichenstarre.» Der Arzt zog seinen Regenmantel an. «Sie entschuldigen mich bitte, ich bin hier fertig und habe gerade die Auflösung eines ausgezeichneten Fernsehkrimis verpasst. *Der weiße Teufel.*»

Das gelbliche, von einem Metallschirm abgeblendete Deckenlicht warf düstere Schatten über den Tisch. «Diese Rachetragödien sind doch alle gleich.»

«So meinen Sie», wunderte sich der Arzt. «Das würde ich nicht sagen.»

«Der Tote da hat das gesagt.»

Der Arzt drehte sich noch einmal um und betrachtete Harvey Schoenbergs Leiche. «Sie haben ihn also gekannt? Ich nehme an, das wird Ihnen die Arbeit sehr erleichtern.»

«Sehr», sagte Jury, ohne eine Miene zu verziehen.

Laut Inspector Hatch hatte niemand das Opfer hereinkommen sehen.

«Er muss durch die Gasse und den Garten gekommen sein. Der Besitzer erinnert sich, ihn gestern zusammen mit einem anderen Mann hier gesehen zu haben. Sagt, er habe ihn nach einem alten Gasthaus namens ‹Zur Rose› gefragt. Soll hier in der Gegend gewesen sein. So wie der Arzt das sieht, muss er –» Hatch machte eine Geste in Richtung des Stuhls, auf dem noch vor kurzem Harvey Schoenberg gesessen hatte – «kurz nachdem das Lokal geöffnet worden war, so gegen elf, reingekommen sein. Wir müssen den anderen Mann finden, der mit ihm zusammen war –»

«Ich kenne diesen Mann.»

Hatch sah den Superintendent an, als wäre er ein Hellseher. «So. Und zu guter Letzt», fügte er dann hinzu und reichte Jury ein Stück Papier, «dies hier.»

Als Jury die Hand danach ausstreckte, wusste er bereits, was es war:

> Ich bin krank, ich werde sterben,
> Herr, erbarm dich unser.

«Liest sich wie der Abschiedsgruß eines Selbstmörders. Obwohl es offensichtlich kein Selbstmord ist. Was bedeutet das? Haben Sie eine Ahnung?»

«Es ist der Schluss eines Gedichts.»

Jury hoffte zumindest, dass es der Schluss war.

«Weil ich die Kathedrale von Southwark sehen wollte», sagte Penny, die scheinbar mühelos mit einem äußerst ungehaltenen Superintendent von Scotland Yard fertig wurde.

Nachdem Jury ihr von Harvey Schoenberg erzählt hatte, war sie in ihr Zimmer gegangen und hatte die Tür hinter sich zugeschlagen. Dort blieb sie einige Minuten und kam dann mit fleckigem Gesicht zurück, aus dem alle Tränenspuren weggewischt worden waren.

Auch jetzt erwähnte sie Harvey Schoenberg mit keinem Wort, sondern verteidigte ihre Streifzüge durch London. «Ich meine – Scheiße! Wir sind doch keine *Gefangenen*, niemand hat uns festgenommen –»

«Die Kathedrale von Southwark», sagte Jury. «Seit wann hast du solche religiösen Anwandlungen?»

Penny ließ sich neben Melrose Plant auf das Sofa fallen. Dass er jetzt, da sie sich schließlich begegneten, keinerlei Anstalten machte, eine Kostprobe seines schillernden Charmes zu geben, hatte ihre Haltung ihm gegenüber nicht gerade günstig beeinflusst. «Seit der alte Harvey ... hören Sie, es tut mir leid, dass er ... jedenfalls, seit er mir die Geschichte über die Kirche erzählt hat.» Sie ergriff ein Kissen und stopfte es sich mit Schwung in den Rücken, als wollte sie ihre Wut am Mobiliar auslassen.

«Eine Geschichte. Soso. Wenn du eine Geschichte hören willst, dann werde *ich* dir eine erzählen. Ich werde dich ins Kittchen stecken und dir in aller Ausführlichkeit erklären, warum ich nicht möchte, dass du in London allein herumläufst. In den Gassen gibt es genügend Kerle, die kleinen Mädchen die spannendsten Geschichten erzählen –»

«Ich bin kein kleines Mädchen –»

Jury überhörte ihren Einwand und fuhr mit erhobener Stimme fort: «Und vor allem will ich nicht, dass du mit irgendeinem Mitglied dieser Reisegruppe spazieren gehst! Ist das klar?»

Sie senkte den Blick und verfiel in ein grimmiges Schweigen.

Jury wiederholte seine Frage: «Ist das klar, Penny?»

Wütend riss sie den Kopf herum und schrie ihn an: «Sie sind nicht mein Vater!» Ihr Gesicht war rot angelaufen vor Wut, aber sie kam nicht von Herzen.

«Was für eine Geschichte?», erkundigte sich Melrose, als Jury in sein Büro zurückgefahren war.

«Ist doch egal», sagte sie bockig. «Großer Gott, inzwischen sind vier von uns ermordet worden. Und dann ist da noch Jimmy! Was ihm bloß zugestoßen ist?» Sie nahm wieder das Federkissen und drückte es an sich wie einen weichen Panzer. «Ich versuch mir einzureden, er wäre einfach nur abgehauen. Aber bestimmt steckt da noch was anderes dahinter.»

Um sie von diesem höchst unerfreulichen Thema abzulenken und auch weil er neugierig war, bestand Melrose darauf, dass sie ihm Harveys Geschichte erzählte.

«Oh, sie handelte von diesem Mädchen, Mary Overs. Sie hatte einen Vater namens John, der die Themse-Fähre betrieb; er wurde sehr reich, weil er die einzige Fähre über den Fluss besaß. Aber er war ein alter Geizkragen und außerdem richtig gemein.» An ihrem Daumennagel kauend, drückte sich Penny noch tiefer in ihre Sofaecke, als versänke sie selbst in den Abgründen der Gemeinheit. Sie schleuderte die Schuhe von den Füßen. «Dieser John war dermaßen geizig, dass er Mary versteckt hielt, weil er nicht wollte, dass die Männer sie sahen. Sie war nämlich so schön, dass jeder Mann, sobald er sie sah, sich im Nu in sie verliebte.» Penny schnalzte mit den Fingern. «Und wenn sie sich in sie verliebten, hieß das, sie wollten sie auch heiraten, und der alte John hätte für die Mitgift aufkommen müssen.»

Melrose merkte, dass sie zu ihm hinschielte, um zu sehen, ob er in vollem Umfang begriff, wie herzlos diese Mitgiftforderungen damals waren.

Sie fuhr fort: «Ihr Daddy beschloss, sich einen Tag lang totzustellen, um das Geld für das Essen ihrer Dienerschaft zu sparen. So geizig war er. Aber alle waren so glücklich darüber, dass er tot war, dass sie sich über das Essen und den Alkohol hermachten und um seine Leiche – oder das, was sie dafür hielten – ein richtiges Fest veranstalteten. Da erhob sich John in seinem Leichenhemd, um die Gesellschaft zu verjagen; sie glaubten natürlich, er sei der Teufel, und durchbohrten ihn mit einem Schwert.» Penny machte eine Bewegung, als wollte sie jemanden abstechen.

«Dann war Mary frei. Als aber ihr Geliebter im gestreckten Galopp zu ihr geritten kam, stürzte er vom Pferd und brach sich das Genick. Die arme Mary war darüber so unglücklich, dass sie Nonne wurde und dieses Kloster gründete, St. Mary Overies –»

«Das dann später die Kathedrale von Southwark wurde.»

Penny sah ihn erstaunt an. «Woher wissen Sie das?»

«Ich bin Lehrer», sagte Melrose achselzuckend.

Ihr Staunen verwandelte sich schnell in Ekel: «Igitt! *Lehrer!* Wie können Sie ein Graf sein und gleichzeitig Lehrer?»

«Ich bin kein Graf», sagte Melrose abwesend. In Gedanken ging er die Einzelheiten des Berichts durch, den ihm Jury über den Mord an Harvey Schoenberg gegeben hatte. Die Sache kam ihm überaus merkwürdig vor; irgendetwas stimmte da nicht.

«Kein Graf?» Penny war entrüstet. «Aber er hat mir erzählt –»

Sie zeigte auf die Tür, durch die Jury (dieser Lügner) gerade eben das Zimmer verlassen hatte.

«Tut mir leid. Ich habe den Titel nach einem 1963 vom Parlament verabschiedeten Gesetz abgelegt.»

Sein Lächeln galt einer zur Abwechslung sprachlosen Penny. «Aber warum?», brachte sie schließlich hervor.

«Darum.»

«‹Darum› ist keine Antwort. Man hört nicht einfach auf, ein Graf –»

Melrose aber dachte an ein Gespräch mit Harvey. «‹Als Friseure noch Chirurgen waren›», sagte er nachdenklich. «Southwark …»

Doch Penny fand mittlerweile die Kathedrale von Southwark schon genauso langweilig wie Melrose sein Grafentum. «Das bedeutet also, Ihre Frau wird keine – wie heißt das? –, keine Gräfin sein?»

«Gräfin.»

Ihr Gesicht strahlte Verachtung aus. «Sie haben also wahrhaftig auch auf das Recht Ihrer Frau auf einen Titel verzichtet?» Penny angelte sich mit den Zehenspitzen ihren Schuh und versetzte dem seidenen Kissen einen Schlag. «Ihr Egoismus kennt wohl keine Grenzen.»

Melrose, der aufbrechen wollte, nahm seinen Spazierstock und betrachtete ihn aufmerksam. «Also, da ich keine Frau habe, macht das wohl kaum einen Unterschied, oder?»

Sie kaute auf ihrer Lippe herum und sagte schließlich: «Nun, so viel kann ich Ihnen sagen: Wenn jemand, den ich liebe, sterben sollte, würde ich seinetwegen bestimmt nicht ins Kloster gehen.»

So saßen sie noch eine Weile in halb vertrautem Schweigen zusammen und dachten über den Verlust von Harvey Schoenberg, den Adelsstand und das mögliche Echo auf all dies im Staate West Virginia nach.

31

Es waren nicht so sehr die braunen Augen, der ungepflegte Schnurrbart und die schlaffe Körperhaltung, die Jonathan Schoenberg von seinem Bruder unterschieden – denn die Ähnlichkeit zwischen den beiden war offensichtlich –, sondern seine unterkühlte Art. Harveys überschäumendes Wesen fehlte dem älteren Bruder völlig; er wirkte eher wie abgestandener Champagner.

Sie fanden Jonathan Schoenberg im Britischen Museum. Auf

seinen hängenden Schultern schien der Staub der ihn umgebenden Altertümer zu lasten.

«Tot.» Vielleicht lag es an der Umgebung – Sarkophage, ägyptische Büsten –, dass seine Stimme so hohl klang. Dem Mann schien keine passende Bemerkung einzufallen. Obwohl er die Schultern noch mehr hängen ließ, verrieten weder seine Augen noch seine Stimme irgendwelche Gefühlsregung. «Ich kann es nicht glauben. Ich habe ihn heute Morgen noch gesehen –» Er schüttelte den Kopf.

«Sie haben gemeinsam ‹Brown's Hotel› verlassen?»

Jonathan Schoenberg nickte. «Er wollte nach Southwark, nein, Deptford. Er war besessen von diesem Christopher Marlowe.»

«Ja. Das ist uns bekannt. Hören Sie, vielleicht könnten wir in die Cafeteria gehen und uns dort unterhalten.» Die Kälte in dem Raum wurde unerträglich. Jury konnte fast schon seinen Atem sehen.

Schoenberg saß vor einer Tasse Kaffee und lockerte seine Strickkrawatte. Krawatte und Anzug sahen nicht gerade billig aus, obwohl Jonathan Schoenberg keinen großen Wert auf Kleidung zu legen schien. Man hatte den Eindruck, als drückte der gewiss außergewöhnliche Verstand des Mannes seinen Körper nieder wie ein schweres Gewicht. Neben ihm hätte der arme Harvey beinahe geschniegelt ausgesehen.

«Sie sind Gelehrter, Mr. Schoenberg. War denn irgendetwas dran an dieser Sache, der Ihr Bruder nachging, etwas von Interesse?»

«Interesse –?» Schoenberg stieß ein kurzes Lachen aus. «Mein Gott, Superintendent, es war eine völlig absurde Theorie. Worauf wollen Sie hinaus? Dass ihn jemand deswegen umgebracht hat?» Schoenberg betrachtete seine Hände, mit denen er die Knie umschlungen hielt. Allein sein Tonfall verriet die Abwegigkeit dieser Annahme. Er hielt es deshalb auch gar nicht für nötig, Jury oder Wiggins zur Bekräftigung seiner Worte anzusehen.

«Sie glauben also nicht, dass Ihr Bruder irgendwelche Feinde hatte?»

«*Deswegen* bestimmt nicht. Auch sonst ist es kaum vorstellbar, dass jemand Harvey hassen könnte.» Ein Lächeln huschte über sein Gesicht.

Das Lächeln war ungekünstelt. «Gab es zwischen Ihnen irgendwelche Unstimmigkeiten?»

Schoenberg schien überrascht. Er lachte fast. «Welche Unstimmigkeiten könnte es zwischen uns schon gegeben haben?»

Offensichtlich machte Schoenbergs Gefühlskälte auch Wiggins zu schaffen. Er schob den Hustenbonbon, an dem er gerade lutschte, nach hinten in den Rachen und sagte: «Wissen wir nicht, oder? Deshalb fragen wir.»

Jonathan Schoenberg schien nicht geneigt, Wiggins überhaupt wahrzunehmen, wie er wahrscheinlich auch die Anwesenheit eines jüngeren, weniger scharfsinnigen Kollegen ignoriert hätte. Er richtete also weiterhin das Wort an Jury. «Also gut – Harvey plagte wohl die Eifersucht. Ich war der Begabtere, und unsere Eltern haben mich vorgezogen; ich war derjenige, der immer das größere Stück vom Kuchen abbekam. Harvey hat sehr viel Zeit und Energie darauf verwendet, sich zu beweisen, und ich bin sicher, diese fixe Idee Marlowe und Shakespeare betreffend zielte in dieselbe Richtung.» Er verkündete dies ohne großes Interesse für Harvey oder Harveys Theorie und mit tonloser Stimme, während sein Blick über die graubraunen Wände und die trostlose Einrichtung der Cafeteria glitt.

Vielleicht wird man an der Universität so, dachte Jury. «Haben Sie Ihren Bruder oft gesehen, Mr. Schoenberg?»

Jonathan schüttelte den Kopf. «Selten.»

«Aber Sie wohnten doch nicht weit auseinander.»

«Das ist richtig.»

«In London haben Sie sich jedenfalls getroffen.»

Schoenberg hob abrupt den Kopf. «Na und? Ich komme mindestens einmal im Jahr hierher, meistens im Sommer.» Er warf seinen Pass auf den Tisch und fuhr ungerührt fort: «Vermutlich wollte er mir sämtliche Beweise zeigen, die er gesammelt hatte.» Er lächelte frostig. «Oder mich damit bloßstellen. Aber in Anbetracht der jüngsten Ereignisse treten Harveys Theorien über Marlowe und Shakespeare ja wohl ziemlich in den Hintergrund – ich meine die Morde an den Mitgliedern dieser Reisegruppe.»

Er warf Jury einen Blick zu, der zu besagen schien, dass dieser seine Zeit mit Nichtigkeiten vergeudete.

Da Jury vorgehabt hatte, den Pass zu verlangen, stellte er sich vor, dass Schoenberg meinte, er hätte ihm etwas voraus. Er nahm den Pass zur Hand und blätterte ihn durch. Die Visa waren in den letzten fünf Jahren fast immer zur selben Zeit ausgestellt worden. Trotz allem, was er zu Lasko gesagt hatte, sah der Pass ganz echt aus. Er gab ihn zurück.

«Ich nehme an, Harvey hat Ihnen von den Eigenarten dieses Killers berichtet.» Jury zog seine Kopie des Gedichts aus der Tasche und gab sie Schoenberg. Die betreffende Strophe hatte er angestrichen. «Sergeant Wiggins sagte, Sie hätten das Gedicht erkannt.»

««Ein goldner Schimmer in der Luft› … natürlich. Es ist von Nashe. Allein diese Zeile ist schon sehr berühmt.»

«Er schrieb das Gedicht, als die Pest wütete.»

Jonathan stieß wieder dieses kurze, überlegene Lachen aus. «Ja, ich weiß.»

Jury wartete vergeblich, dass Schoenberg fortfahren würde. Er ließ sich das Gedicht wiedergeben und steckte es ein.

Schoenberg war ungefähr der frostigste Typ, mit dem er jemals Kontakt gehabt hatte. Oder vielmehr keinen Kontakt. Er wurde aus dem Mann einfach nicht schlau.

32

A rmer Harvey», sagte Melrose. «Der verrückte Kerl fing an, mir ans Herz zu wachsen.» Mit einem fast schon nostalgischen Gefühl hatte er Jury und Wiggins von ihren Exkursionen nach Deptford erzählt. Er schob die zusammengehefteten Seiten, in denen er gerade las, beiseite. «Bringt das die Theorie von den schönen Damen nicht ins Wanken?»

«Nett, dass Sie mich daran erinnern», sagte Jury und rieb sich die Augen und lehnte sich auf seinem Stuhl in Plants Salon im «Brown's» zurück. Vor den drei Männern – Jury, Plant und Wiggins – lag ein Computerausdruck, den ein äußerst frustrierter Computerexperte des New Scotland Yard Harvey Schoenbergs widerstrebendem Ishi abgetrotzt hatte. Schoenberg hatte während seiner Reise mehr als sechzig Seiten eingegeben und vermutlich weitaus mehr zu Hause zurückgelassen.

Jury schob seinen Stapel Papiere beiseite: «Ich habe das Ganze dreimal durchgelesen und keinen einzigen Hinweis gefunden.»

«Das hab ich nicht gewusst», sagte Wiggins.

«Was?», fragte Jury.

«Wie abstoßend diese öffentlichen Hinrichtungen waren. Er spricht davon, wie die Leute sich an den letzten Zuckungen der Verurteilten ergötzten. Sie haben sogar den Henker aufgefordert, das Herz herauszuschneiden.» Wiggins sah unwohl aus. «Der Henker schlitzte sie noch bei vollem Bewusstsein auf, dann schnitt er ihnen das – ich meine nur, Sir, wie kann jemand noch am Leben sein, wenn –»

«Versuchen Sie es sich lieber nicht vorzustellen, Wiggins», sagte Jury düster.

Melrose hatte gerade die letzte Seite seiner Kopie gelesen und sagte: «Jedenfalls ist die Welt etwas zivilisierter geworden, Sergeant Wiggins. Heutzutage läuft der Mob nur bei Verkehrsunfällen und Krankenwagen zusammen.»

«Ich würde das, was Schoenberg oder den anderen zugestoßen ist, nicht unbedingt ‹zivilisiert› nennen», meinte Wiggins hartnäckig. Krankheit, Störung, Gebrechen – damit konnte er es nicht abtun. «Und damals, zu Marlowes Zeiten, die Pest. Mein Gott, können Sie sich etwas Schrecklicheres vorstellen …?» Wiggins schauderte.

Jury hob langsam seinen Kopf aus der Hand, die auch nicht viel gegen seine Kopfschmerzen ausrichten konnte, und sagte: «‹Durch die Lande eilt die Pest›. Könnten Sie bitte diese Strophe vorlesen?», bat er Melrose.

Plant setzte seine Brille auf und las:

«Ihr Reichen trauet nicht dem Geld,
es kann Gesundheit euch nicht kaufen.
Den Körper selbst der Tod schon hält,

da alle Dinge endlich laufen.
Durch die Lande eilt die Pest;
ich bin krank und bald verwest.»

Jury sah Melrose an und sagte: «Als Sie sich mit Harvey unterhielten, war doch die Rede von einer Frau?»

«Ach, ja. ‹Das war in einem andern Land. Und außerdem, die Dirn' ist tot.»

Jury, der seinen eigenen Gedanken nachhing, sagte zu Wiggins: «Wiggins, da war etwas dran an dem, was Sie sagten.»

Wiggins sah sich im Zimmer um, als könnte er dieses Etwas irgendwo finden. «Sir?»

«Die öffentlichen Hinrichtungen. Das Aufschlitzen der Körper. Dass das, was mit den Opfern geschah, kaum zivilisierter war als damals.»

Jury erhob sich. Der Gedanke, den er in Racers Büro noch nicht hatte formulieren können, war jetzt greifbar geworden. «Wir haben uns nur auf diese eine Strophe konzentriert – diejenige, die der Mörder uns hinterlassen hat – und dabei den Inhalt des ganzen Gedichts außer Acht gelassen.» Jury ging auf die Tür zu.

«Wohin gehen Sie, Sir?»

«Zu James Farraday. Ich muss blind gewesen sein. Ich habe die einzige wirklich wichtige Person vernachlässigt.»

Melrose setzte die Brille ab. «Ich kann nicht folgen. Welche einzige wichtige Person?»

«Ihre Mutter», sagte Jury.

«Nell?», sagte James Farraday. «Was ist mit ihr?» Er saß in dem eleganten Speisesaal des «Brown's» und trank einen Whisky, bestimmt nicht seinen ersten. «Ich verstehe nicht.»

«Erzählen Sie mir, was Sie über sie wissen, Mr. Farraday», sagte Jury.

«Aber sie ist doch tot.» Farraday steckte sich eine schwarze Zigarre in den Mund, vergaß aber, sie anzuzünden.

«Das ist mir bekannt. Penny sagte, ihre Mutter sei an ‹Auszehrung› – wie sie das nannte – gestorben. Was für eine Krankheit es eigentlich war, hat sie nicht gesagt. Ich glaube, sie wusste es nicht. Können Sie mir das sagen?»

Farraday ließ sich sehr viel Zeit mit der Antwort: «An einer Geschlechtskrankheit.» Er machte eine Pause. «Syphilis.» Er schien nicht zu wissen, wohin er blicken sollte, zum Fenster hinaus oder auf sein Whiskyglas. «Und das ist nicht gerade das, was man Kindern erzählt, oder?»

«Nein.»

«Nell war ein dummes junges Ding vom Land. Sie hat zu lange gewartet, Sie verstehen? Als der Arzt es mir sagte, war es bereits zu spät.» Endlich zündete er sich seine Zigarre an. «Sie musste ins Krankenhaus. Das heißt, es war eher eine Art Sanatorium. Alles, was sie noch tun konnten, war, es ihr so angenehm wie möglich zu machen. Angenehm! Die Hölle war es. Haben Sie schon einmal einen an Syphilis Erkrankten gesehen?»

«Was haben Sie Penny und Jimmy erzählt?»

«Na, einfach nur, dass sie gestorben ist.»

‹Einfach nur›. Jury fand es merkwürdig, dass der Tod der Mutter so beiläufig abgetan worden war. «Und wie hat sie die Syphilis bekommen, Mr. Farraday?»

«Sie glauben, durch mich, stimmt's? Aber ich war es nicht,

235

Superintendent. Ich nehme an, sie hat mit jedem geschlafen. Hören Sie, als ich Nell Altman traf, war sie drauf und dran, ihr Geld auf der Straße zu verdienen; die beiden Kinder hatte sie auch am Hals. Gedankt haben sie es mir nicht, das kann ich Ihnen sagen –»

Das klang weniger nach Selbstmitleid als nach dem Versuch, Zeit zu gewinnen, dachte Jury. «Als Sie von der Syphilis erfuhren, müssen Sie doch Fragen gestellt haben –»

«Ob ich sie gefragt habe – Sie sind vielleicht komisch. Ich habe, verdammt, eine Menge Fragen gestellt. Aber sie hat sie mir nicht beantwortet. Sie kannten Nell nicht. Großer Gott, sie war der Eigensinn in Person.»

«Wenn sie Ihnen nichts gesagt hat, woher wollen Sie dann wissen, dass sie mit jedem geschlafen hat?» Jury verspürte ein unerklärliches Verlangen, den Leumund dieser Frau zu verteidigen. «Es konnte doch auch ihr Mann gewesen sein, der –»

«Mann? Es hat nie einen gegeben.»

«Also gut. Nennen Sie diesen Herrn, wie Sie wollen –»

«Ich werde diesem verfluchten *Herrn* schon die passende Bezeichnung geben. Ein Hurensohn war er!» Farraday beugte sich über den Tisch und ließ Jury in den Genuss seiner Whiskyfahne kommen. «Der Kerl war geschlechtskrank und hat ihr nichts davon gesagt.»

«Vielleicht wusste er auch nichts davon.»

«Vielleicht wusste er es aber doch, Mister! Vielleicht wollte er sie nicht damit *belästigen*. Vielleicht wollte er sich den Ärger ersparen.»

«Was passierte Ihrer Meinung nach mit dem Vater?»

Farraday zuckte die Achseln. «Weiß der Himmel. Ich nehme an, er hat sich aus dem Staub gemacht. Sie hat ihn nie erwähnt, und ich habe nie nach ihm gefragt. Auch nicht danach, woher sie diese widerliche Krankheit hatte.» Farraday fuhr sich mit der Hand übers Gesicht. «Das arme Luder hat mit allen gepennt und hatte keine Ahnung von Männern.»

«Sie hat mit allen geschlafen, nur nicht mit Ihnen, war es das?»

Farraday schwieg einen Moment lang. Dann sagte er: «Ich hatte vor, sie zu heiraten. Ich meine, bevor ich erfuhr …» Ihm versagte die Stimme.

Wie großmütig, dachte Jury, irritiert über seinen unprofessionellen Ärger. Doch der Ärger verflog, als Farraday niedergeschlagen fortfuhr: «Aber sie wollte mich nicht haben. Fragen Sie mich nicht nach dem Vater, dem Mann oder sonst wem. Sie kam aus irgendeinem gottverlassenen Kaff in West Virginia. Sie kennen vielleicht die Sorte: Sie blinzeln einmal, und schon haben Sie den Ort verpasst. Er hieß Sand Flats oder so ähnlich. Der einzige Angehörige, den ich gesehen habe, war ihr Dad; der kam, um sie anzupumpen –» Farraday hob sein Glas, als wollte er Jury zuprosten; die Geste galt indessen dem Kellner, der aus dem Nichts herbeigeschwebt zu sein schien. «Sagen Sie mal, gibt's hier keinen guten alten Kentucky Bourbon?»

«Keinen Kentucky. Nur Tennessee Sour Mash. Wäre Ihnen der genehm, Sir?»

Farraday nickte, und der Kellner verschwand. «Nell hatte ein weiches Herz. Ich hätte das vorhin nicht sagen sollen, ich meine, dass sie dumm war. Nell war nicht dumm. Ganz und gar nicht. Gutgläubig ist das richtige Wort. Wenn jemand etwas von ihr wollte, bekam er es. Wie diese traurige Gestalt von einem Vater –»

«Wie hieß er?»

Verwirrt sah Farraday von seinem Teller auf. Er hatte das Essen nicht angerührt, sondern nur darin herumgestochert. «Wie er hieß?»

«Ich meine, hieß er Altman? Benutzte Nell Altman ihren Mädchennamen?»

Er überlegte kurz, dann sagte er: «Ich glaube, ja. Sie müssen verstehen, Nell hat nie viel über sich erzählt –»

«Fahren Sie fort.»

«Penny ist genau wie sie. Sieht aus wie sie und benimmt sich auch wie sie. Oh, Penny hat nur eine harte Schale, aber innendrin ist sie weich wie Kartoffelbrei. Und dieser Jimmy – wo hat der bloß seinen Verstand her? In der Schule hat er den bestimmt nicht geschärft. Ich wollte ihn auf eine Privatschule schicken – nun, eigentlich war das Amelias Idee.» Er fuhr sich mit der Serviette übers Gesicht, als wollte er verstohlen die aufsteigenden Tränen trocknen. «Aber Jimmy gefiel es weder an privaten noch an öffentlichen Schulen. Wir witzelten immer darüber, Jimmy und ich: ‹Die Schule ist noch nicht erfunden, die einen Jimmy Farraday halten kann.› Amelia hätte natürlich am liebsten alle drei in ein Internat gesteckt. Bei Honey Belle war das egal; sie hätte jede Schule in ein Tollhaus verwandelt. Penny ist anders. Die Kleine redet gern so, als käme sie direkt aus der Gosse, aber ich glaube, das tat sie aus Loyalität … Verstehen Sie, was ich meine?» Farraday hatte inzwischen seinen Whiskey bekommen und fast ganz ausgetrunken.

«Ich verstehe, was Sie meinen. Warum wollte Nell Altman Sie nicht heiraten?»

Farraday starrte einen Augenblick in sein Glas, bevor er antwortete. «Weil sie mich nicht geliebt hat, darum. Nell hätte niemals jemanden des Geldes wegen geheiratet.» Hier blickte er rasch weg, als sollte Jury nicht einen Gesichtsausdruck sehen, der besagte: *nicht wie gewisse andere.* Dann sah er ihn wieder an. «Es hat keinen Sinn, so zu tun, als wären Amelia und ich verliebte Turteltäubchen gewesen. Wir hatten jede Menge Probleme. Die Scheidung lag in der Luft, ja sie war im Grunde unausweichlich.»

«Das wusste ich nicht.»

«Amelia auch nicht», sagte Farraday leise. «Vielleicht ist es nicht besonders klug von mir, Ihnen das zu erzählen, nach allem, was geschehen ist.»

Jury lächelte. «Mr. Farraday, wenn jeder Mann, der sich scheiden lassen will, stattdessen seine Frau umbringen würde, hätte die Polizei alle Hände voll zu tun. Außerdem würde es nicht die anderen Morde erklären.»

«Verzeihen Sie. Ich denke nicht mehr klar.»

«Klar genug. Erzählen Sie weiter.»

«Glauben Sie mir, ich würde alles geben, um die Morde an Amelia, Honey Belle und den anderen ungeschehen zu machen. Sie halten mich vielleicht für ziemlich kaltblütig, aber ich versichere Ihnen, ich würde wirklich alles geben, und ich besitze einiges. Aber wenn ich ganz ehrlich bin –» er verstummte und sah Jury beinahe flehentlich an – «es mag brutal klingen ...»

«Die Wahrheit ist oft brutal.»

«Am meisten tut es mir um Jimmy leid. Und um Penny. *Noch* ist ihr nichts zugestoßen –»

Seine Stimme hatte einen eisigen Klang angenommen.

«Wir werden Jimmy finden», sagte Jury mit einer Überzeugung, die nicht von Herzen kam. Aber der Mann hatte eine Menge durchgemacht. «Was Penny betrifft, so habe ich ihr befohlen, das Hotel nicht ohne Begleitung zu verlassen.»

Farraday rang sich ein Lachen ab. «Penny hat sich noch nie von irgendjemandem etwas befehlen lassen.»

«Doch. Von mir», sagte Jury lächelnd.

Sehr leise sagte James Farraday: «Ihr Burschen … ich glaube nicht, dass ihr mehr Ahnung habt, was hier vorgeht, als am Anfang.» Es hörte sich weniger wie ein Vorwurf als wie ein düsteres Gefühl an.

Jury sagte nichts dazu. Stattdessen stellte er eine weitere Frage: «Würden Sie sagen, dass Nell schön war?»

Farraday schien genau darüber nachzudenken. «Für mich schon. Ich hätte gedacht, jeder würde sie schön finden.»

Jury erhob sich. «Im Übrigen denke ich, dass wir der Lösung ein wenig näher gekommen sind: Zumindest habe ich jetzt das Motiv gefunden. Nell – das ist doch ein Kosename. Hieß sie nicht eigentlich Helen?»

«Helen. Ja richtig.» Aber Farradays Blick spiegelte nur noch mehr Verwirrung. «Helen.»

33

Er war (vermutlich im Kreis) durch Wälder gelaufen und eine lange Straße hinunter (wo er zu dieser frühen Stunde nur wenige Autos sah). Er war fest entschlossen, auf die andere Seite des Flusses zu gelangen, den er von seinem Turmzimmer aus gesehen hatte. In der Ferne hörte er Verkehrslärm.

James Carlton ließ sich so wenig wie möglich blicken. Er trug die Katze, die (wohl aus Mangel an Jell-O) ganz schwach war. Rechts von ihm wuchs leuchtend grünes Gras. Zuerst dachte er, es wäre ein Golfplatz.

Er ging über die Kuppe eines Hügels und sah Reihen um Reihen von Grabsteinen. James Carlton wusste nicht, dass es so viele Tote auf der Welt gab. Reihe um Reihe. Und da unten eine kleine Gruppe von Leuten.

Dann hörte er es. Jemand spielte einen Zapfenstreich. Er hatte gedacht, das gäbe es nur im Kino. Mit der Katze auf einem Arm stand James Carlton so gerade, wie er konnte, und salutierte. Es war der langsamste, jammervollste Klang, den er im Leben gehört hatte. Und als hätte ihm jemand ein Bajonett mitten durchs Herz gestoßen, wusste er mit Sicherheit, dass sein Dad tot war.

Sein Dad war kein Baseballspieler oder etwas Derartiges: Sein Dad war als Held gestorben. Und dann dachte er: Vielleicht war die komische Vision von Sissy, wie sie hinter Toten und Blut und Pistolenschüssen herrannte, eine alte Erinnerung, die aus einem dunklen Ort in seinem Gehirn auftauchte.

Die graue Katze gab ein leises, gequältes Knurren von sich. James Carlton machte kehrt und ging wieder auf den Fluss zu.

Er musste es einfach akzeptieren: Sein Dad war tot, und an seiner Stelle gab es nur Farraday. Na ja, das war nicht so schlecht. Aber lieber würde er in eine Flammenhölle springen, als sich mit dieser Amelia Blue abzufinden.

Jedenfalls war seine richtige Mom in Hollywood, vielleicht.

Vielleicht erinnerte sie sich sogar daran, dass er vermisst war.

Als er die Brücke über den Fluss erreichte, war es taghell. James Carlton bog in die erste Straße ein, an die er kam. Immer noch trug er die Katze aus Angst vor den Autos.

Er fragte einen grauhaarigen Mann in engen Jeans mit einem Ring im Ohr nach dem Polizeirevier. Der Mann schien wie zu einer Musik in seinem Kopf leicht zu schwanken und sagte, er wüsste nicht, ob hier eines wäre. Die Straße war voller Geschäfte – chic aussehende Boutiquen und Feinkostläden –, die alle noch zu waren, manche mit Gittern davor.

Der Nächste, den James Carlton ansprach, war ein über eine Mülltonne gebeugter alter Mann, der die Frage nicht zu verstehen schien und ihn um Geld bat.

Endlich bekam er Auskunft von einer bieder und matronenhaft aussehenden Frau in Weiß, die er für eine Krankenschwester hielt. Sie sagte, ja, sie wüsste, wo das Polizeirevier ist, aber warum er es wissen wollte, ob er Probleme hätte? Sie überragte ihn, ein weißer Berg voller Fragen und Krankenschwesternnettigkeit, was ihn an seine alte Haushälterin erinnerte. Er sagte, nein, alles wäre in Ordnung, sein Vater wäre Polizeichef, und nachdem er sie mit dieser kleinen Information verblüfft hatte, gab er zur Ausschmückung an, die Katze wäre von einem Auto angefahren worden. Als hätte sie sich mit ihrem Wohltäter verschworen, um so eine Zuflucht zu finden, miaute die graue Katze jämmerlich.

Mit Unfällen, Krankheit und Tragödien vertraut, zeigte die Frau eiligst die Straße hinauf, sagte ihm, um welche Ecken er biegen musste, und wünschte ihm Glück. Bevor sie auseinandergingen, gab sie der Katze einen leichten Klaps, und James Carlton setzte seinen Weg fort.

Als James Carlton schließlich das Polizeirevier von Georgetown, Washington, D.C., betrat, sah der diensthabende Beamte, ein gutaussehender schwarzer Polizist, mit einem strahlenden Lächeln von seinem Schreibtisch auf.

James Carlton hatte schon immer gewusst, dass die Polizei ein Herz für vermisste Kinder und Tiere hatte, und sprudelte ohne Umschweife los: «Ich heiße James Carlton Farraday, und mein

Vater – ich meine, mein Stiefvater – ist James C. Farraday. Er ist zurzeit in Stratford-upon-Avon. Das liegt in England. Und ich bin vor fünf Tagen gekidnappt worden.»

Im Lauf seiner Erzählung wechselte der Ausdruck auf dem Gesicht des Polizisten von nachsichtiger Verwunderung zu ungläubigem Erstaunen. Dennoch machte er sich sorgfältig Notizen. Schließlich sagte er vorsichtig, James Carlton sei wirklich ein sehr tapferer Junge, und seine Geschichte sei gewiss aufregend und romantisch, aber … Und hier wurde er von einem tödlich beleidigten James Carlton unterbrochen.

«Daran ist überhaupt nichts *Romantisches*. Wenn Sie mir nicht glauben, der Beweis steht auf der Rückseite eines Bildes in dem Haus dahinten.» Er deutete vage in Richtung des Potomac. «Ich war fünf Tage lang gekidnappt und diese Katze hier auch –» Er hielt sie hoch, um zu zeigen, wie eine gekidnappte Katze aussah.

Den Tränen so nahe wie noch nie in seinem Leben, fügte James Carlton lauter als notwendig hinzu: «Haben Sie in dem Knast hier vielleicht so etwas wie Jell-O?»

34

Im «Brown's» ließ Jonathan Schoenberg Jury, Wiggins und Melrose Plant in sein Zimmer treten, ohne großes Interesse dafür zu bekunden, warum die Polizei ihn schon wieder sprechen wollte oder warum sich eine Privatperson in ihrer Begleitung befand.

«Wir haben da noch ein paar Fragen, Mr. Schoenberg», sagte

Jury im Stehen, während sich die anderen setzten, Schoenberg auf seinen früheren Platz auf dem Sofa, Plant und Wiggins in bequeme Ohrensessel. Das Hotel war bei der Möblierung der Zimmer nicht knickrig gewesen.

«Diese Bitterkeit im Verhältnis zwischen Ihnen und Ihrem Bruder –»

«Harvey war der Verbitterte, Superintendent.»

«Mag sein. Ich habe mich nur gefragt, ob da nicht noch etwas anderes hineinspielte, Frauen vielleicht?»

Jonathan schien überrascht. «Frauen?»

«Vielleicht nur eine Frau –»

Schoenberg lachte. «Hören Sie, sollten Sie nicht besser Fragen stellen, die auch etwas mit dem Mord an Harvey zu tun haben?»

«Ich denke, diese Frage hat damit zu tun. Sie waren nie verheiratet?»

«Was, zum Teufel –» Er zuckte die Achseln. «Nein. Wieso sich fürs ganze Leben an eine einzige Frau binden? Man muss nicht erst heiraten, um eine Frau zu bekommen.» Er lehnte sich zurück und löste den Knoten seiner Krawatte, als würde bereits die ihn in seiner Freiheit einschränken. «Ich bin der Frau, die es wert wäre, noch nicht begegnet.»

Jury sah an ihm vorbei zum Fenster. Draußen wurde es langsam dunkel, und die Schatten ließen die Umrisse der Stühle und Tische verschwimmen. «Dachte Harvey da ähnlich?»

«Harvey? Woher soll *ich* das wissen?»

«Und dann wäre noch zu klären: wieso die anderen drei Morde?»

«Sie haben es anscheinend mit einem blutrünstigen Psychopathen zu tun, Superintendent.» Schoenberg zündete sich an seinem Zigarettenstummel eine neue Zigarette an.

«Das glaube ich nicht.» Er machte eine Kopfbewegung zu Melrose hin. «Mr. Plant kennen Sie bereits. Er hat da eine interessante Theorie –»

«Es wäre mir lieber, Scotland Yard unternähme etwas, anstatt herumzutheoretisieren.»

«Der Tod Christopher Marlowes –», begann Melrose. Weiter kam er nicht, denn Schoenberg unterbrach ihn unter schallendem Gelächter.

«Hat Harvey Sie angesteckt?»

«Gewissermaßen. Aber haben Sie etwas Geduld.»

Schoenberg machte eine großmütige Geste mit der Hand. «Schießen Sie los. Ich dachte, ich hätte bereits alle Einzelheiten über Marlowes Tod gehört.»

Plant lächelte verbindlich. «Angenommen, Motiv und Gelegenheit wären vorhanden, dann hätten Sie genug gewusst, um den Mord an Ihrem Bruder wie den an Marlowe aussehen zu lassen.»

Schoenbergs Lächeln war so dünn wie eine Rasierklinge. «Aber es gibt kein Motiv, und sofern Sie nicht davon ausgehen, dass ein anderer die übrigen Morde begangen hat – ich war in den Vereinigten Staaten. Ein Dutzend Leute können das bezeugen.»

«Davon bin ich überzeugt», sagte Jury.

Schoenberg sah ihn an.

«Wissen Sie», sagte Melrose, «die Geschichte, die sich um Nashe rankt, ist äußerst interessant.»

«Kann ich nicht behaupten, aber Sie werden mir bestimmt erklären, auf was Sie hinauswollen.»

«Ja. Zum einen gibt es zu Marlowes Tod eine sehr interessante These; eine, die Ihr Bruder seltsamerweise nicht erwähnt hat.» Melrose hielt den Computerausdruck hoch. «Steht alles hier drin.»

«Soso. Und was steht drin? Der Name des Mörders?»

Wiggins holte ein Blatt Papier aus seiner Tasche. «Könnte man sagen, Sir.» Seine Stimme war heiser, zur Abwechslung mal nicht von einer Halsentzündung.

Plant fuhr fort: «*Ursprünglich* hieß es, Marlowe sei im Jahre 1593 an der Beulenpest gestorben. Interessant ist, dass im Lauf der folgenden fünfzehn Jahre nur die *Feinde* Marlowes die Geschichte, der zufolge er in einem Gasthof in Deptford erstochen worden sein soll, verbreitet haben. Seine Freunde haben nie daran geglaubt. Im Bericht des Leichenbeschauers war von einem Christopher Morley die Rede. Nun war Morley ein ziemlich häufiger Name. Es war wegen der damaligen Vielfalt von Schreibweisen fürchterlich kompliziert, Dokumente zu identifizieren. Shakespeare selbst hat seinen Namen verschieden –»

Schoenberg rutschte ungeduldig auf dem Sofa hin und her. «Mein Gott, ich weiß, dass es unterschiedliche Schreibweisen gab; seit Jahren lehre ich dieses Zeug.»

«Gelegentlich unterschrieb Marlowe mir ‹Morley› – aber nur bis zu einem bestimmten Zeitpunkt, danach nie wieder. Später benutzte er den Namen ‹Marley› oder eine andere Variante von ‹Marlowe›. Es gab jedoch einen *anderen* ‹Christopher Morley›, der zufällig ein Agent war und zwischen England und den Niederlanden hin und her pendelte. Was die anderen betrifft: Robert Poley – einer der drei Beteiligten – war angeblich an dem Tag, an dem Marlowe starb, in Den Haag. Das bedeutet, er muss heimlich nach Deptford gekommen sein. Es gab auch *zwei* Nicolas Skeres – mindestens zwei –, und im Bericht des Leichenbeschauers steht der Name ‹*Francis* Frazir›. Nicht Ingram Frazir –»

Nun ließ Schoenberg seinem Ärger freien Lauf: «Was zum Teufel hat das alles mit Harvey zu tun?»

«Wenn Sie mich einmal ausreden ließen.» Melrose zündete sich eine seiner dünnen Zigarren an. «Es ist durchaus möglich, dass dieser Mann, von dem seine Feinde behaupten, er sei Christopher Marlowe, mit der in dem Gasthaus in Deptford Strand getöteten Person nicht identisch ist. Und dass Marlowe in der Tat an etwas anderem gestorben ist.»

«Sechzehn Geschworene haben die Leiche identifiziert», beharrte Jonathan.

Melrose lächelte. «Sie haben eine Menge von Ihrem Bruder gelernt. Die Identifizierung dürfte jedoch ziemlich schwierig gewesen sein, da das Opfer die Dolchstiche ins Gesicht bekommen hat.»

«Warum ist Marlowe dann nicht auf den Plan getreten und hat sie aufgeklärt?» Schoenberg schien gegen seinen Willen fasziniert.

«Ganz einfach. Eine politische Intrige. Man hatte ihm befohlen, nicht in Erscheinung zu treten.»

«Und dann von den Toten aufzuerstehen?»

«Christopher Marlowe könnte Selbstmord begangen haben.» Melrose zog an seiner Zigarre. «Gründe genug gab es. Das Gefängnis von Newgate. Den Tod Tom Watsons. Den Verrat durch seinen besten Freund Walsingham. Marlowe muss ein äußerst verzweifelter junger Mann gewesen sein. Ein Selbstmord scheint mir durchaus im Bereich des Möglichen gelegen zu haben.»

Schoenberg hob die Hände. «Hervorragend. Sie haben also Christopher Marlowes Tod aufgeklärt. Würden Sie mir jetzt freundlicherweise verraten, was das mit Harvey zu tun hat?

Wollen Sie damit andeuten, mein Bruder habe Selbstmord begangen?»

Melrose hob spöttisch die Brauen. «Haben Sie denn nicht begriffen, alter Junge? Die Leiche wurde nicht richtig identifiziert.»

«Ein fehlendes Motiv ist immer das größte Problem», sagte Jury in das nach Plants abschließender Feststellung entstandene Schweigen hinein. «Solange wir das Motiv nicht kannten, gab es zwischen den Morden keine Verbindung. Nell Altman schuf diese Verbindung. Ich glaube aber nicht, dass Farraday der Mann war, der sie ins Unglück gestürzt hat. Ihr Bruder war es, stimmt's?»

Schoenberg schien mit großem Interesse das Muster des Teppichs zu studieren: Als er schließlich zu sprechen anfing, klang seine Stimme völlig verändert. «*Farraday* hat sie rausgeschmissen, oder? Und sie in diesem verfluchten Krankenhaus verrecken lassen –»

«‹Das war in einem andern Land. Und außerdem, die Dirn' ist tot›», zitierte Plant.

«Eine meisterhafte Leistung, Harvey», sagte Jury. «Sie sollten Schauspieler werden. Das einzige Problem waren die Augen, nicht wahr? Beinahe die gleiche Körpergröße. Dann nur die Schultern etwas hängen lassen, ein Schnurrbart lässt sich ankleben. Mit dem Rasiermesser kann man dann das Massaker veranstalten und gleichzeitig Jonathan den Schnurrbart abnehmen. Ziemlich makaber, dauert aber kaum eine Minute. Und mit Hilfe von Kontaktlinsen lassen sich graue Augen ganz einfach in braune verwandeln. Aber die Augenfarbe Ihres Bruders konnten Sie nicht verändern. Dieses ganze Material über Marlowes Tod haben Sie zusammengetragen, um den Mord zu imitieren und uns auf eine falsche Fährte zu locken. Sie brachten sogar Jonathan in Verdacht, der, wie Sie sagten, jedes Detail kannte. Sie müssen Ihren Bruder ziemlich genau beobachtet haben, um Haltung und Stimme so gut nachahmen zu können. Haben Sie Tonbandaufzeichnungen gemacht?»

Harvey Schoenberg trat der Schweiß auf die Stirn. Er zerrte an der Strickkrawatte wie ein Erstickender.

«Sie mögen keine Krawatten, nicht?», sagte Melrose Plant. «Sie haben auch die ganze Zeit an Ihren Fliegen herumgefingert. Ich muss schon sagen, Harvey, *mich* zu diesem Abendessen mit Ihrem Bruder einzuladen, war wirklich bravourös. Denn Sie mussten zusammen von jemandem gesehen werden, der Sie kannte. Um noch einmal auf Thomas Nashe zurückzukommen, Harvey. Das war Ihr Fehler. Sie hätten zugeben sollen, dass Sie das Gedicht kannten, denn Thomas Nashe war ein guter Freund von Marlowe und einer seiner größten Bewunderer. Er hat einmal gesagt, er kenne keine göttlichere Muse als Christopher Marlowe. Zusammen haben sie die *Dido* geschrieben. Es liegt also auf der Hand, dass jemand, der einfach alles über Marlowe wusste, auch dieses berühmte Gedicht hätte kennen müssen.»

Wiggins zog die Fotokopie eines Dokuments aus der Tasche, räusperte sich und las: «James Carlton Altman, geboren im Juni 1974 in St. Mary, Virginia. Der Name des Vaters wird mit Jonathan Altman angegeben.» Wiggins betrachtete Harvey Schoenberg so unbeteiligt wie eine Fliege unter dem Mikroskop. «Vermutlich wollte sie ihrem Kind keinen anderen Familiennamen geben. Peinlich für Sie und für ihn natürlich.»

«Wo ist Jimmy Farraday, Harvey?», fragte Jury.

Plötzlich schien Harvey aus seiner Lethargie zu erwachen.

«*Altman*, wollen Sie wohl sagen. Jimmy Altman –» Er verstummte und studierte wieder den Teppich.

Als ihm das Schweigen zu lange dauerte, fuhr Jury fort: «Ich weiß, dass Jimmy sich irgendwo in der Nähe von Washington, D.C., befindet. Die Concorde braucht nur vier Stunden dorthin. Sie konnten ihn an ein und demselben Tag hinüberbringen und selbst wieder zurückfliegen, ohne dass jemand etwas bemerkt hätte. Jimmy verschwand ja des Öfteren, und niemand kontrollierte das Kommen und Gehen der anderen. Die Polizei von Stratford hat bereits Ihr und Jimmys Bild durchgegeben. Die Maschine startet vormittags um elf Uhr fünfundvierzig in London und landet vormittags um elf in Washington. Zwei Stunden später fliegt eine andere Concorde vom Dulles Airport in Washington zurück. Mindestens zwei Besatzungsmitglieder der ersten Maschine erinnern sich an einen schlafenden Jungen und seinen Vater. Wir haben uns bereits mit der Polizei in Washington und in Virginia in Verbindung gesetzt.»

Harvey hatte den Kopf immer weiter auf die Brust sinken lassen wie jemand, der langsam einnickt; schließlich stützte er ihn in die Hände. Jurys Stimme, die am Anfang leise gewesen war, wurde noch leiser, als er sagte: «Hören Sie, Harvey. Wir können die ganze Geschichte auch allein zusammenflicken, aber es würde jede Menge Nähte geben. Sie haben das alles wegen Nell Altman getan, weil sie von Jonathan getäuscht, betrogen und – wie ich vermute – verführt worden ist … Und dann dachten Sie, Farraday hätte sie vollends zugrunde gerichtet.» Jury schwieg einen Augenblick. «Sie haben sie geliebt.»

Harveys tränenerstickte Stimme kam irgendwo zwischen Sofa und Teppich hervor. «Ja, verdammt, ich habe sie geliebt!» Endlich richtete Harvey sich auf. «Jonathan hat sie mir genommen, genau wie alles andere auch. Ich kannte Helen damals war Penny noch ein Baby –, und ich wollte sie heiraten, aber dann tauchte Jonathan auf, dieser Scheißkerl! Er hat sie benutzt, wie alle Frauen. Arme Helen ...» Harvey stützte den Kopf wieder in die Hände.

Jurys Schweigen war so endlos, dass es schließlich brach: «Aber diese Vendetta gegen Farraday –»

«Er ließ sie krepieren, verdammt noch mal! So viel kann ich Ihnen sagen: Ich wollte, dass auch er mal erfährt, wie das ist. Und die beiden waren ohnehin *Schlampen* ... Ich hatte schließlich einen Privatdetektiv beauftragt, Helen zu suchen – nachdem sie mit dem Baby abgehauen war. Aber erst nach Jahren.» Es entstand eine lange Pause. «Und ich hatte zu lange gewartet. Sie war tot.»

«Sie war todgeweiht, Harvey. Sie hat sich von irgendjemandem die Syphilis geholt», sagte Plant.

«Bestimmt von Farraday.»

Jury schüttelte den Kopf. «Nein. Wohl nicht. Aber was hatte Gwendolyn Bracegirdle mit James Farraday zu tun?»

«Nichts. Sie redete nur zu viel. Und sie hatte einen Blick für Gesichter. Sie fing immer wieder damit an, wie sehr Jimmy mir ähnelte – genauer gesagt, Jonathan ähnelte, doch das wusste Gwen nicht. Solange *sie* da war, konnte ich meinen Plan nicht durchführen. Ich musste sie zum Schweigen bringen.»

«Und was hatten Sie mit Penny Farraday vor?», fragte Wiggins.

Harvey sah ihn an, als wäre er ein Fremder. «Mit ihr vor? Glauben Sie, ich hätte Penny etwas angetan? Sie ist Helens *Tochter*!» Er lehnte sich zurück und wischte sich den Schweiß von der Stirn. «Gar nichts. Mit Jimmy ist das etwas anderes. Zwischen

Jimmy und mir hat es gefunkt. Jimmy hätte ich davon überzeugen können …»

Wieder Schweigen. Schließlich fragte Wiggins: «Wovon?»

Aber das flüchtige Lächeln auf Harveys Gesicht ließ erkennen, dass er gar nicht da war. «Ich musste ihm natürlich ein Schlafmittel geben. Von Stratford nach Heathrow habe ich einen Mietwagen genommen, dann ging's ins Flugzeug. Der Junge hat vielleicht geschlafen, das können Sie mir glauben. Einmal ist er im Flugzeug aufgewacht und hat sich eine Weile den Film angesehen.» Harvey lachte vergnügt, als hätte er alles außer Jimmy Farraday vergessen. «Der Junge hat unglaublich viel Phantasie. Er war wie Helen –» Plötzlich schien er aus seinem Traum zu erwachen. «Ich musste ihm noch eine Spritze geben», fuhr er fort und rieb sich mit den Händen durch das Gesicht, als hätte er selbst lange geschlafen. «Er ist in meinem Haus in Virginia. In der Nähe des Potomac. Das Haus habe ich gekauft, als ich diesen kleinen Plan ausheckte. Ein altes Haus mitten im Wald, und es hat ein Zimmer hoch oben unter dem Dach mit einem Gitter vor dem Fenster. Wie ein Schlösschen. Wie geschaffen für ein Kind. Der Mann, der dort lebt und es instand hält, ist ziemlich einfältig. Macht ja nichts. Man zahlt eben, und wenn man genügend zahlt, dann tun die Leute, was man ihnen sagt. Als ich mit Jimmy dort ankam, habe ich dem Mann erklärt, der Junge sei krank und dürfe auf keinen Fall das Zimmer verlassen; er solle ihm nur genügend zu essen geben, ich käme in ein paar Tagen zurück …» Sein Blick glitt leer über sie hin. «Farraday …» Es hörte sich an, als hätte er das Interesse an seinem eigenen Reden verloren.

«Ich glaube, Sie haben Ihren Claudius doch gefunden», sagte Melrose.

Harvey Schoenberg antwortete nicht.

Jury sah ihn eine Weile an. Dann sagte er: «Übernehmen Sie den Rest, Wiggins», und verließ das Zimmer.

35

James Carlton Farraday stand auf dem Dulles Airport neben dem großen schwarzen Polizisten, Sergeant Poole, den er spätestens dann ins Herz geschlossen hatte, als er losgezogen war und ihm und der Katze Jell-O besorgt hatte.

«Ich hab's ihm gesagt, Miss», wandte sich Sergeant Poole an die Stewardess. «Aber er glaubt mir nicht.» Sergeant Poole spähte in den Katzenkorb, der allen Vorschriften für Luftfracht entsprach. Das Tier, das sich seiner Sonderstellung ebenso bewusst war wie James Carlton, leckte sich genüsslich das Fell.

Die junge Dame in der Uniform der British Airways kniete nieder (James Carlton wünschte sich, erwachsene Frauen würden von ihrer normalen Höhe aus zu ihm sprechen) und lächelte (er wünschte sich auch, sie würden nicht so einschmeichelnd gucken) und sagte: «Es tut mir leid, mein Junge, aber das Vereinigte Königreich erlaubt wirklich keine Einfuhr von Tieren.»

James Carlton seufzte: «Also, das ist doch das Blödeste, was ich je gehört habe. In England laufen mehr Katzen herum, als ich je gesehen habe. Wollen Sie mir weismachen, dass die alle dort geboren wurden?»

Die Stewardess lachte gekünstelt und warf Sergeant Poole einen verzweifelten Blick zu. Doch der schüttelte nur lächelnd den Kopf und zuckte die Achseln. Er schien zu wissen, wann er geschlagen war.

Die junge Dame fuhr in beruhigendem Ton fort: «Es ist allerdings nicht so, dass keine Tiere hineindürfen –»

Jetzt kommt schon wieder eine dieser Lügen, dachte James Carlton und studierte die Gesichter der Leute, die mit ihm darauf warteten, an Bord der Maschine zu gehen. Er wollte möglichst schnell entscheiden, neben wen er sich auf keinen Fall setzen würde.

«– es gibt nämlich Quarantänebestimmungen. Die Katze müsste neun Monate in Quarantäne sein, verstehst du …»

«Was für eine blöde Bestimmung. Diese Katze hat weder die Tollwut noch sonst was. Glauben Sie mir, sie und ich waren fünf Tage lang gekidnappt; ich müsste das also wissen. Können Sie sich überhaupt vorstellen, was das arme Tier durchgemacht hat?»

In Wirklichkeit hatte die Katze nicht so viel durchgemacht, außer dass sie diesen großen Baum heruntergezerrt worden war. Die geplagte junge Dame zuckte die Achseln. «Ich habe die Bestimmungen nicht gemacht, James.» Und mit diesen Worten tat sie etwas äußerst Ungebührliches, zumindest in James Carltons Augen: Sie heftete ein Schildchen an seinen Pullover und strich mit der Hand darüber.

Ein Schild? Er verrenkte den Hals, um es sehen zu können: Sein Name und Flugziel standen darauf. Diese Art von Bemutterung brachte ihn dermaßen auf, dass er seine gute Kinderstube vergaß. «Zum Donnerwetter! *Das* werde ich nicht tragen! Ich weiß genau, wer ich bin und wohin ich will!» Er riss das Schild ab und gab es ihr zurück.

Die arme Stewardess war ganz blass im Gesicht und offensichtlich mit ihrem Latein am Ende. «Wir wollen doch bloß si-

chergehen, dass du nicht –» in dem Moment, als sie das Wort
sagte, hätte sie sich auch schon am liebsten auf die Zunge gebis-
sen – «verlorengehst.»

Sergeant Poole brach in schallendes Gelächter aus.

Als Jimmy Farraday abends um neun Uhr fünfundfünfzig in
Heathrow landete, war schwer zu sagen, wer von den Farradays –
Penny oder ihr Stiefvater – über das Wiedersehen glücklicher
war.

Farraday versuchte es zunächst auf die männliche Tour – Zigarre im Mund und schulterklopfend –, aber dann schloss er
ihn in die Arme. Penny tat ihre Freude kund, indem sie einen
Schwall von Kraftausdrücken von sich gab und ungeschickt mit
den Zigaretten herumhantierte (die Jury ihr zugesteckt hatte).
Als Penny vor Begeisterung für Scotland Yard fast überschnapp-
te, sah Jury sie an.

Sein Blick brachte Penny zum Schweigen, aber es war klar,
dass Jimmy jenes geheime Einverständnis, das zwischen ihnen
bestand, bemerkt hatte. Er streckte Jury die Hand entgegen.
«Sehr erfreut», sagte er.

«Ganz meinerseits», sagte Jury und empfand zum ersten Mal
seit Tagen wirkliche Freude.

James Carlton Farraday, der die Vergangenheit mit ihren leid-
vollen Prüfungen sofort zugunsten der Gegenwart vergessen
hatte, wandte sich im Ton eines Mannes, der keine Widerrede
duldet, seiner Schwester zu.

«Achte auf deine Sprache, Penny. Ich habe dir immer gesagt,
die Leute beurteilen dich danach.»

Und dann: «Wir haben übrigens eine neue Katze. Ich durfte
sie allerdings nicht mitnehmen.»

Und schließlich: «Sie haben da so einen Film im Flugzeug gezeigt – ich könnte schwören, dass ich den schon mal gesehen habe –»

Sie waren schon im Weggehen, als Penny fragte: «Ach ja? Wie hieß er denn?»

«*Vermisst*», sagte James Carlton. «War irgendwie doof.»

Jury fiel auf, dass J. C. Farraday in respektvollem Abstand hinter den Geschwistern ging. Die Schwester nahm jetzt die Hand ihres Bruders, und Jimmy sagte: «Aber Sissy Spacek hat mitgespielt.» Dann schien er sich umzuschauen, um sich zu vergewissern, dass kein Computergehirn, das jahrelang zugehört hatte, dazwischenfunken würde. «Erinnerst du dich?»

Jury hatte Heathrow nie als so unbelebt, als so leer empfunden wie jetzt.

Penny antwortete: «Ich erinnere mich.»

Dritter Teil
Stratford

«Ein goldner Schimmer
in der Luft»

Thomas Nashe

36

D er Computerfritze», wiederholte Sam Lasko und schüttelte ungläubig den Kopf. «Nicht zu fassen. Er machte einen
so unscheinbaren Eindruck.»

Lasko und Jury saßen in der Einsatzzentrale der Polizeiwache
von Stratford. «Dem hätte ich keinen Gebrauchtwagen abkaufen
wollen», sagte Jury. «Er hat alles von langer Hand geplant, von
sehr langer Hand.»

«Du scheinst dich aber nicht sonderlich zu freuen.»

«Nein. Sollte ich das?»

«Ich meine darüber, dass du den Fall gelöst hast. Ich habe
ernsthaft geglaubt, es sei einer von den Schizos, die nichts Besseres mit ihrer Zeit anzufangen wissen.»

Jury lächelte. «Du hast eine Art, dich auszudrücken, Sammy ...»

Lasko zuckte die Achseln. «Na, du weißt schon, was ich meine. Jedenfalls war ich sehr traurig, dass du uns verlassen muss-
test.» Lasko setzte wieder seine gewohnte Trauermiene auf, als
wäre Jury ein zu selten gesehener Freund.

«Ach wirklich, Sammy?»

«Woher hatte Schoenberg denn den Pass?»

«Aus den Staaten. Er hatte den Privatdetektiv auch damit beauftragt, ein Schulfoto von Jimmy zu beschaffen, eines von den
kleinen, die sie zu solchen Zwecken drüben machen. Genau das
richtige Format für einen Pass. Danach brauchte er noch eine
Geburtsurkunde, die er ganz einfach bekam, indem er sich als

Jimmys Vater ausgab. Außer Jonathan war er der Einzige, der den Namen auf der Urkunde kannte.».

«Und dann hat er den Kleinen in die Staaten verfrachtet …» Lasko seufzte. «Warst du schon einmal –?»

«Nein, Sammy. Aber Penny Farraday ließ mich fast mit der Hand auf der Bibel schwören, dass ich sie demnächst besuchen werde.»

Lasko schüttelte den Kopf. «Ich kann es noch immer nicht glauben. Dieser Schoenberg, was er alles inszeniert hat –»

«Der Mann war besessen, Sammy. Er hat seit Jahren nichts anderes getan, als diese Morde zu planen.»

«Mein Gott. Diese Nell Altman muss ihn völlig aus der Bahn geworfen haben.»

«Allerdings.» Jury steckte seine Zigaretten ein und stand auf. «‹Staub legt sich auf Helens Auge›. Bis dann, Sammy»

Jury war schon fast zur Tür hinaus, als Lasko (der die ganze Zeit bestimmte Papiere auf seinem Schreibtisch angestarrt hatte) sagte: «Hör mal, Richard …»

«Vergiss es, Sammy.»

37

Hinter dem Royal Shakespeare Theatre floss der Avon so ruhig und friedlich dahin, als wäre nichts geschehen.

«Schon wieder *Hamlet*», sagte Melrose Plant. «Kann ich Sie nicht doch überreden mitzukommen? Der erste Teil war ausgezeichnet.» Er wollte die Gründe nicht erwähnen, weswegen er den zweiten Teil des Stückes nicht nur einmal, sondern zweimal verpasst hatte.

«Nein, danke», sagte Jury. «Ich habe für eine Weile genug von Rachetragödien.» Es war Abend, ein Gewitter zog auf, und das Licht war vom Wasser verschwunden. Jury beobachtete die Enten, die wie schwarze Kohlestückchen unter den dunklen Weiden im Wasser schaukelten. «Fahren Sie morgen nach Northants zurück?»

«Ich denke, ja. Wenn Agatha sich dort aufhält, muss man gelegentlich das Silber zählen. Die Vettern aus Amerika sind zum Glück wieder nach Wisconsin zurückgefahren. Ich vermute, sie sind Hals über Kopf abgereist, nach den letzten ... na, Sie wissen schon. Nicht einmal die kalten Buffets, die die gute Agatha ihnen mit Sicherheit auf Ardry End in Aussicht gestellt hatte, konnten sie umstimmen. Die Biggets und Honeysuckle Tours sind also wieder heil zu Hause. Ich hätte nicht übel Lust, der Pferderennbahn in Hialeah einen Besuch abzustatten. Ich möchte wetten, dass Lady Dew dort die haushohe Favoritin ist. Nun, wenn Sie nicht ins Theater mitkommen, wie wäre es dann mit einem Drink in der ‹Ente› nach der Vorstellung?»

«Ich muss noch was erledigen.»

«Ich verstehe.»

«Nein, das tun Sie nicht.»

«Also gut, dann eben nicht.»

Jury lächelte. «Sie sind ein sehr entgegenkommender Mensch.»

«Ich weiß.»

Einen Moment lang schwiegen sie, und dann fragte Jury: «Glauben Sie wirklich, dass sie diesen Kerl heiraten wird?»

Unschuldig wiederholte Melrose: «Sie? Kerl?»

Jury ließ den Blick über das Wasser schweifen. «War er nicht fürchterlich? Ich hätte nicht gedacht, dass Vivian auf solche Typen steht.» Er warf Melrose einen verstohlenen Blick zu. «Finden Sie, dass sie sich sehr verändert hat?»

«Vivian? Vivian?!» Plant studierte eingehend sein goldenes Zigarettenetui.

«Manchmal können Sie aber auch sehr ermüdend sein. Ja, Vivian-Vivian. Haben Sie nicht mit ihr über die alten Zeiten gesprochen?»

Melrose nahm sich eine Zigarette aus dem Etui und hielt es Jury hin. «Großer Gott, nein. Wir haben kaum zwei Worte miteinander gewechselt.»

Jury nahm eine Zigarette und sah ihn nur kopfschüttelnd an.

«Noch ist sie nicht verheiratet. Und wie ich Vivian kenne, wird auch nichts daraus werden. Bei wichtigen Dingen konnte sie sich noch nie entscheiden.» Melrose beließ es bei dieser Feststellung und sah auf die Uhr. «Ich muss gehen. sonst versäume ich *wieder* den zweiten Teil. Falls Sie es sich anders überlegen, ich bin nach der Vorstellung in der ‹Ente› …» Melrose schwieg einen Moment und sagte dann: «Ich nehme an, Sie werden die ganze Sache bald vergessen haben. Aber an einem Punkt der Vernehmung von Schoenberg waren Sie nicht gerade auf Draht. Sie konnten am Ende gar nicht schnell genug aus dem Zimmer kommen.»

«Ja. Vielleicht, weil mir meine eigenen Reaktionen nicht sehr angenehm waren: Ich meine, ich stand da und wusste, was Schoenberg getan hatte, und doch …» Jury sah hinaus auf das dunkel werdende Wasser. «Er liebte sie so sehr.»

38

Jury ging die Ryland Street entlang und klopfte bei Nummer zehn an die Tür. Eine kleine Frau öffnete und musterte ihn freundlich.

«Ich bin ein Freund von Lady Kennington. Ist sie zu Hause?»

Die kleine Frau sah ihn erstaunt an. Einen Augenblick lang dachte Jury, er hätte sich in der Hausnummer geirrt. Doch dann begriff sie: «Oh, Sie meinen Jenny?» Als Jury nickte, sagte sie: «Das tut mir aber leid. Sie wohnt nicht mehr hier –»

In ihren Worten lag eine solche Endgültigkeit, dass Jury gar nicht weiterzufragen brauchte. Doch sein Gesicht musste so große Enttäuschung gezeigt haben, dass sie sich als Überbringerin der schlimmen Nachricht schuldig fühlte. «Es tut mir wirklich leid. Sie haben sie verpasst. Sie ist gestern ausgezogen.»

Gestern. Es musste natürlich gestern gewesen sein.

Als Jury weiter schwieg, schien die Frau zu denken, dass sie deutlicher werden müsste. «Ich glaube, sie erhielt einen Anruf von einer Verwandten. Sie ist früher abgereist, als sie geplant hatte.» Die Frau wollte offensichtlich Lady Kenningtons Handeln irgendwie verteidigen, das diesem Fremden auf der Türschwelle etwas kapriziös erscheinen mochte. «Und ich bin eben erst eingezogen.» Sie lachte gekünstelt auf. «Es herrscht noch ein ziemliches Durcheinander.»

«Tut mir leid, dass ich Sie gestört habe –»

Sie winkte ab. «O nein, keine Ursache», sagte sie eilig. Sie trat versuchsweise einen Schritt zurück, um Jury hereinzubitten, als hätte sie das Gefühl, das Ganze noch schlimmer zu machen, wenn sie genauso wenig gastlich wie informativ war.

Er lehnte dankend ab. «Sie hat nicht zufällig eine Nachricht hinterlassen?»

Untröstlich, fast beschämt, schüttelte sie den Kopf. «Nein, bei mir nicht. Sie könnten aber beim Makler nachfragen.»

Er dankte ihr noch einmal, und erst nachdem sich die Tür hinter ihm geschlossen hatte, fiel ihm ein, dass er sie nicht nach dem Namen des Maklers gefragt hatte. Er hob die Hand, um noch einmal anzuklopfen, überlegte es sich aber dann anders. Morgen …

Auf dem Rückweg überlegte er, ob er morgen wirklich zurückkommen würde oder ob das Schicksal in der Angelegenheit längst anders entschieden hatte.

Zwischen der «Torkelnden Ente» und dem Theater überquerte Jury die Straße und ging ohne bestimmtes Ziel auf den Fluss zu. Unter den Eichen, die mit ihren Lichtgirlanden wie Weihnachtsbäume aussahen, näherten sich die letzten Theaterbesucher. Mit ihren Regenschirmen, die sich schwarz von den Lichtspiegelungen abhoben, liefen die zur Vorstellung zu spät Kommenden durch den Regen.

Die Hände tief in den Manteltaschen vergraben und ohne auf den Regen zu achten, setzte er sich auf eine Bank. Es schien eine Ewigkeit her zu sein, dass er mit Penny auf derselben Bank gesessen hatte. Als es völlig dunkel geworden war, stand er auf und ging zum Theater zurück. Der Parkplatzwächter lehnte gelangweilt an seinem Häuschen, während die Türhüter in ihren schwarzen Uniformen hinter den Glastüren des Theaters genauso gelangweilt herausschauten. Jury nahm den schmalen, dunklen Pfad hinter dem Theater, der am Fluss entlangführte.

Von dort kam dieses unterdrückte Gelächter, das zu einem schrillen Gekicher wurde, als er sich näherte, obwohl man ihn in dieser Finsternis nicht sehen konnte: Schulkinder, wie er an dem Gekicher und den glimmenden Zigaretten erkennen konnte. Als er näher trat, konnte er Jungen auf der Mauer des mit dorischen Säulen verzierten Gebäudes sitzen sehen. Sie bemerkten ihn erst, als er beinahe vor ihnen stand. Das Gelächter hörte schlagartig auf, und die Stimmen verstummten.

Wieder Kichern und Flüstern, als sie merkten, dass da jemand spazieren ging. Während Streichhölzer aufflammten und Zigaretten angezündet wurden, fragte einer von ihnen: «Wer ist da?»

Jury spähte in die Dunkelheit des Gebäudes mit den Säulen, ohne jemanden oder etwas sehen zu können außer den glühenden Zigarettenenden. Er konnte die Schuluniform derer erkennen, die gesessen hatten (aber aufgesprungen waren, als sie ihn sahen). Die, die er sehen konnte, waren alle gleich angezogen. Als noch einige aus dem Dunkel hervortraten, nachdem ihre Neugier stärker geworden war als die Angst, erwischt zu werden, zählte er sechs oder sieben sowie ein paar andere, die in der sicheren Dunkelheit blieben und immer noch nervös kicherten.

In einem Ton, den einer der Jungen wohl für einen Beweis für Furchtlosigkeit hielt, wurde die Frage wiederholt: «Also, wer ist *da*?»

«Niemand», sagte Jury. Streichhölzer flammten auf, und Zigaretten wurden angezündet.

«Sie sind doch kein *Lehrer*, oder?», fragte eine misstrauische Stimme aus dem Dunkel.

«Großer Gott, nein.»

Die Antwort wurde mit Erleichterung zur Kenntnis genommen. «Was machen Sie hier draußen?»

«Ich gehe spazieren.» Er lächelte in die Dunkelheit. «Und was treibt ihr hier in dieser Dunkelkammer zum Filmentwickeln?»

Wieder Kichern, und eine Kleinmädchenstimme antwortete: «Oh, hier wird was anderes als Filme entwickelt.» Auf das neuerliche Gekicher hin konnte Jury sich vorstellen, dass da einiges ungeschickte Gefummel stattfand.

«Nun sagen Sie uns doch, wer Sie sind», sagte ein Mädchen, das Jury auf ein oder zwei Jahre jünger schätzte als Penny. Sie war vorgetreten, als wollte sie zeigen, dass sie mit dem kichernden Haufen hinter sich nichts zu tun hatte.

«Wie ich schon sagte. Niemand.»

Aus irgendeinem Grund hielt sie es jetzt für nötig, von der Kante des Gebäudes auf die Erde zu springen und fest auf dem schwarzen Lehm herumzutrampeln, den ein Gärtner vermutlich in harter Arbeit bepflanzt hatte. «Das hat Odysseus auch gesagt.»

«So?»

«Sie haben doch sicher schon von Odysseus gehört», sagte sie altklug und in einem Ton, der anzeigen sollte, dass sie heute Abend zwar Shakespeare vernachlässigte, aber nicht die Griechen. «Sie erinnern sich: Als er in die Höhle der Zyklopen kam. Er rettete sich, indem er sagte, er sei Niemand.»

«Vielleicht glaubte er das wirklich. Oder Homer glaubte es.»

Jurys Belohnung für diese unerwünschte Einsicht war ein gigantischer Seufzer, während das Mädchen mit schweren Schritten durch diesen neu erblühten Garten ging und dann wieder auf die Kante des Gebäudes kletterte. Er konnte nur wenig von ihrem Gesicht ausmachen, außer dass es gespenstisch weiß, herzförmig und von Strähnen langen Haars umgeben war.

Jury ging weiter den unbeleuchteten Weg entlang, ohne zu

wissen, wohin er führte. Sie freuten sich sicher, ihn los zu sein, einen Erwachsenen, der in ihre wenigen gestohlenen privaten Augenblicke eindrang. Als er schon ein geraumes Stück Weg zurückgelegt hatte, hörte er, dass das Mädchen ihm einen Abschiedsgruß nachrief. Ihr Tonfall überraschte ihn; es klang, als würde sie ein Geheimnis mit ihm teilen.

Jury drehte sich um, winkte und grüßte zurück. Im Dunkel sah er eine Zigarette aufglimmen, als der Rauchende daran zog, ehe er sie wegwarf. Sie beschrieb einen kleinen leuchtenden Bogen, der langsam erlosch: ein goldner Schimmer in der Luft.

Ann Cleeves

«Niemand beherrscht die verstörenden Untertöne so gut wie Ann Cleeves.» (Val McDermid)

Vera Stanhope ermittelt:

Totenblüte
Kriminalroman. rororo 25315

Opferschuld
Kriminalroman. rororo 25362

Seelentod
Kriminalroman. rororo 25614

Das letzte Wort
Kriminalroman. rororo 25905

Jimmy Perez ermittelt:

Die Nacht der Raben
Kriminalroman. rororo 24477

Der längste Tag
Kriminalroman. rororo 24478

Im kalten Licht des Frühlings
Kriminalroman. rororo 24710

Sturmwarnung
Kriminalroman. rororo 24711

Alle Titel auch als E-Book.

rororo 25905

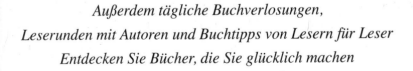